后浪出版公司

两个人的车站

布拉金斯基、梁赞诺夫名作集

[俄]埃·韦·布拉金斯基 埃·亚·梁赞诺夫 —— 著

童道明 刘溪 —— 译

四川人民出版社

目　录

两个人的车站

刘 溪 —— 译

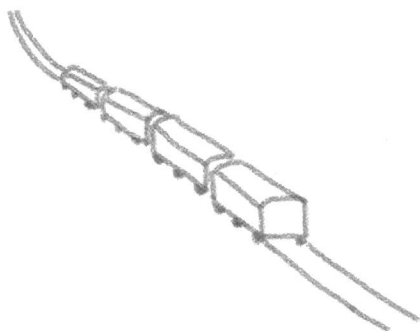

我们这部电影的情节是从一个不太令人愉悦的地方，也就是关押刑事犯的劳改营里开始的，希望这不会吓到读者。无人能预知自己的未来，就像一则谚语所说的："天有不测风云，人有旦夕祸福！"

这是一个风雪交加的严冬夜晚。探照灯把平坦空旷的操场照得通亮，这里正在对被改造者也就是犯人进行晚点名。值班的军官们在列队前逐个清点人数，而后每名值班军官向长官报告：

"清点完毕！没有非法未到者。"

"带回营房！"长官发号施令。

"是！带回营房！"值班军官像回声一般接受命令。

"里亚比宁，留下！"长官命令。

一名值班军官立即重复命令：

"里亚比宁，留下！"

犯人们列队向营房的方向前进，操场上只留下一个孤单的身影。他瑟缩不安，仿佛在等待着什么不愉快的事儿。

应当指出的是，这里的人分为两类，也就是看守者和被看守者。我们要讲述的故事的主人公普拉东·谢尔盖耶维奇·里亚比宁，很遗憾，属于第二类，虽然他看起来完全不像罪犯。这是一个温和、腼腆的男人，四十出头。从他那副忠厚质朴、对人充满信赖的面孔就能看出来，他干不出不体面的事儿。这种人既不会有什么事业上的成就，也不会触犯法律。

"里亚比宁，过来！"长官召唤他。

普拉东遵照命令跑了过来。长官通知他："告诉您一件高兴的事——您的妻子来了！"

但是犯人完全没有一点儿高兴的样子：

"她来干什么？"

"当然是想要见您了……"

"我没叫她来！"普拉东脱口而出，"我不想见她！"

"您这是怎么了？"长官惊讶道，"为了见您，她可是先坐了七百公里的火车，又坐了两个小时的飞机，还在卡车上颠簸了一天一夜才到这儿的。"

"随便她怎么样！我不见她！"犯人居然反抗起来了。

"为了你们……我……"长官生气了，"她没有必要的文件。但她那么求我……真是无法拒绝她。"

"什么——求您？她？我不明白……"普拉东不悦地说。

"这个您自己去跟她弄清楚吧！拿着通行证！没人押送！您可以单独出去，我相信您……"

"去哪儿找她？"普拉东一副可怜的样子。

"她在村子里租了间房子。这是地址。为了公私兼顾，顺便去一下伊万·格拉西莫维奇的作坊，把拿去修理的手风琴取回来！您不是个音乐家嘛——检查一下，看看修理得怎么样！"

"是！"普拉东沮丧地同意。他可以拒绝去见妻子，却无权拒绝去取手风琴。

"我的科利亚怎么样？有长进吗？"长官突然问。

"是个有天分的男孩。如果能把他送到音乐学校就更好了。"

"等在您这儿学完，"长官开玩笑道，"我就要调去一个有音乐学校的城市。"而后，长官又做出一副严肃和正式的样子："记住，里亚比宁，通行证到明天早点名之前有效。8点之前一定要归队。回来晚了要以逃跑论处。去吧！"

在外面的岗哨，也就是门卫室，警卫员严格地搜查了里亚比宁的全身。

"村子离这儿远吗?"普拉东问。

"不远，"警卫员搜查着普拉东脱下来的棉靴，看里面是不是藏有违禁品，"九到十公里吧。回来的时候不要带酒啊，刀啊，钱啊，这些东西。我们都会没收的。"

"早知道了。"普拉东穿上棉靴嘟嚷着。

"好了，"警卫员严肃地说，并拉开了沉重的门闩，"你的通行证到明早8点。下刀子也得回来! 晚了以逃跑论处。要加刑的! 去吧!"

门开了，普拉东获得了失去已久的自由。

劳改营就像通常的那样，操场中设有几个瞭望台，四周竖起高高的严密的围墙。它的周围没有任何建筑。从大门口轧出一条通向外面世界的道路，路两旁孤零零地竖立着一根根电线杆。

普拉东迎着风雪艰难地蹒跚而行。他才走了几步便停下来，站了一会儿，然后毅然转身，急忙往回走。他不断地敲岗哨的门。

警卫员微微打开了小窗:

"你忘记什么了?"

"让我回去吧!"

"任务完成了?"

"什么任务?"普拉东不明白。

"手风琴取回来了?"

"放我出去是去见妻子的。"

"通行证里可一点儿也没提到见妻子!"警卫员砰的一声关上了气窗。

普拉东别无选择,只能走进黑暗与寒冷中。但他先摘下了别在棉袄上的绿色姓名牌,把它藏到了兜里,为的是多少体验一下自由的感觉。

普拉东走在覆盖着厚厚积雪的荒凉的路上,回想起了……路途遥远,天寒地冻,但那漫长的回忆温暖着普拉东的心。

普拉东回想起了那个夏日的一天,他和许多乘客一起坐上了"莫斯科—阿拉木图"特快列车。列车慢慢地停靠在扎斯图平斯克①的站台上。

身材匀称、文质彬彬的里亚比宁与其他乘客一起冲向站台,他穿着考究的西装,手里拿着公文包,在这个陌生城市的站台上向着未知的命运前进,而这一切就发生在车站餐厅里。

这些一窝蜂奔向车站餐厅的乘客是想在短暂的停车时间里吃个午饭。仔细想想,这对于餐厅来说是多大的灾难啊!这群饥饿的旅行者像蝗虫一样扑向摆好了套餐的桌子。这种套餐不需要现点任何菜和酒水,对餐厅完成营业额没有任何帮助。此外,经常有一些贪小便宜的人不交钱就溜走,因为他们知道哪个服务员也追不上火车。

但是我们家乡的餐厅也不是好惹的。他们在喂饱旅客的同时也做好了防范工作,更直接一点儿说就是 —— 准确地算好

---

① 虚构的地名。(若无特别说明,本书注释皆为译注)

就餐时间，使旅客因为火车的离开而无法投诉。

两排长餐具上摆着一份份装在铝盆里的红菜汤和已经放凉了的灰不溜秋的肉饼。普拉东·谢尔盖耶维奇也走进这家餐厅，找到一个空位坐下。他微微掀开一个小盆的盖子，瞧了一眼红菜汤，又打量了一下肉饼，并没有开始吃。周围的旅客都在狼吞虎咽地吃着，并且总是叫住女服务员薇拉——一个瘦瘦的三十多岁的女人。她那可爱的，但是已经历经生活磨难的脸上闪烁着一双勇敢无畏的大眼睛。

"中午好，同志！用餐愉快！"薇拉以职业口吻招呼客人。

"姑娘，能过来一下吗？"

"姑娘，请过来一下。"普拉东说。

"姑娘，能来一瓶矿泉水吗？"

"矿泉水没有！"薇拉像机器人一样回答道。

"姑娘，能过来一下吗……"普拉东又叫了一次。

"要是有个蔬菜沙拉就好了。"一位旅客说。

"套餐里不含沙拉。"薇拉以官腔应答。

"姑娘，给我上点儿有营养的菜吧。"饥饿的普拉东又一次说。

"您是从哪儿来的？"薇拉真诚地感到惊奇。

"从火车上！"普拉东指了指窗户。

"您难道有溃疡？"薇拉问，并对另一位旅客说，"一卢布二十戈比①，正好……谢谢……"

"是的，"普拉东点点头，"光是看了一眼你们的食物，我

---

① 戈比，俄罗斯等国的辅助货币，一百戈比合一卢布。

就得了溃疡！"

"姑娘，能来瓶啤酒吗？"

"我们这儿从来不卖啤酒。"薇拉立即回答。

"还没等我给您端上菜……"薇拉边忙活边对普拉东说，"这是找的钱，谢谢……还没等菜做好，您的火车就开走了！再说，有溃疡就别来餐厅吃饭！有溃疡就该在家里待着……"

这时薇拉快速走开，奔向出口：

"这位旅客，这位旅客！您忘记付钱了！"

"钱在桌子上，"这位旅客语气生硬地说，"这种午餐不该我们付钱，应该是你们倒找给我们钱才对！"

薇拉奔向这位旅客吃饭的座位，但桌上没有钱。

"钱呢？"薇拉大声问，"谁拿走了？"

"姑娘，像你们这种工作，应该在用餐前就把钱收了！"一位旅客建议。

广播里传出一些含混不清的声音。

刚吃过饭的一群人往外涌去。

普拉东也想往外跑。但是薇拉面带威胁地挡住了他的路：

"请交钱！"

"我什么都没吃啊！"

"我知道你们的把戏。一个说交了钱但根本没有，另一个说没吃……交一卢布二十戈比！"

"您自己看看！"普拉东气愤地说。

"我正看着的时候，您就趁机溜走了。交一卢布二十戈比。我怎么知道您吃没吃啊。"

"我没吃。我不会交钱的！让我走，我要赶火车……这些菜本来就像是吃剩下的……"

薇拉气愤地说:

"您不交钱——就别想从这儿离开!我的那点儿工资,难道还要给你们这些吃白饭的垫钱……"

"你们这些在餐厅工作的,"普拉东不等她说完就打断她,"就是为所有人付钱也付得起!让我走!"

但女服务员们站成一堵人墙。想要冲出去是不可能的。

"帕维尔·瓦西里耶维奇!"薇拉果断地对看门人说,"叫尼古拉沙来!"

看门人老练地从兜里掏出哨子,尖锐地吹响。

普拉东轻蔑地耸耸肩:

"就是把全城的民警都叫来我也不怕!我没吃,就不能给钱!"

"流氓!伪君子!"薇拉失控地说。

"交钱,赶快交钱!"薇拉的一个女友喊道。

"我不给钱!"普拉东怒气冲冲地回答,"我没吃!这是原则问题!叫民警来吧。"

门口出现了一个穿着警察制服的年轻中尉。

"尼古拉沙,"薇拉开始说,并转头指向普拉东,"就是这个人,让我单独给他上菜,我说来不及了,他就吃了桌上的套餐……"

"我没吃!"普拉东急忙插了一句。

"我们来好好调查一下!"中尉说。

"怎么个调查法?"普拉东突然激动起来,"还要化验取证吗?"

"……而且不肯交钱！"薇拉终于把话说完了。

"现在我们就来做个笔录……"中尉以枯燥的声音告知，"关于您拒绝交……"

"可是您的笔录还没做完，我的那趟车就开走了！"

"我做笔录很快的，"尼古拉沙中尉笑了笑，"这就开始。您坐的是哪趟车？"

"哈，他的火车开走了！"薇拉幸灾乐祸地说，"小气鬼，活该！"

"怎么——走了？"普拉东喊道，并推开中尉往外跑。

"拦住他！"薇拉大声喊。

"他现在哪儿也去不了了！"中尉懒洋洋地朝薇拉摆了摆手。

普拉东跑上站台，悲伤地目送火车离去。最后一节车厢已经快从他视野里消失了。

普拉东骂了几句并走向一个戴着红色制帽的人：

"站长同志……"

"我是副站长！"这人回应道。

"有这么件事，副站长同志，我没赶上火车。但问题并不在于一卢布二十戈比，而是原则问题。她让我交钱，而我根本就没吃啊！我是进了餐厅……可这个餐厅里的东西简直就没法吃！"

"我自己是从来不去餐厅的。我都在家里吃。我妻子做得一手好菜。餐厅这个部门不归我管。您是要去哪儿……"

"我要去格里博耶多夫①……"

---

① 虚构的地名。

"旅途中应该多加小心啊，乘客同志！"这位铁路工作人员没有放过训导他一番的机会，"铁路 —— 就是准时和舒适。下一趟去格里博耶多夫的列车将在20点46分发车。"

"那我的车票怎么办？车票还在列车员手里。"

"现在怎么办？"民警的声音传入普拉东的耳朵，"您是把一卢布二十戈比交了呢，还是我们接着做笔录？"

还没来得及脱下服务员围裙的薇拉从民警背后探出头来：

"真是不害臊，看着像个体面人，却来搜刮穷服务员！"

普拉东一把抓住值勤者的袖口："那我到底怎样才能从你们的城市离开呢？"

"开车前十五分钟来找我吧。我带你去找列车长，他会给你安排的。"

"他要是不给钱，我们就自己安排！"薇拉威胁地说。

副站长已经厌烦了，从普拉东的手中挣脱衣袖走开了。

"您最好还是交钱吧，"中尉友好地劝普拉东，"做笔录的代价会更大！"

普拉东看了看民警善意的目光，明白自己现在不得不放弃原则了。他把钱递给薇拉，瞧都没瞧她一眼：

"给您三卢布……那顿我没吃的午饭的饭钱！不用找了！"

薇拉接过钱，开始在围裙兜里找零钱。

"不行，拿着 —— 找您的钱！"

"这是给您的小费！"普拉东将钱扔到地上。

"也许我不收小费呢！"

"也许你们餐厅还不诈客人的钱呢？"

"中尉同志，您是亲眼看见的，我可是把他的臭钱找给他了。"薇拉伸出手把钱递给普拉东。

普拉东故意把手背到身后不接钱。于是薇拉就弯下腰，把一卢布和一些零钱整整齐齐地放到了柏油路上，然后沿着站台做作地扭着屁股走了。民警对普拉东也不再感兴趣，便到开往郊区的电气机车那边巡逻去了。

"真是胡搅蛮缠！"普拉东望着薇拉的背影在心里骂道，并从地上捡起钱。

难以忍受饥饿的普拉东又回到了餐厅——当然，一进门就碰上了薇拉。

"劳驾，"普拉东非常有礼貌地说，"如果不让您太为难的话，如果不太劳烦您的话，请您告诉我，哪些桌子不归您管，我好知道哪儿能坐。"

"那些！"薇拉点头示意，并叫来了一个脸蛋儿长得漂亮，但有些蛮横的女服务员（她深受客人们的喜爱），"柳达，招待一下这位同志！只是记得要先收钱，否则他会赖账的！"

"干吗呀！"柳达回应道，她正在对一个年轻的钢琴师献殷勤，"今天可是舒里克来找我了！你自己去招呼那位同志吧！"

薇拉走到普拉东刚刚坐下的餐桌前，狠劲儿地把托盘往桌子上一撂，弄得叮当响。

"我没有别的选择！点菜吧！"

"您……您简直就是个泼妇！"普拉东恶狠狠地说了一句，"我一辈子也不会吃您上的菜！"

他愤然起身离开餐厅。

普拉东来到候车室，他满怀希望地跑到小卖部柜台前。但柜台上却放着一块十分显眼的牌子，写着"午休"。

怒气冲冲的普拉东只能又回到餐厅。这回他径直走向薇拉，砰的一声坐在她对面的椅子上："拿菜单来！快点儿！"

"呦，您可真是个有原则的人！刚才还发誓永远都不吃我上的菜呢！"

"小卖部休息！"普拉东控诉道。

"但肚子却饿了？"薇拉带着讥讽地问道。

"当然。我根本就没吃你们那恶心的红菜汤。现在您明白了吧？"

"既然您没吃，又怎么知道它叫人恶心呢？"薇拉反驳。

"我懒得吵了。给我上点儿有营养的菜吧。"

薇拉调皮地眨了眨眼睛："您没赶上火车滞留在我们这儿，说起来也有我的不是。我这就把您当作本市的贵宾来招待。您知道吗，上面有指示 —— 来宾和过路旅客不同，要好好招待。因为这个餐厅就是本市的名片。有营养的菜只有鸡肉。我现在就给您上。"

普拉东拿出钱来：

"请您先把我的钱收了，不然我这人可靠不住。再来一瓶矿泉水。"

"好的。"

"真是见鬼了！我的心情简直糟透了。"

"我们的鸡也不见得能让您心情愉快！"薇拉把钱放到围裙兜里并找钱给他。

薇拉去厨房取菜。普拉东望着窗外的郊区电气机车 —— 自动门砰的一声关上了，列车慢慢地驶离站台。

薇拉端上食物：

"用餐愉快!"

普拉东拿起刀叉，开始抱怨:

"都是多亏了您，我才被困在这儿，哪儿也去不了……一把火把你们餐厅跟站台还有鸡肉通通烧掉才好。"

普拉东想把鸡肉切成小块，但怎么都切不动。

"这只鸡是国产的还是进口的?"

"您知道吗，"薇拉做出一副无辜的样子，"褪了毛的鸡身上什么都没写。都是写在包装袋上的，但我们端过来的时候，包装早去了。如果您想知道，我就去问问厨师。"

"不需要，我现在就自己问问它!"

普拉东继续用很钝的餐刀切肉。鸡肉还是切不开。

"筋比较多吧?"薇拉同情地问。

"我看，这只鸡生前是在你们餐厅做服务员的……"

"哦，明白了。也是这么难缠……"

"可不是嘛……你们这儿晚上有乐队演奏吗?"

"有啊，可吵了。来餐厅工作之前，我本来挺喜欢音乐的，可是现在一听见就烦!"

薇拉不拘礼节地坐到旁边的椅子上。

"那您的行李箱呢?跟着火车去了格里博耶多夫?"

"我的行李都随身带着，在这儿……我在格里博耶多夫只待两天。星期一一早上必须回到莫斯科。"

"可是现在您在格里博耶多夫只能待一天了，"薇拉提醒他，"您在这儿白白浪费了一天!"

"您无法理解，"普拉东说，"这一天对我来说是多么宝贵，我是多么需要这一天。请问，您叫什么名字，姑娘?"

薇拉认为这个过路的人是出于无聊想要纠缠她，因此立即顶了回去：

"在来这儿工作之前，我是有名字的，但是现在我就叫'姑娘'！而且是坚不可攻的！过路客更是甭想。"

普拉东看了看薇拉，不加掩饰地冷笑起来：

"我也没打算攻打您这座堡垒……"

"说得好听，你们男人全都一个样！"薇拉站起身走向舞台。钢琴师舒里克正在那里排练曲子，而柳达正迷恋地注视着自己的偶像。

普拉东已经厌烦了跟鸡肉的斗争，他扔下叉子，起身去了候车室。

在餐厅里，薇拉的女友柳达对她说：

"快去售药亭吧，新进了一批芬兰的洗发水！"

"好用吗？"薇拉问。

"不知道，但我买了十瓶。你也去买吧！"

薇拉听话地去了。

在候车室，薇拉看到了自己不久前的那位客人。他正在打长途电话。薇拉听到：

"侦查员没打电话找我吗？要是他打电话来，别说我在哪儿。一定要编个理由，但要可信的。我星期一早上回莫斯科。唉，栅栏什么时候运来跟我有什么关系呢？都什么时候了，你还有心思想这些？"

薇拉不由自主地停下来。

"是的，也许这是愚蠢的……但我不想影响你的生活！我反正已经决定背上这个十字架了！"这时普拉东看到了薇拉，发怒道，"别偷听！"

薇拉耸耸肩，走掉了。

"不是跟你说的。刚才旁边有个女人，很讨厌。"

薇拉去售药亭买了洗发水回来，路过电话亭的时候又听到：

"我反正也住不上这栋别墅了。以后我要住到另一种栅栏里了……唉，给我在格里博耶多夫的爸爸打个电话吧，就跟他说我明天早上到他那儿。别担心我。吻你！"

普拉东挂上听筒并看到了薇拉。

"您买这么多洗发水干吗？要加到客人的红菜汤里吗？"

"加在像您这样的客人的汤里，我很乐意。"薇拉大胆地回答。

普拉东来到站前广场。广场并没有什么特别的，十分普通。种满三色堇的花坛中央矗立着一座花岗岩纪念碑。广场两侧有几个售货摊，招牌上写着"酒水""香烟""冰淇淋"；还有一个漂亮的玻璃售货亭，是卖"扎斯图平斯克纪念品"的。

而后普拉东朝郊区列车售票窗口里望了望，里面坐着一个面带善意的女人。

"要是您告诉我幸福的车站在哪儿，我说不定会买张票去那儿过一辈子！"

"没有适合你们这些酒鬼住的地方！"售票员似乎是一个毫无风趣的人，"要不要再给你来一杯？"

"谢谢您没揍我！"普拉东站在原地思考，不知道自己该干什么，该去哪儿。

由于无事可做，他便又去了站台，那里总是来来往往着许多陌生人。

普拉东注意到了警察局的布告栏，上面公示着司法部门通缉的犯罪嫌疑人的照片。一张照片上是一位长着一双迷人大眼睛的美女，她多次巧妙地获取他人的信任并盗取钱财。另一张照片上是一个笑容憨厚的男人，但他却是个十分危险的匪徒。第三张照片上是一个皱着眉头的男人，他恶意不支付赡养费。

薇拉正在餐厅里铺桌子，她看到普拉东从警察局的布告栏前走开，坐在长椅上望着调车机车。

普拉东坐的长椅正好在餐厅窗外，他漠然地望着熙熙攘攘的站台：有人在费力地拖着沉重的箱子，有人在寻找搬运工，有人拥抱着女朋友在热切地说着什么情话。

广播通知：

"塔什干开往莫斯科的特快列车即将进入一号站台。由于列车晚点，停车时间将缩短。"

普拉东漠不关心地坐在长椅上。在他身后的餐厅里，锅碗瓢盆叮当响，女服务员们脚踩着高跟鞋正在来回奔忙。

列车进站了。一个体格魁梧、大概有两百斤重的列车员从正对着普拉东的那节车厢跳下站台。他从车上拿下来两个沉甸甸的箱子，即使像他这样健壮的人，也要用尽全力才能提起箱子。

然后这个壮汉微笑着，径直走向了普拉东。普拉东惊讶地抬起头——他并不认识这个人。原来，这个壮汉是从窗口看到了餐厅里的薇拉，他喊道：

"薇拉，薇拉！"

薇拉朝窗外看：

"你从哪儿来？"

普拉东坐到长椅边上，要不然他们就像是在对着他的耳朵喊一样。

"怎么跑塔什干这条线了？"薇拉继续说，从她的声音中可以听出她很高兴。

"当班的列车员病了。我们到车厢里去吧！见到你太高兴了，我的小宝贝儿！想死我了！"

"我也很高兴见到你啊，安德留沙①！"

普拉东忍不住笑了。

"跳过来！"列车员充满爱意地张开双臂。

薇拉慌张地四下看了看：

"但我怎么走得开呢？瞧，这么多客人呢！"

"柳达！"安德烈以主人的口吻把薇拉的女友叫过来，"我要和薇拉去……"

"……谈点儿业务！"薇拉马上补充道。

"放心吧，我去收他们的钱！"柳达答应下来，"又不是头一回了！快去吧！这些人……"她用眼睛瞟了一眼那些正在吃饭的旅客："不付账谁也甭想从我手里溜走。你呢，薇拉，快点儿去吧，停车时间可缩短了！"

但是薇拉还没等她说完就一溜烟跑出去，跳上了站台。

"还要到处拖着这些甜瓜！"安德烈晃晃脑袋，费力地提起两只行李箱，"你知道这里装了多少甜瓜吗……这可是查尔朱②

---

① 安德烈的昵称。
② 土库曼纳巴德的旧称。

18

的甜瓜！得把它们找个地方藏起来。"

薇拉突然想到了什么。她瞅着普拉东，凑近安德烈，在他耳边小声说了什么。安德烈盯着普拉东看了看，又在薇拉耳边说了两句。然后他突然对普拉东说：

"您好，同志！您要在这儿坐很久吗？"

"直到晚上。"普拉东叹了口气。

"能帮我看会儿箱子吗？"

普拉东耸了耸肩：

"好吧……"

"您有身份证吗？"列车员继续问。

"有啊。'

"带着吗？能给我看一眼吗？"

普拉东听话地拿出身份证递给安德烈。列车员拿过身份证立即说道：

"听我说，看好这两个箱子——里面是查尔朱甜瓜。知道能卖多少钱吗？吓死你！你要是看管得好——就给你一个，这么大个儿的！"他边说边比画着要奖给普拉东的甜瓜的尺寸——一个很小的瓜。

"哎，你要干什么！"普拉东担心起来，"把身份证还给我，您没有这个权利。"

安德烈和薇拉已经走向车厢。列车员转头说道：

"老兄啊，好好看着瓜，十分钟后你就能拿到自己的身份证了。还有什么不明白的？"

安德烈一把抱起薇拉跨过铁轨。

普拉东看到安德烈先走进贯通道，然后贼头贼脑地环顾左右，薇拉也跟着上了车。过了几秒钟，安德烈的脑袋出现在离车门最近的窗口，他就像在自己家里一样放下严实的窗帘，将包厢与外界完全隔离。

普拉东冷笑着摇摇头。然后他俯下身子，试着打开箱子上的锁，锁嘭的一声弹开了。普拉东掀起箱盖儿，甜瓜散发出醉人的香气。普拉东拿起一个甜瓜，转身够到餐厅窗前桌子上的一把餐刀，并小心地用餐巾纸把刀擦干净。

而在包厢里，安德烈锁上了门。

"什么都不好使……车厢太老了。哎呀，我得给部长打个报告……"他抱着薇拉，"韦伦奇克①，来吧，来吧。"

"我多想你呀。"薇拉拖长声音说。

安德烈解开了薇拉衬衫的第一个扣子，说道：

"自己来，自己，自己，自己。这里不是餐厅，这里要自己伺候自己。"

然后安德烈开始脱牛仔裤。

"昨天晚上可真是太糟糕了。我的搭档在奔萨②让两个熟人上了车。以为他们没喝酒呢，结果可好，闹上了天，妈的！一个就横躺在车厢里，可我们有稽查啊……搭档还忍着牙疼。我对他说：'格尔卡！来二两吧！'而他说：'二两可治不了我的牙疼……'"这时安德烈发现，薇拉并没有脱衣服。

"你怎么了，薇拉……快脱呀……"

"不行……感觉怪怪的，这太不正常了，匆匆忙忙的……"

---

① 薇拉的昵称。
② 位于伏尔加河流域的城市。

"是啊，匆匆忙忙的，"安德烈同意，"可这有什么办法呢，韦罗奇卡[1]？生活就是这样……来吧，脱吧……所有人都是匆匆忙忙的……"

"我想着，什么时候你能待上一星期，我们可以好好逛逛……"

"逛逛，逛逛。"安德烈继续跟自己难脱的裤子做斗争。

"逛逛公园，或者看看电影……"

"是啊，去电影院，去看电影。"安德烈并不反对。

"……像正常人一样！"

"这能怪我吗——一辈子都东奔西跑的。我就是车轮子上的命，你呢，是端盘子的命。来吧，来吧，韦罗奇卡！脱吧！喂，你怎么了，到底为什么？"

"不行，"薇拉执拗起来，"不知怎么了，没那个心情。"

安德烈不再手忙脚乱的。

"薇儿，你怎么了，不爱我了？"

"爱呀。"薇拉停顿了一会儿后说。

安德烈笑道：

"韦伦，莫斯科迪纳摩[2]要开战了。好了，脱吧。停车时间缩短了。喂，求你了。"

"在包厢里——不行，我不喜欢这样。"

"好吧，韦伦，"列车员甚至有些被激怒了，"行了，别扭扭捏捏的，说实话，你到底怎么了？难道我还是个毛头小子

---

① 薇拉的昵称。

② 一家著名的体育俱乐部，拥有足球、冰球、篮球、排球等多支职业球队，此处指涉不详。

不成？"

"我也不是小姑娘！"

"你还感到委屈了？我刚被这趟塔什干的旅程折磨得够呛。行了，来吧……"

"不行！"薇拉打断他，"我想像正常人一样，再也受不了这样的关系了！"

喇叭里传来气势雄壮的进行曲，并通知——列车马上就要开动了。

"看吧，车要开了，"安德烈费劲地穿上裤子，"反正也来不及了。火车晚点，停车时间就缩短。没有一点儿个人生活！我一定要给部长打报告。"

"我走了。"薇拉忧伤地说。

"等会儿，等会儿，等会儿，等会儿。让我亲你一口。"

普拉东正大口地吃着挣得的甜瓜，他看到了衣着凌乱的薇拉从车上跳下来，并习惯性地整理了一下衣服的过程。火车开动了。

安德烈拿着信号旗出现在打开的车窗前：

"我后天再过来，12点10分到，如果车不晚点的话。你等着我，韦伦奇克，准备好了……哎，薇拉，查尔朱甜瓜三卢布一公斤，别忘了！"

这句话成为恋爱场面的恰当结尾。薇拉就像一个恋爱中的女人那样，忧伤地目送着列车远去。

普拉东又切了一块甜瓜。薇拉走到长椅前。

"甜瓜……可真是棒极了！"普拉东开心地拖长声音说。

薇拉在普拉东身边坐下：

"也给我来一块吧!"

"我挑了一个最小的，"普拉东一边说一边递给薇拉一块，"可以认为你们已经付给我看管费了!"

"甜瓜真不赖!"薇拉赞叹道。

"那您打算怎么处理这么多甜瓜呢?"

"卖掉!"薇拉悲伤地说道。

"三卢布?"普拉东感兴趣地问。

"一公斤!"薇拉点头。

"把我的身份证给我吧!"普拉东提出请求。

薇拉的反应出乎他的意料。一开始她愣住了，然后神经质地大笑:

"您的身份证 —— 呜呜 —— 去莫斯科了!"

"真是个愚蠢的玩笑!"普拉东很生气。

"这不是玩笑，是真的，"薇拉不再笑了，"您为什么要把身份证给他呢?"

"什么为什么? 来了一个穿制服的人要我出示身份证，我自然就给他了。"

"对不起，我们俩在车厢里吵起来了，您明白吗，嗯?"薇拉笑起来，"然后就把您的身份证给忘了。"

普拉东已经犯了一次罪，现在他决定第二次作案 —— 杀掉薇拉!

"您知道您对我做了什么吗，车站的败类?! 您简直把我给毁了，瘦猴!"

薇拉委屈地说:

"当然，您现在怎么说我都行，但骂我瘦猴 —— 这也太过分了!"

普拉东继续发脾气:"要是您的那头蠢牛把我的身份证交到警察局,那就更糟了!"

"您自己才是蠢牛,"薇拉不允许别人说自己追求者的坏话,"安德烈可是个正派人!"

"投机倒把分子!"普拉东打断她。

"投机倒把分子也可以是个正派人。您放心,后天12点10分,安德烈就会把您的身份证带回来的!您还可以赶上您误了的那趟列车。"

"没有身份证我住哪儿?"普拉东十分激动,"本来就出了这么多事儿!我要去看我父亲。也许是这辈子最后一次见面了……"

"您别着急!"薇拉试图安慰普拉东,"您先去格里博耶多夫,回来的时候我再把身份证给您送到车上!"

"回去我得坐飞机!"普拉东无法平静下来,"要不就来不及了!"

"只不过是晚了一天嘛,"薇拉满不在乎地耸耸肩,"也不会因为这点儿事就被开除吧!"

"总之,您可把我害苦了!"普拉东在绝望中用双手抱住头,"叫我怎么办呢?走也走不成!待也没处待!"

"您在莫斯科犯了什么事?"薇拉好奇地问,"我听到您打电话……"

"抢了国家银行!"普拉东充满恶意地回答,并走开了。

"哎哟,哎哟,您可真幽默……"

在候车室，普拉东又往莫斯科打电话。

"玛莎，是我……有新消息吗……他多少岁了……是在上班还是已经退休了……你觉得他喝醉了吗？检查结果出来了没有……那个可怕的情景总是在我眼前闪现……好在我一个人承担了下来……关键是你别着慌。既然栅栏已经运来了，那就不要担心了。你什么时候上节目，明天吗……你还没给我父亲打电话？你给他打个电话，说我后天晚上到。什么为什么、为什么！现在只能这样了……总之很难说清楚！这是最后一个硬币了……"

普拉东放下听筒才发现，薇拉就在旁边认真地听着。

"别再监视我了！"普拉东生气了。

"我没有监视您，正相反！是我害了您，应该想办法帮帮您。但现在我吓坏了……您是做了什么可怕的事儿？讲讲吧！"

普拉东忧愁地看了看薇拉，说道：

"有人因为我送了命。当然不是故意的。但反正也是我的过错。"

"怎么发生的？"薇拉小心翼翼地问。

普拉东绝望地摆了摆手。

"请您原谅我，"薇拉忽然轻声说道，"鬼才知道我为什么非要跟您计较那点儿卢布。这样的工作谁干上一天都会变得凶恶起来的。别人对你凶，你也对别人凶。别人少付给你钱，你也少找给别人钱。为什么我的工作这么不幸呢？！"

薇拉眼看就要大哭起来。现在是普拉东来安慰她了：

"别难过……您又没有恶意，只是一时在气头上，忙晕了头。我理解。我也没有怨恨您……"

"真的吗?"薇拉抬起眼睛。

"我干吗要撒谎呢?"

餐厅里响起震耳欲聋的音乐。一到晚上,这里就变成了另一副样子。现在已经不招待过路旅客了,大厅的一头正在举行婚礼,另一头在庆祝什么纪念日,人们在欢声笑语中纵情作乐。

钢琴师舒里克正与乐队一起演唱一首他自己创作的歌曲:

> 我们的生活毫无激情,
> 日日枯燥乏味。
> 别怕孤注一掷,
> 要去改变生活!

> 我们曾是何般模样……
> 昔日激情早已消散……
> 大胆下赌注吧 ——
> 不要害怕改变生活!

> 即使已经两鬓斑白 ——
> 仍可以选择新生活……
> 别怕孤注一掷,
> 别怕重新开始!

> 在恶劣的天气里出门,
> 鼓足勇气,历练体魄。

别怕重新开始 ——
试着与生活对决！

相信幻景和空想！
抛却沉重的行囊。
再不出发便是死亡 ——
试着重新生活！

即使无法赢牌，
你也无须忧伤。
不要害怕下赌注：
没有输 —— 哪儿有赢！ [①]

　　餐厅的客人们在跳舞，已经疲惫不堪的服务员们还在跑来跑去地端盘子，霓虹灯的光射向四处。窗外的铁路上则是另一番景象，列车不断到站和出发，电气机车发出汽笛声，车站广播反复播放着通知。

　　一个看门人在餐厅门外坐着，门上像往常一样挂着"没有啤酒"的牌子。普拉东走近门口：

　　"帕维尔·瓦西里耶维奇，请帮我叫一下薇拉。"

　　看门人放普拉东进去。

　　"对不起，"普拉东对薇拉说，"但是除了您，我在这个城

---

① 梁赞诺夫作词。——原注

市谁都不认识。博物馆已经参观过了，电影院也散场了，外面又下着雨。没有身份证旅馆是不让住的。叫我上哪儿去呢？"

薇拉想了想：

"现在我没空，但我们很快就要下班了。您先在服务台那儿坐一会儿吧，我先想想晚上把您安顿到哪儿。"

已经累到极点的薇拉又开始工作，向一个喝醉了的人收钱：

"我真心劝您——付了钱回家吧！"

"小伙子，再给我来二两！"醉酒的人要求道。

普拉东坐在附近的服务台旁边。

"您喝得够多了！而且我不是小伙子，是姑娘！"

"小伙子，我把你当成姑娘跟你说：我还没喝够！"

"哎呀，赶快付钱！"薇拉抬高嗓门，"要不我喊人了！"

威胁的声音震醒了醉鬼，他开始找钱包。

"朋友，别大喊大叫的！多少钱？"

薇拉递上账单：

"二十一卢布五十戈比！"

"你自己拿吧！我信得过你，小伙子！"

薇拉从钱包里拿出钱，又把找的钱放进去。

"拿了多少？"

"跟账单上一样！"

"再拿上五卢布！"被酒精麻醉的客人摆起了阔。

"太多了！"薇拉不同意，"您有家人吗？"

"别人有的我都有：老婆、两个孩子，还有一条狗。"

"那我就只拿一卢布吧！"

"一卢布——太少了。你的工作多辛苦。拿上三卢布！"

"谢谢！"薇拉不再讨价还价，"我拿了两卢布。快把钱包放好，别丢了。您自己能回家吗？"薇拉帮客人穿外套。

醉酒者不屑一顾地笑了笑：

"小伙子，你这是瞧不起我！"

夜深了，餐厅里正在收拾打扫。女服务员们都把手提包塞得满满的。她们下班时总是提着鼓鼓的包，里面装着神秘的东西。

钢琴师舒里克提着一个大网兜，里面都是柳达给他装的东西。

"不要带鱼冻，会化掉的。我拿不回去。"

"我给你拿回去，别唠叨了。韦罗奇卡，再见①！"柳达挽起舒里克的胳膊。

"舒里克，谢谢你的歌。亲爱的，"薇拉说，"再见。"

"有什么样的饭菜，就会有什么样的音乐。"舒里克边说边离开了。

"唉，终于结束了，"薇拉装好自己的包，"走吧，我给您安排个好地方。"

"我已经累得像条狗了。"普拉东嘟囔着。

"对不起，但我很想知道，您为什么离开莫斯科？是要藏起来吗？"

薇拉和普拉东穿过候车室里。

"我父亲年纪大了，我想在开庭之前见他一面，把一切都

---

① 原文为意大利语 ciao 的俄语音译。

跟他解释清楚。"

"唉，您不知道为这个身份证的事儿我是多恨我自己！"

"在候审期间我是不能离开莫斯科的。法院的侦查员随时都有可能传唤我。"

"哦，那就撒个什么谎吧，"薇拉漫不经心地说，"就说身份证丢了。"

"我不会撒谎。我这辈子都不会说谎。我一定会实话实说的。而且最后也会查出来的，我已经签了不离开莫斯科的保证书，但身份证却丢在了扎斯图平斯克！"

"您是做什么工作的，居然可以不用撒谎？"薇拉打心眼儿里觉得奇怪。

"我是个钢琴家。干我们这行的正相反，如果总是弹错，没有真本事，会被乐团开除的！"

"钢琴家！"薇拉啧啧地说。

"过着游牧一样的生活。巡回演出，音乐会，旅馆……"

"今天可真够累的。真是难熬的一天！但也没什么！现在我要给您安排个最高规格的旅馆！"

"就怕您说的最高规格跟我理解的不一样啊！"普拉东不免有些恼火地说。

"我想您不会反对住到'外国旅客'休息室吧？"

薇拉猜对了，普拉东一点儿也不反对。

专门招待外宾的休息室环境很好，干净、明亮、舒适、安静。

"玛丽娜，最近怎么样？好久没见到你了！"

玛丽娜神采奕奕，转头对薇拉说：

"唉，最近真是忙坏了。我要结婚了！婚礼就在下星期四。你来吗？"

"如果邀请我的话！也就是说，新郎已经选好了……"

"唉，还没有呢！"玛丽娜嘿嘿笑起来。

"怎么会呢？"普拉东感到惊异。

"是这样的……新郎现在有两个。彼佳呢……钱挣得多，但酒喝得凶。米佳呢，酒喝得少，可钱挣得也少。他们住在不同的区。所以呢，我就在两个区的婚姻登记处都递了结婚申请。"

"完全不喝酒的就没找到吗？"普拉东同情地问。

"这样的人上哪儿去找啊……"玛丽娜悲伤地说，"你知道吗，薇拉，两个婚礼都定在了星期四！"

"只有我们这儿才有这种事，"薇拉接过话头转入正题，"玛丽娜！我这儿有个人——是我把他害惨了——他的身份证被塔什干来的火车带去莫斯科了。没有身份证哪个旅馆都不让住。他可是个钢琴家。"为了增强说服力，薇拉又补上一句："他在好多音乐比赛上都获了奖呢！"

"包括国际比赛！"普拉东讨好地补充道。他已经累坏了，他又很喜欢这里，很想给人留下好印象。但是……

"我们这儿的获奖者多得数不过来！"玛丽娜反驳道，"这里只能住外国人。如果被人知道我让咱们自己人住……"

"反正你这里都空着呢！"

"空着又怎么样？不行，薇拉。我费了多大劲才弄到这个工作，我可不想丢了饭碗……"

"休息室空着，人却没地方住。玛丽娜，我可从来都没有求过你什么。"

"如果一会儿来了个日本人或者荷兰人呢?"玛丽娜直截了当地问。

"那他是什么?"薇拉用手指着普拉东,"难道他就不是人吗?"

"我会付钱的!"普拉东保证。

"第一,我们这儿不收费,"玛丽娜声明,"第二,您只有卢布,而他们有外汇!"

"咱们这儿搞的都是什么鬼!"薇拉忍不住发火了,"自己人在自己家里反倒没地方住了……"

"咱们走吧,薇拉!别发火!"普拉东拽她的胳膊。

"不走,简直气死我了!"

"你吵什么!"玛丽娜打断她,"这是我们热情好客的传统!"

"哪门子的热情好客!"薇拉更气了,"就因为他们有外汇,我们就要拍每个长虱子的外国人的马屁!真恶心!"

"薇拉,别跟她一般见识了!"普拉东拽她走。

"这是我心里的爱国热情被激起了!"薇拉还没有平静下来。

"这跟我有什么关系?"玛丽娜抱怨,"你来参加我的婚礼吗?"

"来!要不我能去哪儿……"

薇拉和普拉东向门外走去。

他们关上门,走到了站台。

"现在要把我塞到哪儿?行李寄存处吗?"

"您真是叫我烦透了!"薇拉生气地打断他,"我住在城外。

马上就是最后一班车了。"

"不对，明明是您给我惹的麻烦！"普拉东情绪激愤，"我这些倒霉事都是您造成的！"

"嗯，是啊，当然了，"薇拉点头，"人死了也是因为我。"

"这就太过分了！"普拉东低声说着走到一边去了。

薇拉不知所措地在后面看着他，然后追上前去。

"别生气，我完全是无意的，"薇拉笑了笑，"还有几分钟，我们还有最后一点儿希望，不让您在候车室的硬椅子上受折磨。"

"这回是什么？"

"警察局。但是您别瞎想……不过是我有个朋友在那儿工作……您知道他的……尼古拉沙。就是要给您做笔录的那个人……"

"真是个好主意！"普拉东赞成，"谁都不会想到去那儿找我的。"

薇拉和普拉东来到火车站的警察局，值班的中尉正在审问抓到的流氓。中尉已经面带倦容，而流氓虽然鼻青脸肿，却精神头十足。中尉用手势示意来访者等一等，他严厉地看着被扣留者。

"这块淤青哪儿来的？"

"撞到柱子上了！"流氓不动声色地说。

"腮帮子又是叫谁打的？"

"叫信号机撞了！"

"信号机叫什么名字？"中尉挖苦地追问他。

"我跟他不认识，千真万确，要不我不是人，"被扣留者发誓，"我还是头一回揍他！"

"听着，斯皮里多诺夫，我最后一次警告你……"中尉还没说完，斯皮里多诺夫就跳了起来。

"尼古拉·伊万诺维奇，您是了解我的……我保证不会再犯了！"说完，斯皮里多诺夫就夺门而出，消失不见了。

"天哪，韦鲁莎①，"中尉转向薇拉，想从她这儿寻求同情，"今天可累死我了……这个见鬼的车站……尽是些酒鬼，社会的败类……哪怕让我去上学也比干这个苦差强……你有什么事，韦鲁莎？这个人又惹什么麻烦了？"他指着普拉东。

"不是他，是我。他可是个钢琴家！我把他害惨了，不小心把他的身份证落在塔什干来的火车上了！没有身份证哪个旅馆都不让住！"

"获奖的事儿还要说吗？"普拉东问。

"在这里说这个不管用。"

"韦鲁莎！"年轻的尼古拉沙中尉抱歉地说，"为了你，我做什么都行……你是知道的……但你叫我把你的这个钢琴家往哪儿放呢？又不能让他住在这儿……"

"那拘留室呢？"普拉东建议，"到目前为止我还从没在拘留室里待过呢。"

"行倒是行，不过……"中尉犹豫了一下，"那里现在……也不知道该怎么称呼她们——那里现在正关着三个小姐……"

"难道我们国家还有……"现在是普拉东吞吞吐吐了，"那些小姐？"

---

① 薇拉的昵称。

"总体上说是没有的!"中尉坚定地说,"但 —— 随便您想要多少也还是有的……"

　　薇拉和普拉东又回到站台,那个小流氓斯皮里多诺夫跑到他们跟前小声说:

　　"需要'莫斯科人'的汽化器吗?商店里要卖四十卢布,我只要五卢布!"

　　薇拉停住脚步,直截了当地说:

　　"一边去……"

　　"明白!"斯皮里多诺夫早有准备,转眼间就没影了。

　　"走吧,我送您上公交车。"普拉东提议。

　　"那您自己去哪儿呢?"

　　他们又穿过候车室,走向出口。

　　"我就在这儿,在候车室里待着吧,"普拉东带有讽刺意味地说,"其实我们整个一生 —— 如果好好想想的话 —— 不就是个候车室嘛。"他微微一笑:"不管我们身在何处,我们总是在等待。有时候虽然等到了什么,但却完全不是我们想要的。"

　　"您别垂头丧气的!"薇拉温柔地说,"我相信会证明您是无罪的!"

　　普拉东摇了摇头。他不想谈这个令人伤心的话题,于是对薇拉说:

　　"到您那儿去不行吗?哪怕让我住在走廊里也好啊!"

　　"那怎么行呢!"薇拉惊叫道,"我怎么能带个男人回家呢!"

　　"您结婚了?"

　　"不……三年前我把丈夫撵走了。不过我们还跟他的父母住在一起。"

"'我们'——是?"

"我和我儿子。"

"我很同情您。跟别人的父母一起生活,而且还是前夫的。"

"他们不是别人!"薇拉坚决地打断普拉东,"他们可非比寻常。他们都站在我这边!"

薇拉推开候车室的大门,他们来到了站前广场。晚上这里空荡荡的。一辆闪着红色尾灯的公共汽车刚刚从车站开走。

"这就是做好事的代价!"薇拉苦笑了一下,"现在不得不睡在火车站了。"

"还是让我叫辆出租车送您回去吧。"普拉东建议。

"我自己也可以叫车,只是出租车司机都不愿意去我家那么远的地方。我们不住在城里,孤零零的一栋房子。因为我公公是巡道工。有哪个司机愿意跑空车回来呢?"

"那家里不会担心吗?"

"会啊!"

薇拉和普拉东又回到候车室。

"好吧,晚安了!"薇拉说道,"虽然这儿不见得会安静。祝您做个好梦!"

"也祝您做个好梦。那您去哪儿呢?"

"先用调度电话跟家里说一声,免得他们担心。然后再看着办吧。"

"但愿您能找到个舒适点儿的地方! 也许您可以回餐厅去?"

"餐厅夜里上锁。那里都是食品,要知道现在食品可比钞票值钱多了!"

薇拉刚走了几步，马上又转身回来：

"差点儿忘了！我还没把钱还您！"

"什么钱？"

"一卢布二十戈比！"薇拉把钱递给普拉东，"我想，您确实没吃那份可恶的午餐！"说完她便离开了。

在扎斯图平斯克火车站的候车室，普拉东躺在又冷又硬的长椅上，只等待着这个愚蠢的夜晚赶快结束。他把公文包枕到头底下，闭上眼睛想要入睡，但却怎么都睡不着。

普拉东睁开眼睛，看到薇拉站在自己身边。

普拉东充满疑惑地看着她。薇拉无奈地摆了摆手。普拉东同情地笑了笑，在长椅上挪了挪，腾出一块地方给薇拉。薇拉点头道谢，然后把手提包放在普拉东的公文包旁边，安静地准备就寝。普拉东重新躺下。

现在他们俩头顶着头躺在长椅上 —— 他的枕头是自己的公文包，她的则是装着食物的手提包 —— 但却无论如何都睡不着。

两人都不停地挪动身子，辗转反侧，想要躺得舒服点儿。

"睡不着吗？"普拉东终于问道。

"我一想到明天早上还要忙活那些甜瓜，"薇拉坦诚地说，"简直都不想活了！"

"这点我们倒是想到一块儿去了……"

"您一切都会好的……会有人帮您的……您还会去弹您的钢琴的……"

"在监狱里参加业余娱乐活动吗？"

"会有人救您的……"

"我不是独奏者，也没得过什么奖。只是在乐团里听人指挥的。"

但普拉东的话并没有引起薇拉的多少同情。

"那也比端盘子强啊。我一个人，没有丈夫……还带着孩子……我也没有什么专长……现在已经习惯像牛马一样不停地工作了……您知道吗，忙了一整天，晚上躺下以后，眼前的一切都在转……托盘啊……火车啊……客人啊……"

"您一说到餐厅，我就想吃东西了，"普拉东突然宣称，"而且您的包里又散发着一股股香味。"

"忙活了一整天，我都没好好吃上一顿饭。来吧，我们一起吃吧。"

"好啊。"普拉东乐得同意。

薇拉坐起身，打开包。

"看看吧，我今天都拿了什么……"

薇拉开始从包里拿出许多盘子、碟子、罐子和塑料袋。

"一般我们这些服务员能得到什么呢？全是配菜。恕我直言，都是客人吃剩下的。但这些只能拿回去喂猪。厨房的东西都归厨房的人，没我们这些服务员的份儿。我们什么时候走大运呢？就是有宴席的时候。就像今天我招待了婚宴，现在我们就有好多吃的了。"

"我还是头一回吃残羹剩饭。"普拉东若有所思地说。

"您为什么这么想呢？这可不是残羹剩饭。这些菜都是客人没动过的。这是有很大区别的。"

"也就是说，这道菜还谁都没……"

"不喜欢的话您可以不吃，客人。"

"在我这个处境下，挑三拣四简直是愚蠢。"说罢，普拉东立马扑向食物。他很有胃口地咀嚼着，吧唧着嘴，比画着，表示好吃极了。

"刚才还'剩饭''剩饭'……"薇拉唠叨了两句。

"真是一场美味的婚礼，"普拉东边吃边说道，"真是一个奇怪的夜晚！引人入胜。在这场婚礼上我是谁呢——新郎，还是客人？啊，不过是个吃客！"

"为什么？"薇拉小声地笑起来，"您是新娘。"

"那您就是——新郎！"普拉东如此应答。薇拉大笑起来：

"我是新郎？！我是新郎？！"

"为什么您的反应这么奇怪？我又没讲什么可笑的话。"

"亲爱的……小姑娘！"薇拉兴高采烈地扮演起新郎来，"给你来点儿什么菜呢？"

"我的小伙子，给我来点儿油橄榄，再来一片熏香肠，亲爱的！"

"再吃个西红柿吧，我的美人！"薇拉劝说道，"给你油橄榄，还有鱼，我的小可爱！"

"我的小傻瓜。"普拉东大笑。

"完全的呆瓜！"薇拉也笑起来。

"哦，鱼子酱！"

"我就站在新郎旁边。他一直喝酒，没吃菜。所以我就……"

普拉东站起来，拿起一根黄瓜，就像举着酒杯，感情丰富地开始对候车室里已经沉睡的旅客们发表演说：

"亲爱的朋友们！我要为你们举起酒杯，感谢你们到这个美丽的候车室来参加我们的婚礼！"

"等等，亲爱的！"薇拉打断了他的正式发言，"我一点儿都不怀疑你是个能喝的！"

薇拉从自己取之不尽的包里拿出剩了半瓶的香槟酒递给普拉东：

"可惜没有高脚杯！"

"也就是说，得对着瓶嘴儿喝了！"普拉东拿起酒瓶，"为大家干杯，亲爱的朋友们！"他朝候车室一摆手："祝愿所有人都能买到车票，所有人都能到达目的地！干杯！"

"一个女人能说得这么好真不简单！"薇拉装作赞赏的样子。

"我喝醉了！"已经完全进入角色的普拉东又厚着脸皮说道，"提醒大家，我今晚可是新娘。快来邀请我跳舞吧！"看来，这几天一直伴随着普拉东的紧张情绪已经松弛下来，他又成了他自己。

"我太喜欢跳舞了！"薇拉真诚地脱口而出，"只是没有音乐呀……"

"音乐在我这儿！"普拉东激动起来，"先不管我是一个什么水平的钢琴家，曲子我还是记得的……我们来点儿什么？扭摆舞，摇滚舞，探戈舞，查尔斯顿舞？我什么都会……"

"婚礼圆舞曲……"薇拉提议。

普拉东搂着薇拉的腰轻声唱了起来：

虽然我们素不相识
我的家又在远方……

"可我的家——很近……"薇拉插了一句。

"您要邀请我回家吗?"普拉东振奋起来。

"流氓!"薇拉很快顶回去。

"我不是流氓,而是个女流氓!"普拉东纠正道。

他们继续在躺着旅客的许多长椅之间旋转,普拉东低声唱着:

> 但好像我又一次
> 回到了故乡的家……
> 在这空旷的大厅里,
> 我们两人翩翩起舞,
> 至少说点儿什么吧,
> 我竟不知从何说起……①

深夜,两名民警在候车室里无情地叫醒正在睡觉的旅客,要检查证件。检查证件总是在半夜,人们已经完全进入梦乡,睡得迷迷糊糊的时候。是啊,人的美梦又有什么价值呢?

普拉东和薇拉在"婚礼"上玩够了,正头顶着头满足地睡在长椅上。只是现在普拉东的头枕在薇拉的锅上,而薇拉则把脸贴在普拉东的公文包上。

"您的证件!"民警摇了摇普拉东的肩膀。普拉东醒过来,好长时间都不明白自己在什么地方,发生了什么。

---

① 叶夫根尼·阿罗诺维奇·多尔马托夫斯基(Евгений Аронович Долматов-ский)作词。——原注

"证件!"秩序维护者又说了一遍。

这回普拉东清醒了，开始笨拙地为自己辩解：

"您知道，我要去格里博耶多夫，想在这个站下车吃个午饭。我什么都没吃，但却要我交饭钱。我没付给他们钱，呃，后来又付了。但是火车已经开走了。然后呢……完全是在另一辆火车上……我的身份证……唉，怎么解释呢……去了莫斯科……"

"身份证自己坐车走了吗?"民警挖苦地问，明显准备带走普拉东。

"当然不是它自己走的……"普拉东竭力想令人信服，"它是被一个列车员……您明白吗，我正在看着甜瓜……"

"甜瓜……"民警皱着眉重复道，"连撒谎都不会! 跟我们走吧!"

"不好意思，我得叫醒您了，"普拉东拽了拽正在睡觉的薇拉，"我要被带走了!"

"这么快就来抓你了?"薇拉噌的一下跳起来，这对于一个刚睡醒的人来说是有难度的。

"不，不是那件事!"普拉东安慰她，"是因为我是一个没有身份证的流浪汉!"

"科斯佳!"薇拉生气地说，"你怎么不让人好好睡觉呢?"

"薇拉，我这就告诉你是怎么一回事，"民警科斯佳很平静，就像一个穿制服的人在执行公务时应有的样子，"现在有一伙人在火车上作了案，也不知道在哪站下了车。这些人都没有身份证。没有身份证 —— 那就不算是人!"

"科斯佳，这是我的熟人!"现在是薇拉尽力想要说服民警了，"是我不小心把他的身份证放到塔什干来的列车上去了。而他呢 —— 可是个钢琴家。得过许多奖！"薇拉看了普拉东一眼，补充道："还有竞赛奖呢！"

"你怎么已睡在长椅上？"民警询问。

"你又不是我丈夫，没有权利问这种问题！"薇拉打断他，"我想在哪儿睡就在哪儿睡。科斯佳，你最好星期日的时候跟列娜来我家。我那天休息。给你们烤苹果馅饼！"

"谢谢了。我尽量吧。当然了，如果有空的话一定去。但估计……"民警走了。从很远的地方传来声音：

"您的证件！"

"我感觉，这伙强盗也在这里作案了！"普拉东伤心地说，"我的钱包不见了！只剩下一点儿零钱。"他抖了抖口袋，里面的硬币叮当响。

"应该报警，"薇拉急忙说道，"趁着科斯佳还没走……"

"不用了！"普拉东制止她。

"哦，是的……当然了……"薇拉想起事情是发生在普拉东身上，"也许您搞错了？您哪儿都找过了吗？"

普拉东甚至还看了看长椅底下，但那里什么都没有。

"钱多吗？"薇拉继续为他担忧。

"我在出发前去了储蓄银行，从账户里取了两百卢布。呃，买火车票花了一些钱……在你们那儿吃饭花了些钱……真是倒霉呀！睡觉的时候就被偷光了！"普拉东气呼呼地说，"我要是不躺下就好了！"

"您真是睡得太实了。就像一个心地纯洁的人！"薇拉友好地开着玩笑，想要安慰一下普拉东。

"是啊!"普拉东叹气道,"我们的新婚之夜可真是一刻值千金呢!"

"跟这没关系!"薇拉迅速划清界限。

"现在我完全不知道自己是谁了!"普拉东总结道,"既没有证件,也没有钱!总之就是一个零……"

清晨,天色微亮,普拉东推着搬运工拉行李的车走在鹅卵石铺的路上。手推车上放着两个装着甜瓜、晃来晃去的箱子,上面放着颠来颠去的公文包。薇拉在手推车旁边走着。他们经过敞开大门的货仓,装着大小箱子的自动装载机从里面开出来。几乎每个货仓前都停着挂了一长串拖车的大型卡车。

货仓旁是扎斯图平斯克编组场,空气中回响着女调度员惹人厌烦的单调声音:

"37-82-15 平车 —— 进 12 调车线……192-46 车厢 —— 进 3 调车线……"

"你们这个见鬼的强盗城市!怎么什么事都让我碰上了?"

"别发神经了,音乐家!"薇拉生气地打断他,"往莫斯科打个电话吧,让你妻子给你汇钱过来……"她又刻薄地加了一句:"当然,如果她没把所有钱都用在买栅栏上的话。"

"没有身份证是取不出来钱的!"

"明天 12 点 10 分您就能拿到身份证了!"

"要是您的列车员把它弄丢了呢?"

薇拉发脾气了:"您放心!他是不会弄丢的!他是个正经干事儿的人。"

"正经干事儿的人,"普拉东嘲讽地大笑,"谈业务,谈正事。我完全想象得到你们在车厢里是怎么谈正事的!"

"是的，我们在车厢里确实是在谈正事！"薇拉反驳。

"哦，如果你们那是在谈正事的话，"普拉东气冲冲地回答（他没有睡足，也完全不喜欢推这辆沉重的车），"那么我和您现在简直就是躺在床上了！"

"别做梦了！推车子！"薇拉尖声喊道，并且为了欺负推车的普拉东又说道，"我是不会干这种苦差的！"

"嗯，是啊，对啊……"普拉东讽刺地拖长声音，"甜瓜三卢布一公斤——可真不便宜呢！"

"一公斤我才挣五十戈比，"薇拉开始给普拉东算倒买倒卖的账，"安德烈要分一卢布五十戈比。这合情合理——他在塔什干是五十戈比一公斤买进的。还有一卢布是集体农庄的二道贩子的，只有他们才能在市场上卖货。"

"您算的账可真黑……那请问，老板娘，您打算给我多少搬运费呢？"普拉东问。

"您这是在为自己挣饭钱！"

普拉东来到的这所住宅，里面的陈设和房子外表的破旧样子一点儿都不般配，这让普拉东着实惊讶。一整套南斯拉夫"米连娜"牌豪华家具，由捷克水晶玻璃制成的一组组形状不同的花瓶和高矮不一的酒杯，芬兰"萨洛拉"牌彩色电视机，日本"雅佳"牌立体声音响，大得看不到头的土库曼地毯，还有墙上的画——总而言之，一个品位不高的有钱人应该有的一切这里全有。走进这样的住宅，谁也猜不到里面住的是谁——知名的牙医？商店经理？驻外记者？还是仕途亨通的官员？

彩色电视机屏幕上，一个黑人正在边唱边跳，电视机前坐着一个身材肥胖的女人（薇拉不知为何称她为"米沙大叔"）。墙上挂着这位体形笨重的女主人的画像，她穿着扳道员制服，手里拿着一面黄色的旗子。这幅画像提示着这个二道贩子富有战斗精神的铁路生涯。

"也就是说，您就是集体农庄庄员了?"普拉东环顾四周，吃惊地问。

"货真价实的。"薇拉笑了笑。

"集体农庄庄员的生活水平可真是提高了。"普拉东不由得讽刺了一句。

"我们这儿什么都提高了，"米沙大叔赞同道，"薇拉，你发现我又添了什么新玩意儿了吗?"

"彩色电视?"

"哎，不是!"女主人得意地说，"是录像机。这个就是从这里放出来的。想看的话，按这个键，他就出现了。"二道贩子指着屏幕上的黑人。

"现在停下来。"她按下一个键，黑人就停在一个奇怪、别扭的姿势上不动了。

"现在再按一下 —— 就又开始了。"

"真神奇!"薇拉惊叹道。

"看吧，这是录像带。美国电影，上下两集。我现在在家想看什么电影都行。"米沙大叔晃了几下录像带，"这是个爱情片。可真是能折腾! 你要是想看就到我这儿来，开心一下……"

"录像带多少钱?"

"三百卢布。"

薇拉不由得轻轻吹了声口哨。

"那你觉得呢？人家已经翻译成俄语了。"二道贩子解释道。

"米沙大叔，我们怎么处理甜瓜呢？"

"薇拉，我都跟你说过了，我得了脊神经根炎，"女主人让薇拉失望了，"搬苹果弄伤了腰，现在是哪种水果都卖不了了！"

"米沙大叔，亲爱的，这可是查尔朱甜瓜呀。天气这么热，会放坏的！"

"为什么叫您大叔呢？您可是大婶呀。"普拉东惊奇地问。

"米沙大叔是我过世的丈夫，"二道贩子乐意地解释道，"他是给人们提供食品的。他很有威望，我算是接替了他的事业——一天夜里他钻到货车底下去了。"

"喝得太多了。"薇拉对普拉东解释道。

"现在人们都管我叫米沙大叔了。而我呢？我很自豪。"

"那甜瓜怎么办呢，米沙大叔？"薇拉回到这个话题。

"好样的，薇拉，我们都是为一件事情担忧啊，"集体农庄庄员同情地说，"人民大众没有维生素是无论如何都不行的！"

"现在我明白您的使命了，"普拉东想要挖苦一下女主人，"您是关心人民的健康！"

"别讽刺！"米沙大叔理直气壮地说，"还真难说真正关心群众的到底是谁——是他们还是我！"

"他们是谁？"普拉东的确不明白。

"我是不会向挑衅让步的！我是完全正确的！"米沙大叔骄傲地宣称，并语气坚定地继续说，"我提供给人们的食品都是上等的，而他们呢，赶上什么算什么！他们卖的西瓜是生的，而且还要排队才能买到。他们卖的梨子是青的，人吃了之后，抱歉，就一个劲儿地跑肚拉稀！他们卖的西红柿完全不像样，光是瞧着都觉得恶心！他们从来不去偏远的、交通不便的地方采购，而那里的庄稼都白白烂掉了。是我解救了它们。我像爱护自己的孩子一样爱护每只李子！而他们呢，无论蔬菜还是水果都不好好保管，因为那些东西谁的都不是！"这时，米沙大叔突然用手指向普拉东："你又是谁呢？"

普拉东摇晃了一下：

"可能谁都不是……既没有证件，也没有钱……"

"他是旅客。没赶上火车！"薇拉解释道。

"那太好了，"米沙大叔十分高兴，"这里谁都不认识他。就给他戴上顶小圆帽，装成是中亚来的集体农庄庄员！"

"我可不会卖东西啊！"普拉东反对道，"而且我说什么也不会去的。"

"这又不是什么偷奸耍滑的事儿！"二道贩子笑了笑，"你想想商店里都是怎么卖东西的，你跟他们做得正相反就行了！他们粗鲁蛮横——你就微笑服务！他们缺斤少两——你就把秤给得高高的！"

"把秤怎么？"普拉东问，他明白自己是难以摆脱卖瓜的差事了。

"再给顾客添上个一两半两的，他们就乐坏了。商店里卖的水果都是湿的……"

"为什么？"普拉东又不明白了。

"哎，他是怎么回事呀，难道是今天才出生的吗？"米沙大叔两手一摊，又冲着普拉东说，"为了压秤呀。而你的甜瓜呢，可是干爽爽的！摸起来也滑溜溜的，嗯，就像女人的皮肤一样！我这就给市场经理打电话，让他们别赶走你，再给你准备一台秤和一件工作服！"

"我不去！"普拉东执拗起来，"让薇拉自己去吧！"

"我可不能在市场上卖东西，"薇拉不慌不忙地拒绝了提议，"我就是在商业系统工作的！"

"可这事儿跟我有什么关系呢？"普拉东生气了，"我是个音乐家！"

"那就边唱边卖好了！"二道贩子开心地说。

"是啊，我都忘了……您可是国际比赛的获奖者呢！"薇拉拖长声音嘲讽地说。

"我是可以获奖的！"普拉东大声喊道，"他们哪怕派我去一次也好……"

"现在要派你去市场了！"集体农庄庄员安慰普拉东。

"您真是个自私的人！您为什么就不能帮帮我呢？"薇拉也发火了。

"我不想去投机倒把，也不会去做那样的事儿！"

"你把我们看成什么人了！"米沙大叔生气了，"我们不是投机倒把，我们是土地和人民之间的纽带，现在交给你的是一项责任重大的光荣任务。"

"您饶了我吧！"普拉东恳求道。

"我看你是害臊了吧？"米沙大叔摇摇头。

"是害臊！"普拉东老实地承认，"而且也害怕！"

米沙大叔摆了一个郑重的姿势，说道：

"过去人们走向民间是去传播善良和智慧。现在这些都够了，现在该送食物了。去吧，把甜瓜送到民间去吧！"

在扎斯图平斯克的集体农庄市场上，普拉东以三卢布一公斤的价格出售甜瓜。旁边一个戴着玻璃珠绣花小圆帽的人在热情地叫卖同样的甜瓜，但每公斤要便宜五十戈比。

自然谁都不买普拉东的甜瓜。不仅如此，顾客们还对这个初出茅庐的商贩说三道四。

"你疯了吗?"老太太骂道，"奸商！"

"不能再便宜了！"普拉东愧疚地回应，"我是在完成任务！"

"把你们这些人杀了也不过分！"一个年轻漂亮的女人愤怒地说，"我是要拿到医院给生病的孩子吃的！你们挣的都是黑心钱！"

"那就给您一个吧！"可怜的普拉东不知所措，递给她一个甜瓜。

"叫你和你的甜瓜都见鬼去吧！"年轻的妈妈趁惊讶的普拉东还没反应过来，就从他手中夺过甜瓜走掉了。

"真不知道你们这些寄生虫都是从哪儿冒出来的！"一个工人模样的人尽情地臭骂普拉东。

这时候，薇拉上气不接下气地跑来了。她穿了一件漂亮的连衣裙，显得气色很好。

普拉东没有看到薇拉。

"不想工作的恶棍！"吵吵嚷嚷的工人接着骂这个新买卖人。

"恶棍"这个称呼深深刺痛了普拉东，他几乎要哭了。

薇拉小心地靠近摊位。

"一到暂时的困难时期就把你们养肥了！"一个胖胖的家庭妇女指责普拉东。

"我又不肥……"普拉东委屈地为自己辩护，"我的身份证被人带走了，我的钱也被偷了……这也不是我的甜瓜，我身不由己啊！"

薇拉惊讶地发现，对普拉东的同情竟使自己心中隐隐作痛。普拉东终于看到了薇拉。他可怜巴巴地望着她，期待她的帮助。

薇拉走上前，回敬那位胖胖的中年妇女。薇拉这个餐厅服务员可不是白当的：

"你们干吗都攻击一个人呢？不想买就别买！说到肥头大耳——您自己最好先照照镜子！"

家庭妇女气坏了，她转向戴绣花小圆帽的商贩，想要博得他的同情：

"在商店就受气，到了市场想要散散心——还是受气。给我称一个甜瓜，小点儿的吧！"

普拉东钦佩地看了看薇拉，他知道救星来了。

"多谢了！"他十分小声地说，"我已经被骂得抬不起头了。救救我吧。"

"别担心，我这就把他们都轰走！"薇拉接着大声说道，"戴绣花帽的同志的甜瓜当然更便宜，但却不好吃！都是苦的！"

"你尝过了？"乌兹别克人反唇相讥，"你钻到里面去了？"

"我一看就知道——那些瓜里面都是烂的！"薇拉继续攻击。

家庭妇女动摇了。卖甜瓜的感觉到了顾客的犹豫，便从摊位上弯下腰瞅着薇拉和普拉东。

"别听她的！这是他的女人！是他的托儿！"

"这不是我的女人！"普拉东竭力撇清跟薇拉的关系，并暗中冲薇拉使眼色。

"我是第一次见到他，"薇拉激动地说，"我只是打抱不平！"

"而我……你们所有人，我都是第一次也是最后一次见到！"普拉东气冲冲地喊道。

一个秃顶的卖西红柿的商人插进争吵中：

"这是外人！二道贩子！我最看不上这种人了……"

"你自己就是个秃头的二道贩子！"普拉东发起怒来，"怕是你从来都没见过西红柿树！"

"你的甜瓜才是树上结的呢！蠢货！"卖西红柿的还算客气地回应。

"您可真不懂幽默！"薇拉冲着他说，"您自己的西红柿都长虫子了！"

卖醋栗的女商贩举起两手一拍：

"这是要干什么！这些城里的骗子简直太坏了！都是从列车员那儿买的……"

"还乱要高价，扰乱市场！"另一个老太太随声附和。

"叫民警来！"另一个商贩喊道。

"我可以作证！"胖胖的家庭主妇很乐意尽自己的一份力。

我们的两位主人公明白，市场上的人已经联合起来对付他俩了。

"朋友们！"普拉东大声对自己的同行们说，"别找民警了，让我们自己来解决吧！"

"他说得对！民警不是我们的朋友！"秃顶的西红柿商贩赞同，"揍他一顿不就完了嘛！"

"你们谁敢碰他一下试试！"薇拉威胁地大喊。

"善良的人们！"普拉东继续说下去，'这是我第一次做买卖。也许并不是很成功，但请帮我摆脱这些可恶的甜瓜吧。帮我一把吧！'

"谁把这些甜瓜都买了吧！"薇拉附和着。新手的恭顺安抚了商贩们的情绪。

西红柿商贩沉重地叹了口气：

"我的善心可害苦了我！非要我买你们的甜瓜……我是不会把朋友丢在困境里的。这样吧，我把你这一堆甜瓜都买了，一卢布一公斤！"

"一卢布还不如他自己都吃了呢！"薇拉生气地说。

"还不如我自己吃了呢。"普拉东同意。

"好了，"一直没出声的卖苹果的商贩突然说话，"我出一卢布二十戈比！"

"这简直就是打劫！"薇拉说。

"一卢布三十戈比！"乌兹别克人也加入竞拍。

"一卢布四十戈比！这是最后的价了！"卖苹果的最后说。

"一卢布四十戈比——我们卖不了！"普拉东说。

"亲爱的商人们！别吝啬了！"薇拉号召大家。

市场上的商贩都不吭声。这时，普拉东大胆胡闹起来。

"得了，我豁出去了！"他以招徕顾客的嗓门起劲儿地高声喊道，"看看吧，谁要买查尔朱甜瓜哪，甜得就像蜂蜜，光溜得就像大姑娘的，入口即化！看看吧，快来抢哟！一卢布五十戈比一公斤！"

胖胖的家庭妇女非常迅速地抢到普拉东的摊位前：

"我第一个！"

"同志们，趁还有货，快来抢啊！"薇拉对人们说。

"住口！"戴小圆帽的乌兹别克人怒气冲冲地喊道，"一卢布五十戈比我都买下了！"

"你们都是一伙的！"家庭妇女闷闷不乐，什么都没买就走了。

过了一会儿，普拉东和薇拉在市场门口告别。

"您简直就是胡说八道，说什么西红柿长在树上，差点儿没把我急坏了……"

"您也很带劲儿呀，"普拉东高兴地模仿着，"是谁说的西红柿长虫子呀？"

"您叫卖的时候还说，甜瓜光溜得像大姑娘……"薇拉愉快地回忆道。

"而您呢，那么信誓旦旦地撒谎，说是第一次见到我……"

"这简直太有趣了，但我们却一戈比都没挣到！"

"对不起！"普拉东鞠躬道歉，"看来我的确不是做买卖的料。那么就再见了！"

"再见！"薇拉回应，"您去哪儿？"

"候车室。我还能去哪儿呢？"

"那太好了，"薇拉高兴起来，"既然您反正都要到火车站去，您就顺便把推车送过去吧！再把箱子送到行李寄存处。说是我的就行了！"

"好吧，"普拉东顺从地点头，"还推车，存箱子，就说……"

"那么，谢谢了。我要回家了。再见。"

"但您的公共汽车好像已经开走了。"普拉东说。

"我坐有轨电车去车站！"

普拉东明显容光焕发起来。

"干吗去挤公共交通工具呢！而且还要花钱！我们今天可是什么钱都没赚到呢！"

普拉东高雅地弯下腰，指着推车并打开了假想的车门：

"如果您不嫌弃的话……请允许我用私人轿车将您送到目的地……"

普拉东将推车推上桥。薇拉端坐在箱子上，膝盖上放着普拉东的公文包。

"谁能想到我竟然成了人力车夫！"

"那又怎么样呢？"薇拉开玩笑地问。

"车上的货物还真是招人喜欢。"人力车夫彬彬有礼地说。

"这该怎么理解呢？您这是在向我献殷勤吗？"

"我当然很乐意那样做，只是我现在没这个心情……"

"太遗憾了！"薇拉坦诚地脱口而出。

"您原谅我吧，今天早上我对您……总之，很粗鲁……"

"嗯，我也有点儿……为什么停下来了？"

"看到了吗，"普拉东解释道，"是红灯。别忘了，我现在可是公共交通工具！"

"您有孩子吗？"薇拉好奇地问。

"有一个在上大学的女儿，"普拉东略带忧伤地承认，并费力地说，"牛仔裤，迪斯科，'万宝路'……"

"好了，走吧……绿灯了，"薇拉说，"您的妻子怎么样？"

普拉东并不喜欢这种盘问，他带有挑衅意味地说：

"漂亮极了！"

"身材好吗？"

"叫人神魂颠倒。"

"您这辆笨重的车可真是颠簸！"

普拉东继续往前走，他突然明白刚才的话不小心得罪了薇拉，于是说道：

"但您的微笑很迷人！真的！"

听到这句话，薇拉彻底生气了：

"停车，我要下来！"

"不行啊！"人力车夫拒绝了客人的要求，"看到'禁止停车'的标志了吗？"

"那我就跳下去！"

"请原谅我的迟钝，我完全不了解女人的心思。只有像我这样的傻子才会在一个女人面前夸赞另一个女人。"

"您的妻子跟我没有任何关系！"

"您的列车员也跟我没有任何关系！"

"我跟您也没有任何关系！"薇拉喊道。

"我跟您……"普拉东刚说了半句就卡住了，"我跟您可能是有关系的！"

"那就快走！"薇拉蛮横地命令道。

普拉东使劲儿推着小车跑了起来。

"真是从没想过，我原来还有这么大力气！"

在火车站，普拉东又一次给妻子打长途电话。

"你睡得怎么样，要吃安眠药才能睡吗……别说傻话了，你没有任何过错……你请的那位最好的律师怎么说？嗯，那好，我们就靠他了……还没有呢，"普拉东笑了笑，"我还没到格里博耶多夫、还在扎斯图平斯克。我待在这儿干什么？"普拉东的确开始思考，他到底在这儿干什么。"你知道吗，我……我住在这儿……我不会离开你的，因为晚上在梦中就能见到你了……"

在这一天半的时间里，普拉东已经习惯了车站的生活方式。他不再注意永远拥挤的人群、来来往往的过客，哭的、笑的、接人的、送人的、喝醉的、吵架的、偷窃的，还有那些穿着橘黄色制服的修理工和穿着铁路制服的本地员工。他对含混不清的车站广播，来去匆匆的列车的汽笛声，喇叭里爆发出来的气势雄壮、震耳欲聋的乐曲声都已经充耳不闻了。

他真的适应了车站的生活，这证明人在任何地方都是可以活下去的。

在站前广场上，薇拉装作在等公共汽车的样子。普拉东从车站大楼里走出来，第一件事就是四处张望，看薇拉是否还在。他看到了薇拉，便高兴地快步走过去。

"公共汽车这么少，这很好。"

"刚来了一辆，只是上面挤满了人，"薇拉边走边说，"我还是坐下一辆吧。给莫斯科打电话了？有什么新消息？"

"感谢上帝，什么消息都没有。就像俗话说的，没有消息——就是最好的消息。"

"没有人找你吗？"薇拉小心地问。

"我怎么知道……好像目前还没有……"

一辆空荡荡的公共汽车驶过来。它没有满载，因为这里是线路的终点。

　　"那么再见了！"薇拉告别。

　　"再见！"普拉东边说边跟着薇拉上了车。

　　"您是要送我回家还是无处可去了？"

　　"两者都有吧。"

　　薇拉向票箱投了五戈比，撕了一张车票递给普拉东，然后大声说：

　　"我有月票！"

　　公共汽车开向了城市的边缘。

　　"您的前夫是干什么的？"很显然，普拉东开始对薇拉的一切都感兴趣了。

　　薇拉看出了这点，因而乐意告诉他：

　　"他是火车司机。我们一家子都为铁路服务。他是火车司机，他爸爸是巡道工，他妈妈原来也在车站值班，他弟弟在仓库工作，我表妹是列车员，而我呢，在餐饮系统！"

　　公共汽车已经开上了郊区公路。

　　"你们为什么分开了？在我们这个时代，家里有人在餐饮系统上班多好啊。"

　　薇拉从座位上站起：

　　"我们该下车了！"

　　普拉东和薇拉一起沿着路边走。

　　"这里多好啊！"

　　"的确，"薇拉赞同，"离开油烟、吵闹声和饭店的气味，夜里回来，呼吸一下这里的新鲜空气 —— 所有的疲劳都消失不见了……"

"你夜里一个人回家不会害怕吗？多可怕啊。"

"才不会呢！我已经习惯了。而且呢，我的女友维奥莱塔也经常给我做伴……有一次我们两个都筋疲力尽了，拎着很沉的手提包，谁也不说话……这时候就听见咯噔咯噔的声音……突然，您能想象吗？从后面传来男人咳嗽的声音。我的维奥莱塔——她是个老姑娘——立马就像变了个人似的。之前她是腰酸腿疼，拖着步子在地上蹭……"

这时，薇拉就表演起维奥莱塔感觉身后有个男人时所起的变化。她的步态是一弹一弹的，手掌卖弄地拍着头发，别扭地扭着屁股，唱着什么流行歌曲。普拉东发自内心地大笑。

"您能想象吗？有一次她认识了一个男人。她给了那人电话号码。等了一天、两天，都没有联系她。看起来，男人对她都不感兴趣！——不用再往前走了。谢谢您送我回来。"

远处可以看到铁路路基，边上是巡道工的小房子。

"您是怎么在这儿睡觉的，火车这么吵？"普拉东脱口而出。

"已经适应了。现在在安静的地方我反而睡不着。再见了！"

普拉东并不想分别。

"但我还要向您提一个专属于男人的问题：您今晚有空吗？"

"您想请我去候车室吗？"

"您穿的裙子真好看！"普拉东奉承她。

"我还有更好看的呢。"薇拉没有克制住。

"上帝亲自吩咐我，请您今晚去餐厅共进晚餐！"

薇拉的眼睛亮了起来。

"我好长时间都没去餐厅吃饭了！哦，谢谢了！"薇拉充满幻想地说，"我马上就好，在这儿等我一下……"说完她就走开了。

普拉东坐在树墩上等薇拉。他看到一个小男孩从房子里跑出来，搂住妈妈的脖子。一个又高又瘦的老人往铁路的方向走去，普拉东已经猜到了，那就是薇拉前夫的父亲。薇拉跟儿子一起进了房子。沿路有许多货运组件：车厢、油罐车、装着沙砾的平车、运载小汽车的双层平车……

普拉东陷入忧郁的沉思中，甚至都没有发现薇拉已经站在他面前。

"我收拾好了。给所有人都弄好吃的了，已经告诉他们要晚些回来了。我们出发吧！"

在他们等公共汽车的时候，薇拉突然想起：

"瞧，我怎么能把这件事给忘了！"她在包里翻寻，并拿出钱。

"您不是想借钱给我吧？"普拉东略带挑衅地说。

"如果结账的时候我来付钱，那多不好看。应该男人付钱。"

"我们去哪儿呢？我在你们这儿可是哪儿都不认识。"

"如果可以的话，邀请我去我们餐厅吧！"

"想炫耀一下？"普拉东猜到了。

"是的，我想给他们所有人看看！"薇拉不加掩饰地说。

"把您的钱收起来吧！"普拉东傲慢地吩咐。

薇拉狡猾地低声说：

"我们不付钱，吃完了就溜！"

"我知道，您把我当成了刑事犯！"普拉东快乐地继续说，"从某一点上说您是对的。但这一次我们要堂堂正正的！"

"怎么讲？"

"这是秘密。我可是个神秘的人哪。"

公共汽车来了。

"而车票呢，"普拉东边扶着薇拉上车边说，"还得您来请我了！"

"好吧……"薇拉发了慈悲。

晚上，乐队在餐厅里演奏。一对对情侣依偎在一起跳舞，过路的旅客忧愁地坐着，一群人在庆祝什么纪念日。

薇拉和普拉东面对面坐在一张单独的小桌两边。

"这也太不像话了？！"薇拉不高兴了，"怎么谁都不来招呼我们呢？"

"您怎么不明白呢，"普拉东安慰她，"她们正在议论您这是勾引上谁了。"

"是我勾引您的？"

"毫无疑问！"

"才不是这样！"薇拉一下子脸红了，"明明是您勾引我的！"

"非常荣幸！"普拉东立即接受了。

"就是的！"薇拉笑了。

一位身材粗壮的女服务员来到桌子前。

"晚上好！请点菜！"她把菜单递给普拉东，故意没有看薇拉一眼。

"维奥莱塔！"薇拉十分诧异，"你不认识我了？"

维奥莱塔坦诚地回答：

"我怎么知道这会儿该不该认识你呢！"

"来认识一下吧！"薇拉介绍自己的男伴，"普拉东·谢尔盖耶维奇，是个钢琴家。"

"很高兴认识您！我叫维奥莱塔。"

"我也很高兴！"普拉东欠了欠身子。

"你们要点些什么？"女服务员打开了点菜本。

"点菜还是让女士来吧！"普拉东把菜单递给薇拉，"您来吧！"

"我都能背下来了！做梦都能梦见……"薇拉把菜单放在旁边，"那就这样，维奥莱塔。喝的我们要……"她停下来看着普拉东。

"我都可以，不过最好是白兰地。"

"也就是说，要亚美尼亚的，"薇拉开始点菜，"'三星'牌，比这贵的不要。四两足够了。对了，对康斯坦丁说是我点的。让他别兑水！"

"难道平时都兑水吗？"普拉东立即问。

"怎么会呢！"作为正在当班的服务员，维奥莱塔反应敏捷。

"然后是冷盘……"薇拉思考着。

"今天冷盘只有干酪了！"维奥莱塔打消了她的热情。

"对主厨说是我点的。就让他用藏起来的香肠做个沙拉！"薇拉安排着，"热菜嘛——就要基辅肉饼吧。您觉得呢？"她以询问的目光看着普拉东。

"当然可以。"

"一定要告诉厨房，"大显身手的薇拉教导维奥莱塔，"这是给我做的。让他们一定要用好油煎肉饼!"

"平常都是用的什么油?"普拉东的好奇心又在作祟。

"为什么要打听您不需要知道的!"薇拉搪塞过去,"还有冰淇淋!"

"只是,维奥莱塔,请对厨房说这是薇拉点的,"普拉东插话,"请不要在冰淇淋里放别的东西!"

维奥莱塔离开了,普拉东朝她的背影点了一下头说:

"我明白了,这就是'咳咳'的那个维奥莱塔。"

"是的,就是她。她是个好人,很可笑。而这样的人总是不走运。"

普拉东突然脸色阴沉。他向后仰坐着,机械地拿起叉子敲空盘子。

薇拉想要弄清他怎么了。

"我感觉您的思绪好像已经跑远了!"薇拉央求道,"快回来吧!"

普拉东从忧伤的思绪中回到现实,他看着薇拉,如梦初醒。

"我现在就把一切都告诉你!"普拉东甚至都没有发现,他对薇拉已经以"你"相称了,"那天我和妻子一起从谢列梅捷沃机场回来 —— 我们是去送我妻子的女友,她要去阿尔及利亚 —— 是我妻子开的车。她十分喜欢开车,我几乎是不怎么开的。她开得很猛……已经进了莫斯科市区……当时已经很晚了,天很黑……突然有一个人横穿马路……她急刹车……可是……"

"那人喝醉了吗?"薇拉低声问。

"我们也希望如此……但化验结果显示——并没有，他是清醒的……"

这时，维奥莱塔端来了白兰地和香肠。

"亲爱的朋友们，请品尝吧……热菜还要再等会儿。后厨正做着呢。"

"你们这儿有电视吗？"普拉东突然焦虑起来。

"要电视干吗？"薇拉感到奇怪。

"有还是没有？"普拉东不安地看着手表。

"经理办公室有！"

"那就快点儿吧！"普拉东迅速站起身。

薇拉莫名其妙，她把普拉东带到经理办公室。那里没有人。

薇拉打开电视。

"你们这台电视怎么反应这么慢！"普拉东又看看表，焦急地说。

就像往常一样，仍然黑屏的电视先发出声音。女人的声音：

"北极的冷空气从巴伦支海侵入……"

电视屏幕闪了一下，上面出现了一个可爱的、穿着雅致的女人。她一边用小棒指着身后的地图，一边说着一些关于气旋和反气旋的常用词汇。

"这是我的妻子！"普拉东向薇拉介绍。

"的确是个美人！"薇拉闷闷不乐地说，"您没有夸张！"

"出事以后，"普拉东在电视发出的单调女声中继续讲述自己的故事，"她当然完全失控了。她又哭又闹，然后忽然说：

'我完了！再也不会让我上电视了！'而当警察来了的时候，我突然……实话说，我自己都没有料到……我对他们说当时开车的是我！"

"那她什么反应？"

普拉东蜷缩着。

"她什么都没说。"

"也就是说，心安理得地接受了……"

"不是的……她哭得很伤心……"

"发生了这样的事儿，谁都会哭的……"薇拉说。

薇拉和普拉东回到餐厅，在大厅里跳舞。

"有私家轿车……朋友坐飞机去阿尔及利亚……妻子上电视……"薇拉带有妒意地说，"对我来说，这简直就像是月球上的生活……而我呢，每天尽捡些残羹剩饭回去喂猪……拿点儿小费……而且每三个客人里就有一个要把手伸到我的裙子底下。对服务员从来都用不着讲什么礼貌。而对车站餐厅的服务员呢，就更不用说了……"

"别说了！"普拉东听不下去了。

"您甚至都没有发现，您对我已经开始不客气地称'你'了！"

"对不起，薇拉，"普拉东继续真诚地说，"如果没有遇见您，我无法想象我会怎么样。您简直救了我！"

"这我明白。您现在的处境只是需要有个可以说话的人。是谁并不重要……"

薇拉和普拉东继续跳舞。普拉东感觉到了真心倾诉的渴望。

"完全不是这样的，薇拉，不是这样的。最近我感到我过得……忙忙碌碌，又毫无意义，不是吗……每天就是从排练厅到录音室，从录音室到音乐会。钱总是不够用，到处都需要钱。电影制片厂、广播电台……精力都耗费在了赚外快上……朋友也不来家里了。他们也没有时间。我理解妻子——她懒得做饭、洗碗。来家里的都是谁呢？都是那些用得着的人。但这有什么乐趣呢？女儿也有自己的生活，她已经长大了。最重要的是，所有的时间都花在了跟形形色色的人打交道、搞关系上……总之，我是孤零零的一个人……"

乐队已经演奏完，暂时去休息了。

"这就是命运，"普拉东看着舞台，忧伤地笑了笑，"钢琴空着。现在我要为您演奏了！"

普拉东带着薇拉穿过大厅，他坐在了钢琴前。普拉东目不转睛地望着薇拉，开始演奏肖邦的《夜曲》，餐厅里回荡起温柔而忧伤的琴声。薇拉也目不转睛地望着普拉东。她显然是喜欢他的，并且心慌意乱。

维奥莱塔走近薇拉，用胳膊支在她的凳子上，也认真地听着音乐。

"走开！"薇拉生气地低声说，"这是他专门为我弹的！"

餐厅里有位客人正是我们已经在市场上认识了的那个乌兹别克人，他在和一位漂亮的姑娘一起用餐。这次他穿着十分时髦的西装和皮鞋，头上仍戴着那顶绣花小圆帽。

乌兹别克人指着普拉东炫耀起来：

"这是我的朋友！"

"你的朋友弹的曲子太忧伤了！"

"那你想让他给你弹点儿什么？"

"来点儿节奏感强的吧。"临时女友回答。

乌兹别克人走向舞台：

"我认出你来了！"

"我也是！"普拉东点头。

"给我们来点儿节奏感强的，扣人心弦的！"乌兹别克人把一张十卢布的钞票放在琴盖上。

普拉东马上不再弹奏肖邦，他冲薇拉使了个眼色，对大家说：

"现在，要为一位来自晴朗的乌兹别克的客人演奏一首节奏感强的、扣人心弦的曲子！"

普拉东开始起劲儿地弹奏爵士乐，哼唱着别人都不明白的语言——显然，他认为这是英语。

人们都跳起舞来。

餐厅的钢琴师舒里克带有威胁意味地出现在普拉东的身旁：

"你好啊，竞争者！"

"你好啊，本地人！"普拉东礼貌地打招呼，继续弹奏。

"你这是在巡回演出吗？"

"挣个饭钱罢了！"

"但却把我们的饭碗抢走了！喂，快走开！"

"你是弹琴的，我也是弹琴的，"普拉东诚恳地说，"我陷入困境了。误了火车，身份证、钱包都被偷走了。我只是在这儿挣一顿晚饭钱。"

"你难道是薇拉的男人？"

"算是吧……"

"都点了什么?"舒里克精明地问。

"四两白兰地、两份香肠、基辅肉饼和两份冰淇淋。"

"够了。可以了!"舒里克吩咐,"别再点了,明白吗?"普拉东听话地点点头。

这时,一位女客人来到钢琴旁请求道:

"今天是我丈夫的好日子。您能不能给他弹一首'天鹅死了'[①]?"她同时递过了钞票。

"能弹吗?"舒里克很感兴趣。

"'死了'?"

"'天鹅'!"舒里克提醒他。

"我什么都能弹。"普拉东自信地说。

"那就来一首'死了'吧!"舒里克应允他再弹一首。

在独奏音乐会后,普拉东很有胃口地吃着晚餐。

"还说是为我演奏,"薇拉嘲笑地说,"结果呢,却是为了挣钱!"

"这是很难得的,"普拉东嘴里塞得满满的,一边吃一边说,"感情和收益兼顾了!"

"您有什么好抱怨的呢,"薇拉嘲弄起普拉东来,"比如说,我就不会弹琴……说实话,我们餐厅里谁也弹不了这么好。我很喜欢。"

"在餐厅里我是个出色的钢琴家,但在艺术界……那就很

---

① 此处是一种"外行"叫法,指法国作曲家夏尔·卡米耶·圣-桑(Charles Camille Saint-Saëns)的大提琴曲《天鹅》(Le cygne)。后来俄国芭蕾舞大师米哈伊尔·米哈伊洛维奇·福金(Михаил Михайлович Фокин)根据该曲编创了芭蕾独舞《天鹅之死》(«Умирающий лебедь»)。

平庸了。"

"维奥莱塔！"薇拉吃着冰淇淋喊道，"再给我们上咖啡、蛋糕……还有巧克力！"

"维奥莱塔，这些都不用了！"普拉东非常惊慌。

"为什么？我想吃点儿甜的！"

"拜托了！"普拉东以讨好的声音说，"别吃甜点了。我们的额度已经用完了！"

"那就是另一回事了。维奥莱塔，拿账单来！"薇拉要求道。

但普拉东没有接账单。

"维奥莱塔，谢谢了！您让我们吃了一顿美味的晚餐。"

"当我们想好好招待的时候，还是可以的。"薇拉说。

"账单请送到你们的钢琴师那里吧！"

维奥莱塔来到舞台上。舒里克仔细看了账单，望了普拉东一眼，朝他挥了挥手，意思是说可以了。

普拉东感谢地挥手致意。钢琴师跟维奥莱塔结了账。

"也就是说，您现在要无辜地上法庭受审了！"薇拉突然说。

"我不是第一个——也不是最后一个……"普拉东顺从地说。

"维奥莱塔！"薇拉喊道，"现在可以给我们上咖啡、蛋糕和巧克力了……"

"哪儿还有钱呢？"普拉东叫了一声。

"我有！现在我来请您！"

女服务员走开了。

"也就是说，行善反而要受苦?"薇拉回到正题，她的语气很刻薄。

"行善免不了要受苦……"

"而且也不会有什么回报!"薇拉赞同，"的确，就该如此。"

"行善就不应该指望有什么回报，"普拉东说出自己的观点，"如果人们做好事是想要得到什么，那就成了交易……"

"而您就倒霉了!"薇拉恶意地说。

"这是一定的，"普拉东点点头，开始反驳，"而您认为，应该让我妻子去坐牢?"

"我不想让任何人去坐牢……但在我看来，您这么做是反常的。"

"也许吧，"普拉东赞同，"但谁也不知道什么才是正常的。"

"公平的就是正常的!"薇拉叹了口气，出乎意料地提议，"给我留个您的电话吧。我要是哪天去了莫斯科，就给您打电话。您不会生气吧?"

普拉东从杯子里抽出一张纸巾，在上面写下自己的电话号码。

"我会感到很幸福的，"普拉东真诚地说，"如果哪天在电话里听到了您的声音……"

晚餐后，普拉东和薇拉在候车室告别。

"谢谢您的晚餐，再见!"薇拉温柔地说。

"谢谢您的陪伴。再见了!"普拉东也同样温柔地说，"走吧，我送您去公共汽车站。"

"我首先得给您找个住的地方。今天您将要享受外宾的待遇，舒舒服服地睡一宿了。"

"上次我们已经从那里被撵出来了！"普拉东已经猜到了薇拉要带他去哪儿。

"在生活中，"薇拉智慧地总结，"找当官的不如找当班的。"她命令道："跟我走吧！"

薇拉把无家可归的普拉东带到那个他熟悉的外宾休息室，迎接他们的是一位美丽苗条、穿着丝绒套装的女人。

薇拉像往常一样把那番话又说了一遍：

"尤利娅，这是位旅客，他昨天误了火车。我把他害苦了。我不小心把他的身份证留在塔什干来的火车上，带到莫斯科去了。没有身份证哪家旅馆都不让住……"

"这对我有什么好处？"尤利娅懒散地拒绝道。

"他是弹钢琴的，"薇拉想要提高被监护人的身价，"弹得可棒了……"

但尤利娅也帮不了他：

"可惜啊。我们的钢琴送去修理了！误了车的旅客，您会玩杜拉克①吗？"

"会是会，但跟弹琴比可是差多了！"普拉东开玩笑地说。

"那您能干点儿什么呢？"尤利娅以审视的目光打量普拉东，"的确……今天看样子不会有什么外交人员来了……好吧，就留下吧！我们再慢慢了解吧！"

就是这句"慢慢了解"使薇拉很不喜欢。

"你想了解什么？"

"你不是把他丢给我了吗？"

---

① 一种纸牌游戏。

"就是说我成了弃儿?"普拉东开玩笑地问。

"你瞧,薇儿,"尤利娅笑了一声,"他多机灵啊。"

薇拉咬了咬嘴唇。

"好,那我走了!你们慢慢了解吧。"薇拉转过身,不是很开心地走了。

普拉东拉着门朝薇拉喊道:

"韦鲁莎,谢谢了!那么,我们明早在餐厅见了?"

薇拉停下,转身看了看,什么都没说又向前走了。

门砰的一声关上了。

"你们之间有点儿什么吧?"从尤利娅的表情看得出,她对此很感兴趣。

"才没有呢,瞧您说的……"普拉东若有所思地说。

"她很不幸……"尤利娅说,"您是什么情况,是过路还是要待一阵子?"

尤利娅从冰箱里拿出一瓶酒。

"也许还要再待上几天……"普拉东含糊不清地说了一句,就像是把心里想的说了出来,"也许不会……明天,拿走我身份证的列车员就回来了……"

"这么说您知道他?"

"有幸见过!"普拉东笑了笑。

"她是因为一个人太寂寞了!"外宾休息室的女主人开始维护薇拉,"丈夫抛弃了她,而且手段卑劣……在奔萨跟一个理发师好上了,还用铁路的调度电话往家里打,说自己离家出走了。结果铁路上的人都听到了他们的通话,简直就不是人干的事儿——也不回家,也不道歉。然后过了两个月,回来跪下认错，请求她的原谅。但薇拉没有接受。而这个安德烈呢……他是后来才出现的……"尤利娅往杯子里倒酒："喝点儿吗？"

"您跟我讲这些干什么？"普拉东冷酷地说，"这跟我没关系。"

"我看是有关系的！"

没有听到敲门声门就打开了，薇拉又回来了。

尤利娅马上开心起来。

"现在你要撒谎了，说自己没赶上末班车！"

"薇拉，您回来了我真高兴！"普拉东流露出快乐的神情。

"不是我想要回来，确实是末班车已经开走了！"薇拉执意说道。

"你是对的，坚持自己的说法吧，既然你这么爱吃醋！"尤利娅继续取笑她，并马上提了一个友好的建议，"看来，现在我在这儿倒是多余的了！"

"你说的这是什么蠢话？！"薇拉假意地说。

"我这个无家可归的人要在哪儿安身呢？"尤利娅假装可怜的样子，"只能去昏暗侯车室打个盹儿了……"她表情丰富地加上一句："明早见！咳，我真是个可怜的孤儿！"

"太谢谢您了，尤利娅！"普拉东说。

尤利娅意味深长地在身后关上了门。只剩下普拉东和薇拉两个人了。

"我没有赶不上车！"薇拉承认道，眼睛看向地板，"只是不想让你们俩在一起！干吗看着我？是，是我自己回来的。您怎么不说话？"

普拉东全神贯注地看着薇拉，不知为何不说话。

"以后您会想起，怎么被困在了一个中间站，遇到了一个女服务员。还跟她好上了！真可笑……还是在外宾休息室……"

普拉东还是沉默着。

"她其实并不怎么……不过是一次萍水相逢……"

"薇拉，您真是太不了解自己了……我感觉已经认识您很多年了，已经十分了解您了……您身上没有任何我不喜欢的东西……您是真实的！自然的！我跟您在一起感到很轻松……我就是我本来的样子……我不需要去伪装……正是在这个车站，说来很可笑，我才第一次感到自己是自由的。"

薇拉听着普拉东的独白，她的眼中闪烁着温情。

"您简直不知道自己有多宝贵，"普拉东激动地说，"您善良、美丽……您……迷人……是的，是的，您太好了！"

"上帝啊！"薇拉深呼吸，"还从来没有人对我说过这样的话！"

不知道再往下要发生什么，但也不难预料，可是突然响起了敲门声。普拉东从薇拉身边退开两步，气恼地说：

"哪里都没有安宁！"

面带愧疚的尤利娅在门口出现：

"朋友们，不好啦！我知道我回来得不是时候！但是今天天气不好，飞机禁航了！你们不知道我多讨厌这种坏天气！现在一大堆外宾要从机场来了。又够我忙活一阵的了……"

"真是太不巧了！"薇拉脱口而出。

"是啊！"尤利娅点点头，"民航真是太可恶了！"

"你们这是什么破车站！"普拉东发火了，"哪儿都不让我们单独待一会儿！"

"好，我们走吧！"薇拉说。

"你们走吧！"尤利娅说，"只是去哪儿呢？"

"去找哪个……老婆婆！"普拉东生气地说，"我们这两个无家可归的人还能躲到哪儿去？！"

他们离开了外宾休息室。

两人走到站台的尽头，跳到下面，沿着铁路路基走，沿着无限延长、时而汇聚、时而伸向不同方向的铁轨向前走。

"要带我回家吗？"普拉东提议，"是不是沿着铁路走更近一些？"

"怎么会呢？"薇拉感到惊讶，"那可要走上二十公里呢！"

"只要能跟您在一起，就是走上三十公里我也愿意！"普拉东鼓起勇气说。

"那我们就一直走到格里博耶多夫好了，有什么的……您是那个地方的人？"

"是的。我就生在乌拉尔河畔。我们家附近有一个叫'白杨树'的公园。那里几乎已经没有白杨树了，但名字却留了下来。后来我妈妈离开了我爸爸，我那时十岁……"

"找别的男人去了？"

"是的……我们也搬到了莫斯科。我爸爸——全城人都知道他——"普拉东的声音里明显透露着温情，"是一个儿科医生。您知道吗，这种契诃夫笔下的医生现在再也没有了。几乎全市的居民都请他看过病。无论是那些年近半百的人，还是他们的孩子、孙子……所有人都信任他！"

铁路转弯了。薇拉也转弯，普拉东在后面跟着她。铁路尽头停着许多车厢。

"明白了，我们要去找空车厢！"普拉东猜到了。

"您真聪明，可没完全猜对。所有车厢都锁上了，为了防止流氓钻进去。我们去找我表妹济纳 —— 还记得吗？跟你提过的，她是列车员。"

"薇拉，我真是太喜欢你了！"普拉东突然承认。

薇拉转过身，凝视着普拉东的眼睛，像是要弄清他这句话是不是认真的。

"请问，您看到济纳·米纳耶娃了吗？"薇拉问一个进入车厢的列车员。

"在那边，11 号车厢……"

"您就别跟我过去了，我们要说体己话！"薇拉严厉地惩罚普拉东……

薇拉在车厢里铺床。普拉东站在旁边。

"瞧，"薇拉说，"您会睡得很舒服的，嗯，弄好了。"

薇拉直起腰，她的脸跟普拉东的脸挨得很近，四目相对。普拉东贴近她，并吻了她。

薇拉喘了口气，后退一步说：

"好了！够了！这不会有好结果的……"

"不，不够！"

"我是不会在车厢里乱来的！"

"我知道。"

薇拉警觉起来：

"你指什么？"

"不指什么！"

"你在暗示什么？"薇拉提高了嗓门。

"什么都没暗示！"

"也许你是指我跟安德烈去了车厢！但我跟他在那儿什么事都没做！"

"我相信你！"

"你的眼睛告诉我你不相信！"

"这里黑乎乎的，什么都看不到！"普拉东恳求道。

"我们在那儿确实什么都没发生。"

"是啊，我相信你，真的！"

"你什么都不相信，你现在只想着一件事……别说了！我跟你是不会有好结果的。"

"为什么？"

"因为我是车站餐厅的服务员，而你是个钢琴家。"

"别说蠢话……"

"你没什么可说了才这样说。"

"谁是干哪一行的又有什么关系呢！"

"下面你还要大谈所有人都平等！"

"好了，薇拉，我真心实意地请求您——求您别走，"普拉东不知所措地低语着，"这对我来说太重要了。"

"我带你到软卧车厢。"薇拉柔声说道，"为的是让你好好休息。休息吧，不幸的人。"

薇拉进了隔壁包厢，并锁上门。现在他们俩坐在板壁的两边。

"你估计，"薇拉打破了沉默，"会判你几年？"

"最少也要三年。"

"我要到法庭上去，"薇拉突然宣称，"跟他们说不是你干的……"

普拉东明白，凭着薇拉的性格她真的可能会出庭。

"谁都不会相信你的。"

"我就说，这都是你亲口对我讲的！"

"我会否认的！他们会相信谁 —— 你还是我？"

"三年 —— 太长了。"

"是很长。"普拉东叹气道。

"这关我什么事呢。反正你再也不会来这儿了。"薇拉伤心地说。

"薇拉，我们都是成年人了。这样隔着板壁说话真是太不正常了。你到我这边来吧。"

"不，不行！"薇拉说，但同时却不知为何整理了一下头发。

"那我到你那儿去！"普拉东站起，并坚决地穿过洗漱间来到另一个包厢的门口。但门是锁着的。普拉东拧门把手。

"真是厚脸皮！"薇拉说，但她的语调中并没有攻击性，"虽然从你的外表是看不出来的。"

普拉东提议相互妥协：

"那就让我们在中立地带见面吧。"

薇拉走近通向洗漱间的门，上面有一面镜子，薇拉看着里面的自己。

"那是在哪儿？洗漱间吗？"

"走廊也行啊！"

"我不会去那儿的。"薇拉说，但她的手却打开了通向走廊的门。普拉东在那里等着她。

"我就是这么个有原则的人。"普拉东深吸了一口气，抱住了薇拉……

早上，普拉东醒来后，马上跑到走廊上看了看隔壁包厢。薇拉已经不在了。普拉东从车厢的台阶上跳下，沿着铁路跑向车站大楼。

早上的餐厅里没什么人。服务台周围聚集了服务员、小卖部售货员、厨师、会计——都是女的。有人在吃早餐，有人在织毛线。会计正在写菜单，而薇拉在轻声唱着歌：

> 即使已经两鬓斑白——
> 仍可以选择新生活……
> 别怕孤注一掷，
> 别怕重新开始！

普拉东进入餐厅，来到服务台旁。薇拉以神秘的眼神打量了他一番，接着唱：

> 我们曾是何般模样……
> 昔日激情早已消散……
> 大胆下赌注吧——

普拉东点头叫好。薇拉也点头回应。一个女服务员走过来对普拉东说：

"普拉东·谢尔盖耶维奇，您的早餐在那里。请坐吧。"

"谢谢。"普拉东说着看了看薇拉。

"用餐愉快!"薇拉干巴巴地说。

"谢谢。"普拉东的目光一直没有从薇拉身上移开。

薇拉低声唱着这首仿佛是关于自己的歌:

即使无法赢牌,

你也无须忧伤。

不要害怕下赌注:

没有输 —— 哪儿有赢!

广播通知:"莫斯科开往塔什干的特快列车即将进入一号站台。"

普拉东看了看车站的大圆钟,指针正指向 12 点 10 分。薇拉拿着托盘站在分菜口,等待着安德烈的到来。

在一群涌入餐厅的饥肠辘辘的过路旅客中,普拉东看见了安德烈。顺便说一句,找到他并不难。强壮的安德烈在人群中就如鹤立鸡群。跟前天一样,他一手拎了一个看起来沉甸甸的箱子。安德烈走到薇拉身旁。

"你好啊,韦鲁尼娅①!"列车员满脸笑容,"怎么,换发型了?"

"是的。"薇拉紧张地说,但安德烈没有察觉到。

"很适合你。韦罗奇卡,这回的货棒极了,两大箱子奥地利皮靴,轻便样式的。两百卢布一双。韦罗奇卡! 车只停二十

––––––––––––––
① 薇拉的昵称。

分钟。"

薇拉下定了决心，说道：

"我再也不去你的车厢了。就这样。"

"韦伦，我们又没有别的地方可去。我不能走远……"

"唉，安德留沙！你没明白我的意思。"

"什么意思？"

"发生了不幸的事儿。"

"我就知道！"安德烈非常惊慌，"我的甜瓜被偷了？！"

"要是甜瓜就好了……"

"那也没有别的东西了。"

"我找了个替代你的人。"

"我有点儿不明白，韦伦。我们走吧……"

"我背叛你了，安德留沙。"

安德烈笑了笑说：

"你有别的男人了，是吧？"

薇拉点头。

"那个人是谁？"

"那个人"走到安德烈面前，要求道：

"把身份证给我！"

"对不起，老兄，"安德烈道歉，并将身份证递给了它的主人，"出了点儿差错……拿着你的身份证吧……我请客……你想吃什么随便点，我请……"

"给你甜瓜的钱！"薇拉从围裙兜里掏出一沓钞票，递给安德烈。安德烈接过钱，随便往兜里一塞。

"我和你两清了！"薇拉的这句话里有两个意思。

"是的，现在还有件事……"普拉东插嘴。

"你走开，"安德烈对普拉东说，"我要和薇拉谈谈……"

"听着！赶快离开这儿！"普拉东以威胁的口气说，"以后再也别叫我在这个车站看到你！"

安德烈大笑起来：

"原来是你呀！我叫你干什么来着？败类！我叫你看着甜瓜，你都干了什么，啊？"

"投机倒把分子！恶棍！"普拉东提高声音，"快从这儿滚开！"

"哎哟，我好害怕呀！"安德烈脸色狰狞，很轻松地用手背打了普拉东的脸。

普拉东没站住，跌倒在地。

"也就是说我要这么理解了，薇拉·尼古拉耶芙娜对我的爱情已经结束了，"安德烈转身对薇拉说，"我们之间只剩下业务往来了。"

"这个我也不想再干了。"薇拉说。

这时普拉东已经从地上站起，并用尽全力打了安德烈一拳。

"你没受伤吧？"安德烈问，并原地未动地还了普拉东一拳——钢琴家飞了出去，将一桌子的餐具都撞翻在地。

薇拉蜷缩起来，但她控制着自己不做反应，就好像在她眼前什么打斗都没有发生。

"你以后靠什么过日子呢，薇拉·尼古拉耶芙娜？"

"我怎么也能活！还没有你时就能——以后也能。"

"就靠那点儿工资！"安德烈喊起来。

"是的！"薇拉点点头。

"你知道这叫什么吗？我在你身上花了多少钱，多少时间……"

"你骂吧，安德留沙，你骂吧。"薇拉同意。

"你以为你给了我很多乐趣吗？"安德烈看到普拉东正试图以模糊的目光找到欺负他的人，"哎，同志！您是碰巧在找我吗？"

普拉东怒不可遏。他像一辆坦克一样朝列车员冲过去，但却没来得及进攻——安德烈轻松地一推，不走运的打架者就又跌倒了。

"你以后就等着去刷站台吧……"

"不会的，不会的……"

"我再也不会来找你了！"安德烈不能原谅薇拉背叛他，"我图你什么……"安德烈不再攻击普拉东，而是伸出一只胳膊抓住他："喂，小鹌鹑，安静点儿——你就喜欢这样的？"

"非常喜欢，安德留沙。"

"明白了。你有正经工作吗，小鹌鹑？"安德烈问被打得伤痕累累的普拉东。

"钢琴家。"普拉东哼哼了一句。

安德烈放开了他，普拉东又倒在地上。

我们熟悉的那个叫尼古拉沙的中尉出现在餐厅里，他观察了一下打斗现场，看到普拉东受伤倒地，正艰难地扶着凳子想站起来。

"尼古拉沙，你好啊！"安德烈友好地与民警握手。

"这里发生了什么？是谁把您给打了，钢琴家同志？"

普拉东沉重地呼吸着。

"没事儿，一切正常！"安德烈说。

"是谁把他打了？"民警大声问。

"钢琴家想活动一下，不小心撞翻了桌子，"安德烈沉着地说，"一脚踩到沙拉里，就滑倒了。"

薇拉沉默着，而安德烈敏捷地从裤子上抽下腰带，把两个装靴子的箱子捆在一起，又从服务台底下拽出之前装甜瓜的两个空箱子。

他从一沓钱里抽出两张二十五卢布的钞票，一张塞到薇拉的围裙兜里：

"这是给你的，韦伦，赔餐具的钱……"

他把第二张钞票贴到普拉东的额头上：

"这是给你的，门德尔松①，看病的钱。"

然后安德烈转身对薇拉说：

"你呀，薇拉·尼古拉耶芙娜，真是个愚蠢的女人。"说完，列车员抓起自己的四个箱子，离开了扎斯图平斯克火车站。

女服务员们、薇拉的好朋友们扶起椅子，铺桌布，打扫地上的碎片。

"尼古拉沙，你走吧。这儿没事儿了！"薇拉说。

"一切正常！谢谢，姑娘们！"挨了打的普拉东附和着。

尼古拉沙走了。剩下普拉东和薇拉两人。

---

① 费利克斯·门德尔松（Felix Mendelssohn，1809—1847），德国作曲家，浪漫主义音乐代表人物之一。

"你为我感到羞耻吧？"薇拉一头扎进普拉东的怀里大哭起来，"等一下。马上，好了！你要买去哪儿的票？说吧！"

普拉东抚摸薇拉。

"去那个……格里博耶多夫，再从那儿坐飞机回莫斯科……"

"回莫斯科？"薇拉向后退开，"回莫斯科。去找那个乱报天气的女人！"说完，她昂首阔步地走出了餐厅。

薇拉从后门进入售票处。

"要一张去格里博耶多夫的票！"

"哪个车厢？"售票员问。

"随便，软卧的就行。"

"只有硬卧的了！"

"他连买票也这么不走运。"薇拉摇了摇头。

薇拉穿过候车室，在经过长途电话亭的时候她停了下来，想了想，然后走到一个换硬币的小窗口，递过去一卢布，换回一把十五戈比的硬币。薇拉回到电话亭，拿出记着普拉东在莫斯科的电话号码的纸条，照着拨号。

"是普拉东·谢尔盖耶维奇的妻子吗……您好……不，您不认识我……"薇拉紧张地问，"请问，您睡得安稳吗……这完全不是愚蠢的问题！"薇拉又将一个硬币投进电话机。"您怎么能让一个清白无辜的人去坐牢呢……我知道不是他的过错……当时开车的是您！您……什么？"薇拉大惊失色，"不是您……是他……我不相信您的话！"

薇拉挂了电话，她靠在墙上，好像已经没有力气走开。她就这么稍稍站了一会儿，然后慢慢走回了餐厅。

普拉东在衣帽寄存处整理着被压皱的衣服。

"您的票！"薇拉把票递给普拉东，"去格里博耶多夫的，四十分钟后开……"

"谢谢了。我一到那儿就把钱给您汇过来！"

"出去吧！我们谈谈！"薇拉忽然要求道。

他们沿着站台走。两人都不说话。薇拉先打破了沉默：

"我刚才跟你的妻子谈过了，"她察觉到普拉东惊讶的神色，"当然了，是通过电话。对不起。我知道这是卑鄙的，但是我忍不住。她一口咬定是你撞死的人！"

"她真是这么说的吗？"普拉东问。

"语气何等坚定！"

普拉东停下来。

"她当然不能对任何人说出实情，何况还是一个陌生人。你站在她的角度想想吧。一个外人打电话来……"

"但她在电话里说她根本不会开车……"

"怎么 —— 根本不会开车？"

"就是不会。"薇拉拖长声音。

"她是这么说的？"

"就是这么说的。而且非常肯定。"

普拉东沉默了很长时间，然后说：

"她是对的。笔录上也写着是我撞死的人。所以……什么也改变不了了。"

"天哪！真是太糟糕了！"薇拉痛苦地喊道。

普拉东温柔地看着薇拉，抱住她的肩膀。

"喂，靠边！"洪亮的喊叫声响起。

他们向两边闪开。一辆运输车挂着一长串满载货物的拖车从他俩中间驶过。

普拉东和薇拉先是不知所措地看着对方，继而隔着一长串拖车焦急地跑来跑去，想要走到一起。但是这辆愚蠢的运输车好像没有尽头。在最后一台拖车哐啷而过后，普拉东急不可耐地冲到薇拉这边，紧紧地把她搂在怀里。

然后，薇拉和普拉东手挽着手走向横跨铁轨的天桥。他们沿着木制台阶走上桥，走到桥中间停了下来，胳膊倚着栏杆站立着。一眼望去，天桥下是各种复杂的车站设施：人来人往的站台、错综复杂的铁轨、大大小小的建筑物、奔忙的调车机车和待发的车皮。

"没有钱你一路上怎么办呢？"薇拉开始为他担忧。

"怎么也能到的⋯⋯"

"拿着这十卢布吧！"薇拉递给他一张红色的钞票，"请不要再说你会马上还我的话了⋯⋯"

远处驶来一列火车。车站广播又开始播报。但广播员说的什么，在天桥上是听不清的。桥下的站台一下子涌上好多人。

"这是你的火车。"薇拉猜道。

"是的，是的，是我的火车。"普拉东痛苦地意识到，再过几分钟他就要走了。

"如果我有什么做得不对的地方，请原谅！"薇拉咬了咬嘴唇。

"请您原谅我，我⋯⋯"普拉东要说什么，但被薇拉打断了。

"一切都很好……"

"一切都很好，"普拉东就像回声一样重复了一遍，"一切都好极了……"

"一切都好极了，"薇拉也像回声一样应道，"好了，祝您顺利到达……祝您一切一切都好……"

"祝您幸福……"

"好的，好的。快走吧，要不然又要误车了……"

普拉东笨拙地挥了挥手，沿着台阶下到站台上。

"您是7号车厢！"薇拉在他身后喊，"可惜是硬卧的！"

"不久之后我每天都要住硬卧了！"普拉东苦涩地自嘲，"再见了！"

普拉东跑到7号车厢，把票递给列车员，并一直望着站在桥上的那个小小的身影。

哭泣着的薇拉看着普拉东上了火车。她挥了挥手，没有等待火车离去就走开了。她沿着长长的桥走着，桥上的铁架在她的头顶高耸着，载着普拉东的火车在她身后发出了轰鸣声。

……普拉东孤身一人走在荒凉的冰天雪地里，在从劳改营到村庄的九公里路途中，这段关于他如何与薇拉相识的漫长回忆一直温暖着普拉东。

普拉东没费什么周折就找到了伊万·格拉西莫维奇的房子。伊万·格拉西莫维奇是当地的能工巧匠。他的作坊 —— 同时也是他的家 —— 里面堆放着各种需要修理的物件：从电冰箱到收音机，从煤油炉到手风琴……

"我们的手风琴在您这儿修理来着……"

"拿走吧！那儿，在角落里呢！"师傅指了指。

普拉东拿起手风琴试了试音。

"怎么样？"伊万·格拉西莫维奇问，"音准吗？"

"挺好……我写个收条吧？"

"走吧！大家都是讲信用的！"师傅笑了一下，"我们周围都是罪犯……"

普拉东扛着手风琴找到森林大街和他要去的那幢房子。这是一个普通的乡间木屋，窗户里面亮着灯。

普拉东敲门，没人回应。普拉东再次敲门，还是没人回应。普拉东就推了推门。门吱呀一声开了。普拉东穿过门厅，敲了敲里面房间的门，仍然没人应。他又推开门，进了房间。里面没人。映入他眼帘的是铺着白桌布的桌子，上面摆着丰盛的菜肴，还预备了两副刀叉。

普拉东把装在琴盒里的手风琴放在角落里，以防万一先从果盘里拿了两个橘子塞到自己兜里，然后回到桌旁，像主人一样拉过椅子。虽然他还穿着棉袄，但这并不妨碍他坐下吃东西。

当普拉东吃得正香的时候，薇拉提着奶桶出现了。

普拉东嘴里正嚼着馅饼，他一下子就噎着了，咳嗽起来。薇拉放下奶桶，走过去帮他捶背。普拉东的眼中涌出了泪水，也许是因为看到了薇拉，也许是因为被倒霉的馅饼卡住了嗓子。最后，普拉东终于咳了出来，他呆呆地、幸福地看着薇拉，并拿起了下一个馅饼。

薇拉幸福地笑了，从枕头底下取出一锅鸡汤，把汤倒在盘子里，推到普拉东面前。普拉东咂了咂嘴，开始喝汤，并一直以充满爱的眼神望着薇拉。薇拉从另一只枕头底下取出第二只锅，盛了一盘肉饼配土豆。薇拉在土豆上浇了酸奶油，撒上莳萝和欧芹。然后她又打开一罐辣根酱。

普拉东把汤喝得一点儿都不剩，开始吃第二道菜。看着普拉东这副狼吞虎咽的样子，薇拉的眼中含满了泪水。不知道是为什么——也许是因为久别重逢的喜悦，也许是因为看到普拉东这副样子心里难受。薇拉提起奶桶，倒了一杯奶递给普拉东。

接下来要上苹果馅饼了。女服务员勉强来得及给这位饥饿的客人端上馅饼。普拉东吃馅饼的这副架势就好像之前什么都没吃一样。他两个腮帮子都塞满了，眼睛同时盯着薇拉和馅饼。薇拉看着普拉东，眼里充满了柔情、怜悯、爱恋、同情、欣赏和……惊恐。因为她害怕准备的食物不够普拉东吃。

"馅饼有点儿烤煳了！"普拉东眨了眨眼睛。

"我还以为你在里头待得不会说话了呢！"薇拉笑着说，"怎么一直不说话？"

"不知道该说什么……"普拉东神情忧郁地说，"你白跑了一趟！我们俩成不了！"

"为什么？"薇拉慌起来。

"还是社会地位不平等。你是干什么的——服务员。而我呢，只不过是个瞎转的！"

"谁——什么？"薇拉不明白。

"瞎转的，就是我们说的清扫工！"[①]

---

① 指普拉东在劳改营里负责打扫卫生，可以在无人看守的情况下"自由"走动。

"是啊，我可是搞错了！"薇拉做出大吃一惊的样子，"我是奔着钢琴家来的，结果呢……却是个清扫工。"

"就是，我配不上你！如果我再吃点儿，你不会生气吧……"

一夜过去了。时钟的指针已经指向早上6点。村子里的人都从睡梦中苏醒了。

在森冰大街的这幢房子里，闹钟剧烈地响起来，甚至又蹦又跳。但是薇拉和普拉东挤在一张小床上，枕着一个枕头睡得死死的，两人都没有听到警报般的铃声，继续睡着。

桌上堆满了昨晚盛宴的残羹剩饭。清早暗淡的光线隐约透过窗户射进屋内。薇拉猛然睁开眼睛，她看了看闹钟——已经6点40分了！薇拉一下子清醒过来，开始使劲儿推普拉东：

"快起来！快！已经6点40分了！"

"完了，睡过头了！要晚了！"普拉东吓坏了。

"快跑！我跟你一块儿去！"薇拉急忙跳下床。

快速穿上衣服的普拉东和薇拉飞奔到街上。

"哎，见鬼了！"普拉东突然想起什么，"我忘了拿那个……手风琴！"

"我给你送过去！"薇拉向他保证。但普拉东已经开始往回跑，过了一会儿他又背着手风琴出来了。

他们在街上奔跑着。

"你别等我了，往前跑吧！"薇拉边跑边说。

"我没法更快了！"

"把手风琴给我！"

"怎么能这样？你是个女人！"

"你知道我每天端的盘子有多沉吗？"

他们离村子越来越远，已经奔跑在通向劳改营的荒无人烟的道路上。

"我要留在这儿生活！"

"哪儿？"普拉东不明白。

"在村子里，守着你！"

"你还有孩子！"

"我把他带过来！让他当个北方的孩子！"

"我不允许你这么做。"

"你没有发言权！你是犯人。"

他们跑啊，跑啊，一边跑一边弄清关系。由于很少长跑，没过多久他们就累得筋疲力尽了。

"把手风琴扔了吧！"薇拉要求道。

"放我出来不是为了见你，是为了取手风琴！你知道它有多重要吗？几点了？"

"7点20分！"

"天哪！"普拉东脱口而出，他尽可能地加快步伐。

"听着，你写个离婚申请吧！"

"现在？还是等我们跑到了之后？"

"之后吧。现在我们没有纸也没有时间！"

"你是我最爱的人！"普拉东温柔地说，他突然跌倒在雪地上，"看来，我已经跑不动了。不能再跑了！"

"快起来啊！"薇拉喊道，"你怎么躺下了？"

"没力气了！"普拉东简单地解释道。

"再使出最后一股劲儿……"

突然，马路上出现了一辆开往劳改营方向的吉普车，薇拉

跳起来挥手:

"停一下! 停下!"

吉普车刹了车。普拉东很快从兜里掏出绿色的姓名牌别到棉袄上。门微微打开,一个人从车里探出头来 —— 他穿着带灰色的阿斯特拉罕羔羊皮领子的黑色大衣 —— 对薇拉报以微笑,并友好地提议:

"雪女王,请上车!"

"太感谢了!"薇拉道谢,"您是上帝派来救我们的。"她叫道:"普拉东,快起来!我们有救了!上车吧!"

普拉东站起身,但那个穿着不错的人脸色一下子变了,嫌恶地皱起眉头:

"犯人我们是不拉的!"

他对司机做了个手势,吉普车就开走了。普拉东和薇拉茫然地看着远去的汽车。

"真是见鬼了!"普拉东绝望地叹气道,"那就让他们给我加刑吧! 我是再也跑不动了!"

薇拉抓着普拉东的肩膀把他拉起来。

"哎,起来呀! 快! 你难道还想让我再多等你两年?"

普拉东摇晃着站起来,拿起手风琴,薇拉把手风琴挂在他的肩膀上。普拉东不知道哪儿来的一股劲儿,忽然撒腿跑起来。薇拉吃力地跟在他身后。但普拉东的那股力气很快用尽了。他又抬不起沉重的脚了。最后他支持不住了,手风琴从肩膀上掉了下去,他继续头也不回地往前走。

"亲爱的!"薇拉在普拉东的身后喊,"我的亲爱的、唯一的心上人啊! 我是多么爱你! 走吧! 快向前走吧! 没多远了! 就差一点儿了！你走得很棒，只是慢了点儿！"

"几点了？"普拉东发出嘶哑的声音。

"还有七分钟！"薇拉在后面鼓励他，"看啊，看啊，多美呀！已经可以看到围墙了！"

"离那儿还远着呢……没用了……反正是来不及了！"普拉东回头一看，薇拉在后面弯着腰，提着沉重的手风琴，艰难地拖着步子。

"给我吧！"

"我自己来！"

普拉东艰难地夺过乐器，继续向前走。

这时，在劳改营里，犯人们已经在操场上排好队，准备接受早点名了。

普拉东又跌倒了，他绝望地一头扎到积雪里。

"薇拉，你跑吧，就说我在这儿！"

薇拉摇晃地走了几步，也倒下了，她大哭起来。

"我的腿不听使唤了……"

操场上，值班的军官正在清点被分为几个队列的犯人。

已经筋疲力尽的薇拉和普拉东相离不远，都躺在雪地里。他们离劳改营差不多只有一百米的距离了。

"真是太委屈了。"薇拉哭着说。

"我觉得我快要死了。几点了？"

"我们已经晚了两分钟!"薇拉低声说。她鼓足了劲儿,含着眼泪大喊,想要引起醮垒台上卫兵的注意:

"哎,对里面说……他在这儿……里亚比宁在这儿……哎,上面的……"

"我在这儿!"普拉东也喊道,"我在这儿……我没有迟到……"

"他听不见!"

"劳改营外面的地盒他不管。"普拉东低声说。

这时薇拉想出了最后一个法子:

"拉吧!"

"什么?"

"拉琴啊。只是要马上!大点儿声!"

普拉东明白了。他用颤抖的双手打开手风琴盒。薇拉用后背支撑他坐着,他就靠着薇拉开始拉手风琴。

"再大点儿声!"薇拉祈求道,"大点儿声!"

劳改营里早点名已经结束。值班的军官依次向长官报告:

"清点完毕!"

"清点完毕!"

而第三个军官报告:

"第四队清点完毕。一人缺席!"

长官脸色阴沉下来:

"谁?"

"里亚比宁!"

"里亚比宁?"长官反问,"这么说,他没回来?"

"是的。逃跑了!"

但在这时，操场上传来了远处的声音——有人在什么地方拉手风琴。长官认真地听了一会儿：

"他没跑。他在这儿！他回来了……"

在大路上，两个小小的、可怜的身影背靠背坐着。在他们的头顶上，冬日的太阳闪耀着冷冷的光，反射在留下车辙的雪地上。普拉东一直拉啊，拉啊。两个人都不知道，墙内是否听见了这琴声……

命运的捉弄，或蒸得舒服……

刘溪 —— 译

* 在俄罗斯，对刚洗完澡的人说"蒸得舒服"是祝其健康的意思。

很难理解，为何人们为新年的到来欢喜，而不是哭泣。

仔细想想，迎接新年其实是我们短暂一生中的一件悲伤的事。要知道，我们离生命的终点又近了一步。而迎接新年的活动又加速了与死亡相会的进程。人们在新年到来的前一天不是好好睡觉、爱惜身体，而是打破日常作息，整夜尽情地胡闹。

为了迎接这一令人生疑的节日，人们大量地消耗枞树这个绿色朋友，并大规模地狂饮烂醉。

新年的到来总是笼罩着神秘感，伴随着对幸福的期待。正是在新年之夜，一些完全不可思议的、平常不会发生的事情有可能会发生。

我们这个不大可信，同时却千真万确的故事发生在 12 月 31 号，新年来临之前的十个小时。

在莫斯科近郊的一个新小区里，在这些看起来都差不多的或高大或低矮的白色板楼里，家家户户都在热火朝天地做着迎接新年的准备。所有住宅里都在烤馅饼、熬肉冻、烤火鸡（那些没弄到火鸡的就考其他禽类）、调制沙拉，将伏特加和香槟酒成排地摆到阳台上，当然，还要用五颜六色的小玩具来装饰或真或假的圣诞树。

第三建筑工人大街二十五号楼十二号的这户人家正在同时庆祝两个节日 —— 新年和乔迁之喜。既然是乔迁，也就是说住户是不久前才搬进来的。家里的东西还没规整好，都乱糟糟地摆在一起；家具也是匆忙摆放的，吊灯还没全挂上，有的房间挂着窗帘，有的房间还没来得及挂。新年，新家，新生活，新幸福。

也许正因如此，为搬家忙得晕头转向的外科医生叶夫根尼·卢卡申 —— 一个相貌平平、收入平平（这些把别人剖开的人是否应该挣很多钱呢？）的中年男人（四十岁上下）—— 正在自己的新住宅里，与一位名叫加利娅的年轻漂亮的女士亲密地待在一起。卢卡申可爱的妈妈玛丽娜·德米特里耶芙娜很明智地躲在厨房里。

"叶尼亚①，"加利娅面露狡黠地说，"我有一个你意想不到的提议。"

这引起了卢卡申的好奇。

"加利娅，别吓唬我！"

"咱们一起迎新年吧！"

但卢卡申并不具备反应敏捷的优点。

"我们本来就是要一起迎新年的呀！"

"你没明白我的意思。是我们两个人一起过新年，不去卡塔尼扬他们那儿了！"加利娅非常想从女朋友的身份转变为未婚妻。

门铃响了。之前一直在倾听这里谈话 —— 新住宅的传声性也远超老住宅 —— 的妈妈不满地离开原地去开门。

"新年好，玛丽娜·德米特里耶芙娜！"叶夫根尼·卢卡申的中学同学，生活顺遂、长相英俊的帕维尔·苏达科夫愉快地说。帕维尔显然是想进去的，但玛丽娜·德米特里耶芙娜坚决地挡住了他的路：

"小声点儿，干吗这么大声？！"

"怎么了？"

---

① 叶夫根尼的昵称。

"是谁来了?"卢卡申的声音从房间里传来。

"是邻居来要葱!"母亲回应道。被迫参与欺骗的帕维尔不知所措,小声问:

"您家里出什么事了?"

"帕夫利克①,请你明天再来吧!"玛丽娜·德米特里耶芙娜请求道。

"明天不行。今晚我就要坐飞机去列宁格勒②了。"

"祝你一路平安!"玛丽娜·德米特里耶芙娜在帕维尔面前砰的一声关上了门。

厚脸皮的帕维尔立即又按门铃。

这一次,玛丽娜·德米特里耶芙娜先拴上门链,而后才把门打开一道缝。

"你捣什么乱呀?"玛丽娜·德米特里耶芙娜语气调皮地说。

帕维尔通过门缝慌张地看着她。

"妈妈,又是谁啊?"卢卡申的声音。

"是薇拉姨妈来电报了!"这位母亲眼睛都没眨一下就扯了个谎。

"玛丽娜·德米特里耶芙娜,小时候您可是教我们只讲实话!"帕维尔以责备的语气说。

"有时候需要撒个谎!"玛丽娜·德米特里耶芙娜坦诚地解释道。

---

① 帕维尔的昵称。

② 圣彼得堡在苏联时期的称呼。

"可萨沙和米沙①正在澡堂等我们呢！我从澡堂就直接去机场了。"

"今天你们自己玩儿吧！叶尼亚就不去了。对了，你去列宁格勒干什么？"

"伊拉在那儿出差赶不回来，就叫我过去跟她一起过新年，"帕维尔把声音压得更低，"我不对别人说，到底……出什么事了？"

"这暂时还是秘密……到时候你就会知道的。"可以看出，戏弄帕维尔给玛丽娜·德米特里耶芙娜带来了乐趣。

"叶尼亚对我没有秘密！"

"去澡堂吧！"玛丽娜·德米特里耶芙娜锁上门，回到了监听地点，也就是厨房。

此时，卢卡申还没有明白调皮的加利娅的计划：

"但我们已经跟卡塔尼扬他们说好了一起过新年的，失约多不好呀。而且你已经做了蟹肉沙拉。对了，蟹肉你是在哪里弄到的？"

"在食品店买的！"

"我太喜欢蟹肉了！"

"那咱们俩自己吃了吧！"加利娅暗示。

"那咱们在哪儿吃呢？"朴实的叶尼亚问。

"你可真笨！"加利娅温柔地说，"我们要在这儿，在你家迎接新年。"

"那我们还请谁来呢？"不开窍的卢卡申问。

———————————

① 分别为亚历山大和米哈伊尔的昵称。

"妙就妙在我们谁都不请。"加利娅很有耐心。

"那妈妈呢？妈妈跟我们一起迎接新年吗？"

"妈妈会走的。她把菜都做好，把桌子摆好，当然了，我也会帮她的，然后她就去朋友家——你有个好妈妈！"

而妈妈听到了加利娅是如何安排她的新年的，只能叹了口气。

"你真聪明！"卢卡申振奋起来，他直到现在才意识到加利娅的计划给他带来的好处，"我怎么就没想到呢？"

"咱俩总得有一个聪明点儿吧？"

"你知道吗……我太喜欢这个主意了！等我喝了酒，有了胆量，在氛围合适的时候，我就可以对你说我一直想说的话了。"

"是什么话呢？"加利娅很希望知道。

"还是等到新年的时候再说吧！"卢卡申明显鼓不起勇气向加利娅表白，有什么在阻碍着他。

"只怕你永远都鼓不起勇气讲出来！"加利娅故意向卢卡申挑衅。

"这是一个老光棍儿的胆怯。有一次我已经向一个女人求婚了。令我十分惊讶的是，她居然同意了。但当我想象到她将住在我的家里，一辈子都要在我眼前晃来晃去，我就打了个寒战，于是便跑到列宁格勒去了。"

"你也要从我身边逃走吧？"加利娅从墙上拿下吉他。

"不，不会的！"卢卡申的声音中充满着命中注定的意味，"一切都已经决定了，不会改变了。我坚持了这么多年，终于撑不住了。"

加利娅胜利地微笑着，她的眼睛闪烁着光芒。

"叶尼亚，人们在什么时候会唱歌呢?"

"唱歌……游行的时候唱……"

"还有呢?"

"歌剧里……"

"不是的，不是的!"

"我不知道……喝醉的时候也会唱……"

"笨蛋!"加利娅含情脉脉地说，"你不知道什么时候会唱……"

"五音不全、没有好嗓音的人爱唱!"

"人们在感到幸福的时候会唱歌!"加利娅告诉卢卡申，并把吉他递给他。

卢卡申感到自己是幸福的，他温情地注视着加利娅，拿起吉他站在窗旁。透过窗户可以看到莫斯科郊外的田野，那些还没来得及盖完的房子被白雪覆盖着。卢卡申的声音不大，就像平常说话的声音一样，稍微有些嘶哑，但却令人愉快。(现在这种家里的即兴歌手多得不计其数。)

　　家中无人为伴，
　　只有黄昏的暗影浮动。
　　冬日的朦胧景色
　　在敞开窗帘的窗前显现。

　　只有洁白湿润的雪花
　　快速地凌空飘舞，

只有屋顶和白雪，除了
屋顶和白雪，没有一人。

窗上又结霜花，
往年的段段哀愁，
去冬的桩桩旧事，
又萦绕于我的心头。

忽见门帘轻动，
静中传来步履声声。
一个颤动的倩影掠过，
你，未来的使者走进。

你出现在门口，
穿着白色的素衣，
你那缥缈的衣衫
仿佛由飞雪织就……

　　"这是谁的诗？"加利娅靠在卢卡申的肩膀上问。

　　"帕斯捷尔纳克[①]的。"卢卡申将吉他放到一边，亲了姑娘。

　　在长久的亲吻后，加利娅从卢卡申的怀抱中挣脱，跑到了

---

① 鲍里斯·列昂尼多维奇·帕斯捷尔纳克（Борис Леонидович Пастернак，1890—1960），苏联诗人、小说家、文学翻译家。

前厅。卢卡申跟在后面。

"叶尼亚，我该走了!"加利娅领导着这场胜券在握的游戏,"我今天还有好多事儿呢。"

卢卡申紧张地在原地磨蹭了一会儿,从衣架上取下白色的毛皮大衣递给加利娅,然后就投降了。他从兜里取出一个挂着钥匙的小坠子。看来,这不只是他家的钥匙,也是开启他心灵的钥匙。

"喏,拿着钥匙吧,晚上11点过来一起迎新年吧! 我爱你,想让你做我的妻子!"

加利娅接过钥匙,掩饰着得意的心情说:

"那以后我岂不是每天都要在你眼前晃来晃去了?"

卢卡申真诚地承认:

"我愿意这样!"

"要带沙拉来吗?"

"可最主要的我还没弄清楚 —— 你同意了吗?"很明显,卢卡申并非精通女人心理的专家。

"我不是拿了钥匙了嘛!"说完,加利娅很快地吻了卢卡申,走出门去。

"那跟卡塔尼扬他们怎么解释呢?"这个幸福的烦人精还在后面喊着。

楼道里传来了愉快的声音:

"会有办法的!"

还没从刚才的事儿里缓过神的卢卡申来到厨房,玛丽娜·德米特里耶芙娜正在那里忙活。

"妈妈,看来,我要结婚了……"

"我也这么认为。"妈妈赞同。

"你觉得加利娅怎么样，你喜欢她吗？"

"要娶她的是你，又不是我！"玛丽娜·德米特里耶芙娜没有正面回答这个问题。

"但你是我妈妈呀！"卢卡申反驳道。

"重要的是，你结婚以后不要忘了这一点！"

"这么说你不喜欢加利娅……"儿子伤心了。

"不能说我有多喜欢她，但总的来说她人不笨，有教养……而且……如果你现在还不结婚的话，恐怕就永远也结不了了……"

"我才三十六岁！"

"你这样提醒我自己现在多大岁数，简直是不知分寸，"妈妈笑着说，"但我不会生气的，我可是个好妈妈！我把饭菜都做好，然后就到朋友家里去！"

"她看中我什么了？"卢卡申推断着，"我比她大得多，而且她又那么漂亮……"

"我也觉得奇怪，她怎么会挑了你这么个傻瓜呢！"

"为什么我是傻瓜？"卢卡申假装生气。

"你干吗要对她提起列宁格勒的事儿呢？向一个女人求婚的时候不要提起另一个女人……"

"是这样啊，"卢卡申高兴起来，"现在我知道要怎样求婚了。刚才是帕维尔来了？"

"是帕维尔。他要去列宁格勒。但我把他赶走了，免得他打扰你。"

卢卡申看了看表。

"他们应该已经等我很久了。要不我也去一趟澡堂吧?"

"干干净净过新年,我看没什么不好的!"玛丽娜·德米特里耶芙娜说。

走的时候,卢卡申密谋似的对妈妈眨了眨眼睛:

"只是你别跟加利娅说我去澡堂的事儿。咱们家有浴室,加利娅也许没法理解。"

妈妈叹了口气:

"你这个性格,怕是以后要对妻子唯命是从了。"

卢卡申找到了公文包 —— 和帕维尔的公文包一样,从里面露出来一把桦树枝笤帚①。

"妈妈,我的命运要跟所有男人一样了……"

过去,真正的男人会去马场骑马,去靶场射击,去击剑馆用长剑决斗,去英国俱乐部在牌桌上对决,最起码也要去看看芭蕾舞。而今天,真正的男人去的是澡堂。那些认为澡堂只是为了洗澡而存在的人可是大错特错了。人们去澡堂是为了相互交流。如今在哪儿还能好好说说话呢?做客的时候总是被其他客人打断,而且嘴里经常含着食物和酒水。公共交通工具上挤得不行,而体育场里又吵得不行,倾心交谈的最佳地点莫过于澡堂了!去澡堂的邀请要提前发出,对澡堂里的聚会也要留出整整一天来精心准备。去澡堂是件神圣的事。不能只是洗个澡就干干净净地走了,真正的精神贵族是不会这样做的。谁要是

---

① 在洗传统的蒸汽浴时,俄罗斯人习惯用白桦树的枝条抽打身体,以加速血液流通和室内空气流动。

从蒸汽浴室出来后没有在脱衣间"抽空休息一下",那就是没有体会到真正的快乐。在脱衣间里,赤身裸体的现代男人裹着白浴巾,一个个都像是古罗马的贵族。正是脱衣间成为人们忘却忙碌的日常生活,向好朋友慢慢倾吐心声的俱乐部。

晚上6点多,已经蒸得舒舒服服的四个朋友 —— 卢卡申、帕维尔、米哈伊尔和亚历山大 —— 一边喝着啤酒,一边进行着亲密的交谈。

帕维尔思想深刻地推断:

"我明白,家家都有浴室 —— 这是对的,这很方便,这是文明的体现。但在澡堂洗澡的过程就像是一个庄重的仪式,而在家里洗澡只不过是冲掉污垢罢了。还有对刚洗过澡的人说的那句很妙的祝福语:'祝您蒸得舒服!' —— 在家里洗澡说这句话就不合适。浴室里哪儿有什么蒸汽呢?"

"你说得对,澡堂能净化人的身心。"亚历山大赞同。

"不管在这儿多么舒服,我都该走了……"卢卡申站起。

"你可真不是个好兄弟,我们都等着呢!"米哈伊尔责备地指出。一伙人里总有个起头的。

"等什么?"卢卡申不明白。

"你想不喝点儿就溜走?"米哈伊尔眯着眼睛说,"就不想庆祝一下自己要结婚了?"

"在哪儿,在澡堂吗?"卢卡申冷笑一声。

"为什么不呢?"米哈伊尔坚持。

"叶尼亚是对的!"亚历山大支持卢卡申,"这里又不卖伏特加。"

这时米哈伊尔自信地笑了,打开了公文包。

"要不是我，你们都完蛋了。瞧，这是妻子让我给客人买的！"说着，他便从公文包里拿出了一瓶"特级"伏特加。

卢卡申皱了皱眉。但是要让朋友们失望吗？通常我们是不想让朋友失望的……

"但只喝一杯！"帕维尔急忙插话，"我还要去机场呢。"

"朋友们，别担心！"米哈伊尔已经给每个杯子倒上了有害的无色液体，"所有人都得保持清醒，所有人都要迎接新年！"

"朋友们，明天都到我家来吧，一定要来，咱们平时难得聚一次。我还要把妻子介绍给你们认识……"卢卡申邀请大家。

"我不行啊，明天我在列宁格勒……"帕维尔提醒大家。

"我很感兴趣，你最终选了什么……"亚历山大边倒酒边说。

"不是什么，是谁！"卢卡申拿起酒杯，"啤酒之后又喝伏特加，这是很可怕的！我今天已经累坏了，在诊所里看了那么多病人……"

米哈伊尔又在公文包里翻找。

"给，巧克力，不管是什么，就当是下酒菜了。"

"咱们喝一小口就行了！"卢卡申恳求道。

"帕维尔，说个祝酒词吧！你是咱们当中最有口才的。"亚历山大建议。

帕维尔真的不用准备便出口成章：

"而你是我们当中最笨的！"

帕维尔站起身，所有人也都站起来。

"为我们腼腆的朋友叶尼亚·卢卡申干杯！他终于克服了

这个不足，给自己找到了老婆 —— 成了我们当中最后一个结婚的。祝你幸福，叶夫根尼！"

卢卡申不好意思起来：

"那么……为了这个……也许……应该……"

所有人都一饮而尽，亚历山大问：

"她叫什么？"

"她有一个很美的名字 —— 加利娅！"卢卡申骄傲地告诉大家。

"最主要的是很少有！"帕维尔补充道。

"没有别的选择了，为了加利娅也得干一杯！"米哈伊尔悲伤地叹了口气，从公文包里又拿出了一瓶酒。

"我不能再喝了！"卢卡申坚持自己的底线。

"朋友们，他不想为自己的未婚妻干杯！"亚历山大愤懑地说。

"加利娅，祝你幸福！"帕维尔举起酒杯。

"你们这帮坏人！"卢卡申委屈地说，"去接诊前我还值了个夜班呢！"

然后，他当然和所有人一样一饮而尽。

"讲讲吧，你跟她是怎么认识的？"米哈伊尔问卢卡申。

"她到我这儿来看病。"

"她怎么……是个病人？"亚历山大是出名的调皮捣蛋鬼。

卢卡申生气了：

"她崴伤了脚。"

"明白了！"亚历山大点了点头，"正因为这样她才愿意嫁给你……"

“让我们为你们俩永远健康而干杯！”说这话的当然是米哈伊尔。

“如果这样喝下去的话，我就别想去机场了。”帕维尔担心起来。

“放心吧，有我在呢，我是从来都不会喝醉的……把你的机票给我！”米哈伊尔从帕维尔手中接过票，放到自己兜里。

“我不能再喝了，不然她会觉得我是个酒鬼。”卢卡申委屈地抱怨起来。

“这简直是闻所未闻！”亚历山大向众人发出号召，“医生居然拒绝为健康干杯！”

“真是见鬼了，为什么要跟你们一起来澡堂！”拿起杯子的卢卡申在心里说。

所有人又是一饮而尽。

“现在讲讲吧，你跟她是怎么认识的？”米哈伊尔没有罢休。

“跟谁？”卢卡申重问。由于疲劳，他很快就醉了。

“跟加利娅呀。还是说你还有其他的女朋友？”

“我谁也没有。我是个单身汉！”新郎充满斗志地说。

“让我们为单身生活干杯！”帕维尔提议。

“乌拉！①”卢卡申高喊了一声。

“他多好啊！你们无法想象，如果我这种样子回家过新年，妻子会怎么收拾我。”亚历山大抱怨道。但并没有人同情他。

几分钟之前还拒绝喝酒的卢卡申，此时已经进入狂热状态。我们早就知道，喝酒这种事吧，最主要的就是 —— 开始

---

① 俄语中表示赞美的欢呼声。

喝第一口。

"朋友们！我想出了一句新的祝酒词！"

为了更具有说服力，卢卡申站到了体重秤上，将其当作演讲台。

现在是米哈伊尔要求他把握分寸了：

"你不能再喝了！你今天还要结婚呢！"

"这我没有忘！"卢卡申声称。

"如果你忘了，我会提醒你的！"米哈伊尔保证，"我从来都不会喝醉！"

"为我们的友谊干杯！"卢卡申高呼。

这一具有独创性的祝酒词感动了亚历山大：

"说得真好！"

四个人又喝了一杯。

"你真是个天生的演说家！"帕维尔对卢卡申说，并站到体重秤上，"挪一下……让咱们来个交谊秤①！"

"来吧！"卢卡申赞成，"看看我们两个人一起有多重！"

"朋友们，朋友们！"已经完全喝醉的帕维尔开始吵闹起来，"我想出了一句浪漫的祝酒词！"

"来个浪漫的！"卢卡申赞同。但米哈伊尔严厉地说：

"好了！不能再喝了！"

"就让帕维尔来个浪漫的……"卢卡申刚开始说，就被米哈伊尔打断了。

---

① 原文直译为"交谊酒"。在俄罗斯，两个人一边喝交杯酒一边接吻，从此以"你"相称而不再称"您"，表示交好。

"好了，够了！我们该去机场了！"

"为什么？"帕维尔十分惊奇。

"我们当中有人要去列宁格勒！"米哈伊尔解释道。

"谁？"帕维尔问。

"走吧！"亚历山大提议，"到了那儿再搞清楚！"

"不是走，而是飞。"

"把浴巾裹紧了！"帕维尔开着玩笑，"离螺旋桨远点儿……"

"请注意！请注意！莫斯科飞往列宁格勒的'图—134'三九二次航班开始登机了。请乘客们……"

广播员的声音回响在整个机场里，包括小吃部。在那里，卢卡申和帕维尔正紧紧抱着露出桦树枝笤帚的公文包，平静地睡着觉。

亚历山大意志顽强地跟瞌睡做着斗争，只有米哈伊尔还保持着充沛的精力。

当广播员重复播报通知的时候，亚历山大急忙从座位上站起：

"我看，这就是我们的飞机了！"

"我同意你的看法！"米哈伊尔很平静。

"你还记得是谁要坐飞机吗？"

"不记得了，"米哈伊尔说，"但你可以相信我。现在我们就来从逻辑上推理一下。"

"来吧！"亚历山大说。

"你要去列宁格勒吗？"米哈伊尔问。

"不，怎么会呢！"亚历山大吓了一跳，"那你呢？"

"我也不去！我们用排除法。也就是说，只剩下两个人了。"米哈伊尔指着睡着的两个人。

"问他们是没用的！"亚历山大挥了挥手。

"你很有观察力。应该问我。我是你们当中唯一没失掉天生的机灵劲儿的。"米哈伊尔总是这么谦虚。

"就因为这点我才喜欢你！"亚历山大承认。

"现在不说这个，"米哈伊尔腼腆地挥手拒绝，"帕维尔有可能去列宁格勒吗？"

"有可能。"

"叶尼亚呢？"

"也有可能。我们来抓阄吧！"亚历山大为自己的想法感到高兴。

但米哈伊尔却对此持否定意见：

"我们不能寄希望于偶然！此外，我得提醒你抓紧时间了，否则飞机可要不带咱们的朋友就飞走了！"

"不带哪个朋友呢？你可真清醒！你从来都不醉！"

米哈伊尔骄傲地点点头：

"所以我这就告诉你答案。今天我们在澡堂是为卢卡申喝的酒，因为他要结婚了！"

"你的记忆力简直惊人！"亚历山大十分钦佩。

"现在不谈这个！也就是说，叶尼亚要去列宁格勒参加自己的婚礼！他应该自己告诉我们这件事的，但是他累得忘记说了。"

"等等，"亚历山大忽然想起什么，"难道他没讲过未婚妻到他的诊所看过病吗？"

"讲过!"想要把米哈伊尔弄糊涂可不容易,"也就是说,她是到莫斯科出差来的!"

"很严密的逻辑!"亚历山大和米哈伊尔一起搀扶着卢卡申去登机口。

"你们要带我去哪儿?"卢卡申在半睡半醒间含糊地问。

"带你去找幸福!"米哈伊尔回答。他从兜里拿出机票递给乘务员,笑着对亚历山大小声说:

"还好我们给他洗干净了……"

在新年临近的辽阔的天空中,前往列宁格勒的"图-134"三九二次航班正在高速飞行。在机舱里,叶夫根尼·卢卡申怀抱装着桦树枝笤帚的公文包,安详地睡着觉。

一小时后,好心的同路者已经扶着东倒西歪的卢卡申(包在他手上挂着)来到了列宁格勒机场的候机厅。

不值一提的是,列宁格勒机场的候机厅跟莫斯科机场的没有任何区别:同样颜色的座椅,同样的售货亭,同样的显示屏和同样的大窗户——窗外可以隐约看到白色的飞机。被同路人抛弃在这儿的卢卡申微微睁开眼睛,希望找到朋友们,但却哪儿都没看到他们。

"请问,几点了?"卢卡申对身旁一个体形肥胖、有些秃顶的男人说。这个男人完全陷在红色仿皮座椅里,眼都不眨地以忧伤的目光望着周围。

"离新年还有两小时五十分钟!"陌生人悲伤地告诉他。

"我在哪儿啊?"卢卡申问。

"我在哪儿,你就在哪儿!"

"那您在哪儿?"

"在机场！"男人忧伤地回答，"我从这儿转机去克拉斯诺亚尔斯克，结果遇到了不宜飞行的天气，在最坏的情况下，我要在这张椅子上迎接新年了！"

"那最好的情况呢？"

"也是在椅子上，只不过是在天上。您在天上迎接过新年吗？"

"没有！"卢卡申说，"也不想！祝您新年快乐！我们送走了帕夫利克，现在我该回家了。"卢卡申突然想到可能已经过了好长时间。"天哪！加利娅马上要来了！"

广播员振奋地通知：

"前往克拉斯诺亚尔斯克的乘客请注意，由于气象条件不利于飞行……"

卢卡申的交谈对象呻吟着说：

"为什么我不坐火车呢？为什么……"

过去，一个人置身于一座陌生的城市时，总会感到孤独和失落。周围的一切都是陌生的：不同的楼房，不同的街道，不同的生活。现在可完全不是这样了。一个人来到任何一座陌生的城市，都会觉得像在自己家里一样：同样的楼房，同样的街道，同样的生活。已经很久不再修建个性化的楼房了，所有楼房都是按照统一标准建造的。

过去，一个城市盖了伊萨基辅大教堂，另一个城市建起莫斯科大剧院，第三个城市则有敖德萨阶梯。① 现在呢，所有城

---

① 三城分别为圣彼得堡、莫斯科和敖德萨（乌克兰）。

市都建有按统一标准设计的名为"宇宙"的电影院，里面放映着千篇一律的电影。

街道的名称也千篇一律：哪个城市没有第一郊区大街、第二无产阶级大街、第三工厂大街……第一公园大街、第二花园大街、第三建筑工人大街……听起来多动听啊，不是吗？

卢卡申钻进出租车，对司机说：

"第三建筑工人大街，二十五号楼十二号四层……"

"五层也行！"出租车司机回答。车开动了起来。

同样的楼道一律粉刷着令人愉悦的标准颜色，同样的住宅里一律摆放着千篇一律的家具，同样的门上装着相同的锁。标准化已经渗透到我们灵魂的深处。到处都是同样的快乐、同样的心情、同样的离婚，甚至同样的思想！

我们已经消除了个人主义，并且，谢天谢地，是永远消灭了。

出租车在列宁格勒装点一新、充满节日气氛的街道上行驶。卢卡申还在车后座上香甜地打着盹儿，他想象不到自己离家已有七百公里了。

出租车驶近一栋新建的楼房。门廊下的灯照亮了亲切的地址："第三建筑工人大街二十五号楼"。

卢卡申从出租车里钻出来，艰难地走上入口的台阶，松了口气：

"终于到家了……"

卢卡申来到十二号的门前，从兜里掏出钥匙，并成功地把钥匙插进门下方的锁子里。完全不难猜到，钥匙是匹配的。

卢卡申晃晃悠悠地打开门，走进前厅，动作机械地开始脱衣服。完全不难猜到，列宁格勒这所住宅的格局跟莫斯科的那个没有任何区别，就连墙纸都是一样的。

要解释这件事再容易不过了。莫斯科的住宅楼和列宁格勒的住宅楼是同时施工建设的。这一时期生产的墙纸都是同一颜色和样式的，门锁和钥匙也是一个型号的 —— 要知道，这样生产起来很方便。列宁格勒的这所住宅刚刚搬进了新住户。屋子里东西还没有放好，处于一种混乱无序中，这种状态在搬家后还要持续相当长的一段时间。

卢卡申脱下羊皮大衣，摘下帽子随手扔到地上，又把西装上衣扔到地上（上衣也需要休息），开始跟裤子做斗争。挣脱裤子看来不是件容易的事儿，由于酒精的作用和旅途的劳累，卢卡申在这场力量悬殊的战斗中筋疲力尽。但他终于还是从裤子中挣脱出来，用仅存的一丝力气爬到沙发床上。这对他来说并不难，因为床的位置恰好与他家里的完全相同。卢卡申爬上床，心满意足地蜷缩起来，给自己盖上了柔软的德国毛毯，一会儿就睡着了。

不久后，十二号的门又被打开了。这应该是女主人娜杰日达·瓦西里耶芙娜回来了。娜佳① 称得上是个美丽的女人，但很明显她已经年过三十。她脱下大衣，把屋子里的灯都打开。娜佳没有发现卢卡申。她从手提包里拿出刚买的"阿吉代尔"

---

① 娜杰日达的昵称。

牌剃须刀，放到橱柜里。娜佳审慎地端详着已经摆好的新年晚餐，然后走到衣柜前，从里面拿出新年穿的连衣裙，扔到床上——裙子落在了卢卡申身上。这时娜佳才发现床上有人，她吓得惊呼了一声——就像一个女人会有的反应。

但卢卡申纹丝未动。

"哎！"娜佳先是叫了一声，慢慢缓过神来，"哎，起来！您在这儿干什么？哎，您是什么人⋯⋯快醒醒，听见了吗，快醒醒！"

卢卡申没有回答。

"您还活着吗？"娜佳克服了恐惧，推了卢卡申一下，但看来也是徒劳的。

"别⋯⋯别碰我⋯⋯"卢卡申在睡梦中含混不清地说。

娜佳慌乱地在房间里来回踱步。她生气地抓起枕头扔向卢卡申。

"真是烦人⋯⋯"卢卡申没有睁开眼睛，拿起枕头撇向娜佳。

"好哇，要是这样，您可得当心了！"

娜佳跑进厨房，拿着水壶回来。

"我最后一次警告您！"

卢卡申的脸上流淌下几股凉水。

睡着的人一开始还感觉很舒服。他惬意地笑了："啊，太好了！啊，游起来了！"

然后水流进了衣服领子里，卢卡申立刻就惊醒了：

"您疯了吗？我⋯⋯我不是您的花坛！"

为了防止发生意外，娜佳往后退了几步。

"您是从哪儿来的?"卢卡申喊了一句,"快从这儿走开!别废话!"

娜佳惊慌地说:

"简直是闻所未闻!您在这儿做什么?"

"我……在这儿……我们在睡觉!您是什么人?您在这儿干吗?"

娜佳把水壶放到桌子上。

"别装疯卖傻了!您干吗赖在床上不起来?!嘿,快从这儿离开,快!"

"这也太不讲理了!"卢卡申生气了,"您闯进我家还嫌不够,还要像个强盗一样!"

"闯进您家?"娜佳以嘲弄地语气说。

"是啊,那当然,"卢卡申拿着腔调回答,"我住这儿!"

"那您认为我住在哪儿?"娜佳筋疲力尽地问。

"这跟我有什么关系!"卢卡申不是很礼貌地回答,"请从这儿离开,越快越好。现在我的未婚妻加洛奇卡①就要来了,我不想让她看到我跟一个女人在一起。"

"请您给我解释一下,"娜佳喊了起来,"为什么您的未婚妻要到我家里来找您?"

"我没工夫开玩笑。我的头疼得要裂开了。几点了?"

"快11点了。马上就有人到我这儿来,而您完全不应该出现在这里!"娜佳把裤子扔给卢卡申。

'为什么您的客人要来我家迎新年呢?您又是怎么进来

---

① 加利娅的昵称。

的？我忘记关门了，是吗？”

这时卢卡申想喝水，便拿起刚才浇他的那个水壶，对着壶嘴儿喝起来。但娜佳用力从他手里夺过水壶，这个不幸的人便从床上跌到了地上。

“您为什么这么胡作非为？我想喝水！”

“您听着！”娜佳以威胁的语气说，“您清楚现在是什么情况吗？”

“当然清楚。”

“那您认为您现在在什么地方？”

“在自己家里。第三建筑工人大街二十五号楼十二号！”

“不，是我住在第三建筑工人大街二十五号楼十二号！”娜佳尖刻地告诉他。

而卢卡申也同样尖刻地说：

“不，是我和妈妈住在这里。已经三天了。使用面积是三十二平米，没有合住的邻居！”

“对不起，”娜佳继续挖苦地说，“是我和妈妈住在这套使用面积三十二平米的单元房里！”

卢卡申又爬上床。

“不得不说，我们的住房面积都不大。”

“真是很有价值的发现，”娜佳嘲讽地说，“我会非常感激您的，如果您能……尽快消失！”

娜佳坚决地把裹在毯子里的卢卡申拽到地上。

“我要求您尊重我！”卢卡申大喊着，试图从毯子里挣脱出来，“是谁把我卷在里面的？妈妈！”

“妈妈已经走了！”娜佳冷冷地回答。作为回击，卢卡申将裤子撇向她。娜佳立即扔了回去。

"谁的妈妈走了?"卢卡申问。

"幸亏我的妈妈和您的妈妈不是一个人!"

"她们俩都走了……救命……"卢卡申小声地嘀咕着。

"我们两个人当中肯定有一个是疯子!"娜佳说。卢卡申小心翼翼地插嘴:

"我知道是谁……"

"我也知道是谁……"娜佳赞同。

卢卡申环顾四周,不知道接下去如何是好,突然他心中产生了一丝怀疑:

"您干吗动了柜子?"

娜佳冷酷地说:

"搬过来的时候就是放在这儿的!"

"但这的确是我的家具啊!"卢卡申的声音中含着央求,"全套波兰家具,一共七百三十卢布!"

"还有二十卢布小费!"娜佳补充道。

"我给了二十五卢布!"卢卡申把目光转向另一边,并嘀咕着,"真是莫名其妙。妈妈怎么把别人的盘子摆到桌子上了?我们家传的屏风也不见了……"

"你可算开始清醒了!"娜佳说。

卢卡申试图拖延承认眼前不可避免的事实:

"也就是说,您进来之后,挪动了柜子,换了盘子……您把吊灯弄到哪儿去了?"

"送去信托商店了!"娜佳回答。

"我这是在哪儿啊?"卢卡申可怜巴巴地含混地说。

"第三建筑工人大街二十五号楼十二号！"娜佳解释道。

"实话说，这的确是我的地址啊！虽然我也觉得我是在别人家里！"卢卡申已经不醉了，但还没有完全清醒。

"总算明白过来了！现在您可以安心地离开了！"娜佳从卢卡申身上拽下毯子。

"别！"卢卡申喊道，"我现在这个样子去哪儿啊？您觉得我这样很可笑吗？"他拽过娜佳的裙子，盖在自己赤裸的腿上。

"我新年穿的裙子！"娜佳尖叫一声，从这位半裸的访客手里抢过裙子。

"别欺负我了！我在等加利娅，她要到这个住址来。我给您看我的身份证！——我的上衣呢？"卢卡申用眼神找寻上衣，看到了扔在柜子后面地上的衣服，"我的上衣在这儿……挂着呢……这是我的身份证。看——莫斯科市……不，您看看！——九公安分局。居住地是第三建筑工人大街二十五号楼十二号！这可是证件。请……快离开吧！"

娜佳嘲讽地撇了撇嘴：

"这么说，您以为您是在莫斯科？"她抑制不住地大笑起来。

"那您认为我是在哪儿？"卢卡申也笑起来，但笑得很不自信，"在莫斯科，小姑娘，在莫斯科！"

这时娜佳从橱柜里取出一个小匣子，拿出自己的身份证递给卢卡申。

卢卡申听话地读出声：

"列宁格勒市第三建筑工人大街二十五号楼12……"他还回身份证，然后才明白过来自己读到的内容是多么可怕：

"您难道是说……我在列宁格勒?"

娜佳得意地沉默着。卢卡申神经质地笑了笑,并立马反驳自己:

"我怎么可能在列宁格勒呢,我是去了澡堂呀……"

"祝您蒸得舒服!"娜佳祝福道。

"谢谢!"卢卡申说。而娜佳用手指着门:

"现在闹够了吧!请走吧!"

"如果我真的在列宁格勒……那可太糟糕了,啊?"卢卡申在恐惧中坐到地上,"等等,我们一起去了机场……是的,我记得……我们送帕夫利克……在那之前我们洗了澡……难道我代替帕夫利克上了飞机?"

"不应该喝酒!"娜佳猜到了。

"我根本不喝酒……一口都不喝……不,这简直难以置信……加利娅已经来了,而我还坐在地板上……在列宁格勒……哪怕我是到别的什么城市也好哇……"

娜佳家所在楼房的电梯正缓缓上升,带来了体面的伊波利特·格奥尔基耶维奇——一个知道自己价值的男人。他站在娜佳家门口,整理了一下领带,微笑了一下,并预感到将要来临的约会会带来的满足。他按了门铃。

伊波利特并未怀疑门铃声会引起什么效果。

"别开门!"卢卡申喊道,"我马上起来!"

"不马上开门会更糟!"娜佳坚决地走向走廊,她在门口转头说,"告诉您,是他来了!您就好自为之吧!"

"您干什么?等等!我现在就穿上!"卢卡申把自己用毯子盖住。

娜佳打开门。

"新年快乐，娜坚卡①！"伊波利特温柔地亲吻爱人，"这是给你的新年礼物！"

"谢谢。我也给你准备了礼物，"娜佳说，"在房间里。"

在伊波利特脱衣服的时候，她又说：

"但我先得告诉你一件事……简直是难以置信……你听了非笑死不可……简单说，我回到家，发现我的床上躺着一个陌生的男人。我费了好大的劲儿才把他给弄醒……我用水壶往他头上浇水……"

伊波利特以奇怪的眼神看了一眼娜佳，走进房间。

卢卡申从毯子底下露出头来：

"新年快乐！"

"好啊！"伊波利特慢慢地对娜佳说，"你真是给我准备了一份绝妙的礼物！"他从卢卡申身上拽下毯子。

"请您对人礼貌点儿！她跟这事儿没有任何关系，都是我的错！"卢卡申急忙插嘴，并想趁人不注意时把光着的腿用毯子盖上。

伊波利特像检察官一样眯起眼睛，看着娜佳：

"我很想知道一个小细节……纯粹是出于好奇——这是谁？"

"我不认识他！"娜佳耸耸肩。

"我是个陌生人，我是偶然到这儿的……"卢卡申帮着解释。

---

① 娜杰日达的昵称。

"这是一个我完全不认识的男人……"娜佳说。

"是的,我是个男人。"卢卡申顺从地赞同。

"他是怎么到这儿来的?"伊波利特恶狠狠地低声问。

"你明白吗?这完全是个不可思议的巧合……"娜佳开始解释。

"不可思议的……"卢卡申像回声一样重复。

"他也住在第三建筑工人大街二十五号楼十二号……"

"十二号。"卢卡申叹了口气。

"只是,是在莫斯科。"娜佳继续说。

"我住在莫斯科……"回声表现出了一点儿自主性。伊波利特以愤怒的手势指着卢卡申扔在地上的裤子:

"这是什么?"

娜佳再一次把裤子扔向它的主人。

"这是我的裤子,"卢卡申自豪地说,并皱起眉,"小心点儿!别弄皱了!"

当卢卡申小心地想要在毯子下面穿上裤子的时候,娜佳试图跟伊波利特说清事情的经过。

"他跟朋友们去澡堂……"

"我们去了澡堂。"卢卡申以忧郁的声音确认。

"他们在那里喝多了,他就阴差阳错地上了飞机!"

"上了飞机。"卢卡申回应。他还是想在毯子下面把腿伸进裤子里,但这对他来说是力所不及的。

"在哪儿?在澡堂?"伊波利特抬高声音,"行了,我听够了。"

"不!澡堂里没有飞机!"为了传达这一重要的讯息,卢卡申甚至探了探头。

"没问您！闭嘴！"

"是的，我们在那儿洗了澡！对他说！"卢卡申向娜佳要求证实，"跟帕夫利克一起洗的……"

"您闭嘴！"娜佳在绝望中喊道，她明白，这个醉鬼只会让本来就很糟糕的情况变得更糟，"他们从澡堂去了机场。"

"送帕夫利克。"卢卡申简短地解释道。

"啊，这里还有个帕夫利克？！"伊波利特在房间里四处走，寻找第二个情敌。

"他不在这里，我是代替他的！"卢卡申真诚地想要帮助娜佳，但他过多的帮助反而使事实变为了笨拙的谎话。

"这么说，本该是帕维尔来这里的？"伊波利特对一切都是按照自己的意愿理解。

"拿着毯子，我穿上裤子！"卢卡申受够了折磨，他把毯子递给娜佳和伊波利特，最终穿上了该死的裤子。

"我亲爱的！"现在是娜佳开始紧张了，"谁都不应该来。这个人是被错塞上了飞机……"

"难道他是被当成行李托运过来的？"伊波利特认真地问。

"也许吧，我不记得了。"卢卡申坦白地承认。

而想要讨好伊波利特的娜佳指着叶夫根尼说：

"你看他是多么招人烦！"

伊波利特立即赞同：

"他简直就是面目可憎！"

"这是个有争议的问题！"卢卡申并不同意，"你们为什么要这么说？我又没对你们做什么不好的事儿！"

"总之，他是怎么躺到你的床上的？"伊波利特继续拷问。

"我不是故意的！对不起，女主人，我不知道怎么称呼您……"卢卡申问。他手里拿着靴子靠向娜佳，但娜佳粗鲁地把他推开了。

"很好，他躺在你的床上，"伊波利特打断卢卡申，"却不知道你叫什么名字！算了吧，我走了！"

"这么说，如果他知道我的名字，你就会留下来？"娜佳生气了，"伊波利特，亲爱的，我也不知道他叫什么。我这辈子还是头一回见到他！"

"这么说我就相信你了。真是符合时代潮流！"

伊波利特在争执中冲向衣架，但娜佳用力地把未婚夫往回拽。在这个过程中，他们完全是无意地把正想站稳的卢卡申推倒在地。

"您为什么总是撞倒我？"卢卡申哀求起来，"让我站起来离开这儿吧……"

"伊波利特，"娜佳没有理睬卢卡申的话，"我们别在新年前夜搞得彼此都不愉快了。你别总是让我自证清白，我可是没有任何过错的。是这个胡作非为的人闯入了我家……"

"我不是胡作非为的人，我是个医生。"卢卡申抗议道。

"好，就算他是偶然来到列宁格勒的，"伊波利特这个逻辑严密的男人还是想要挖掘出真相，"就算他住的地址跟你的一样，但你为什么放他进来呢？"

"她没放我进来，"卢卡申解释道，"是钥匙也配上了！"

他拿出钥匙：

"您可以试试。"

伊波利特转向娜佳：

"也就是说，你还把钥匙给他了？"

"她没给我钥匙！"卢卡申又参与到谈话中，"您怎么这么笨呢！"

"为什么你就不相信我呢？"娜佳生气了，"我跟你一样讨厌这个人。"

"我也讨厌我自己！"卢卡申拿起装着桦树枝笤帚的公文包，从走廊地上抓起大衣就走了出去。在电梯里，他才穿上大衣并勉强戴上帽子。卢卡申来到街上，回头看了看这座他刚刚离开的住宅楼——这个发生了如此不可思议事情的地方。

"楼也是一模一样的……"这个可怜的人忧伤地嘟哝着。

娜佳在房间里点亮了新年枞树。伊波利特闷闷不乐地皱着眉坐着，神经紧张地摆弄着插销。娜佳走近伊波利特，拥抱他：

"好了，别生气了……也别吃醋了……如果我爱上了别人，那么你一定是第一个知道的……"

"我并不生气……但你也应该理解我……我一进门……"伊波利特说着不禁推开她。

"我理解……我要是你，一定会大闹一场的……"娜佳脱口而出，两个人都笑了起来。

"他出现在你家里，"伊波利特说，"是符合你的性格的！"

"为什么？"娜佳噘起嘴。

"你是如此没有条理……你先别说话……家里搞得乱七八糟……他就不可能出现在我家或我的实验室里……奇怪的是，你居然还能发现他。难道到处乱放的东西还不够多吗？"

"你猜对了,"娜佳笑了,"我没有马上发现他。"

她拆开伊波利特送给她的礼物。

"呀,是真正的法国香水呀,这多贵啊!但我也给你准备了……"娜佳拿出剃须刀,"看,最流行的牌子……怎么说的来着,是浮动刀头的!"

"你干吗送我这么贵的礼物?"伊波利特明显感到得意。

"跟你学的呗!"娜佳轻轻一拍手,"哎,我还没换上新年穿的裙子呢……"她拿起裙子跑到另一个房间,又返回来,拿起那瓶香水又跑走了……

叶夫根尼·卢卡申在街上拦住赶着迎接新年的路人问:

"对不起……这儿真的是列宁格勒——涅瓦河上的城市吗?"

路人以责备的目光看了看卢卡申:

"应该少喝点儿!"

"应该少喝点儿!"卢卡申同意,"应该少喝点儿。"

娜佳穿着漂亮的裙子走进房间,伊波利特充满爱意地打量着她:

"简直就是童话里的公主!"

"你喜欢,我很高兴!"娜佳幸福地笑了。

伊波利特和娜佳不无庄重地坐到节日的餐桌旁。

"现在让我们来辞旧岁吧!要知道,今年我遇见了你……"伊波利特边倒酒边说。

"而我遇到了你……"娜佳和伊波利特举起酒杯相碰。

"真想刮刮胡子……但没什么,明早胡子就长出来了……"

"我喜欢迎接新年!"娜佳说。

伊波利特站起,从墙上拿下吉他。

"娜佳，我特别喜欢听你唱歌……"

"那只是因为你喜欢我。"娜佳拿起吉他，开始拨动琴弦。

"这倒是。"伊波利特以更舒服的姿势坐在椅子上。

娜佳开始唱。她唱得随意而真诚。

> 几年来我家外面的街道上
> 总是回响着朋友们离去的脚步声。
> 朋友们缓缓地离去，
> 与窗外的漆黑夜色很相称。

> 哦，孤独，你如此任性，
> 像圆规旋转的笔尖一样
> 冷酷地把周围环绕，
> 不听任何无意义的劝告。

> 让我轻轻走进你的森林，
> 在长久的漫步与徘徊后
> 拾起一片叶子，紧贴脸颊，
> 心满意足地体会孤独。

> 我眷恋你图书馆的宁静，
> 我神往你音乐会的庄严，
> 智慧的我将会忘记那些
> 已经死去或还活着的人。

我会领略智慧与忧伤，

我会探明隐秘的意义。

大自然依偎在我肩膀上，

倾诉它童年时的秘密。

到那时，透过眼泪，透过黑暗，

透过往昔的可怜的无知，

我的朋友们美丽的面庞

又将出现，又会消逝。

"这是谁的诗？"

"阿赫马杜琳娜①的。"娜佳回答，并站起身将吉他挂回原处。

"啊。"伊波利特哼了一声，做出很熟悉这个名字的样子。

"给你来点儿沙拉？"娜佳问，并回到桌旁，"或者烤牛肉？"

"沙拉，"伊波利特呼吸紧张地说，"和烤牛肉！"

但他并没有开始吃，而是正了正领带，清了清嗓子，开始发表真情告白：

"娜杰日达，听我说！今天，在今年的最后一个小时里，我想把问题直截了当地提出来。我觉得，是时候结束我们的单身状态了。如果我们结婚——你怎么看？"

娜佳温柔地笑了：

---

① 贝拉·马哈托夫娜·阿赫玛杜琳娜（Белла Ахатовна Ахмадулина，1937—2010），俄罗斯女诗人。

"我很乐意接受这个提议，但是要在你不会再那么嫉妒的条件下……"

"我已经不再年轻了，但我感觉……"

这时响起门铃声。伊波利特脸色突变：

"这又是谁？"

"完全不清楚！"娜佳坦诚地回答，并打算去开门。但伊波利特推开了她：

"不，对不起，还是让我来吧！"

伊波利特打开门。拿着愚蠢的公文包的卢卡申站在门口。

"对不起，打扰了……我没好意思用自己的钥匙开门……"

"您又想干什么？"伊波利特烦躁地问。

"除了你们，我在这个城市谁也不认识，"卢卡申坦诚地说，"我又没有钱……机场是不会白给我机票的……你们能不能借给我，呃，十五卢布……我明天就给你们寄过来……"

娜佳以仇视的目光看着卢卡申：

"为了不让您再打搅我们，只能付给您钱了！"她走进房间去拿钱。

"如果可以的话，还请帮我付一下……"他冲着她的背影说。

利用娜佳不在的机会，伊波利特靠近卢卡申，秘密地问他：

"现在只有我们两个人……您就像男人对男人那样坦白地告诉我……您在这儿都干了什么？"

为了令人信服，卢卡申从最开始说起：

"您明白吗？我们有个传统……每年12月31号，我和朋友们都去澡堂……今天帕维尔本应该飞到列宁格勒……而我本应该结婚……"

"跟谁?'伊波利特马上问。

"这跟这件事没关系……我们是为庆祝我结婚而喝的酒,为我的未婚妻,为我……"

"您是个酒鬼?"伊波利特猜道。

"正相反。所以我才喝醉了 —— 我没有这方面的经验。之后的事儿,我的确不怎么记得了。在机场,我们又喝了点儿什么……并且,很明显,我代替帕夫利克被塞进了飞机,"卢卡申为了强调自己故事的真实性,傻傻地笑了笑,"就这么简单。"

"最主要的,是您讲的是否可信……您在飞机上都干了什么?"伊波利特继续审问。

"我想……是睡觉来着……"

"好吧。您不记得是怎么上的飞机,但总该记得是怎么下的飞机吧?"这个爱寻根问底和爱吃醋的人想要相信卢卡申,但却办不到。

"我应该记得,可真记不起来了。但我知道我是怎么坐出租车到这儿来的。我对司机说了自己的地址,就被拉到这儿来了……"

伊波利特已经失去了耐性:

"就算地址是一样的,就算钥匙也能开开门 —— 虽然这很不可信 —— 但难道您就没发现家具是不一样的吗?"

"家具也一样!"卢卡申说着,以无辜而明亮的眼神看着伊波利特。

"什么?"伊波利特提高了嗓音。

"家具也是完全一样的。"

"您没发现房间里是乱糟糟的吗？因为是刚刚搬的家……"

卢卡申礼貌地打断了被激怒的伊波利特：

"但我跟妈妈也是刚搬的家……三天前。"

"别把我当傻瓜！"伊波利特大喊道，并从衣帽架上取下大衣跑了出去。

这时娜佳回来了：

"给您钱……伊波利特呢？"

卢卡申看向旁边：

"走了！"

"您都对他说了什么？"

"实话！"

"什么实话？"娜佳怀疑地问。

"我从最开始说的……"卢卡申一直不看娜佳，"我跟他说我们有个传统，就是每年12月31号一起去澡堂……"

卢卡申第一次看了娜佳一眼，发现她马上就要哭出来了，便立即奔向门外：

"我现在就把他找回来！"

卢卡申飞快地跑下楼梯，冲到街上，看到伊波利特在远处。

"哎！"卢卡申用尽全力大声喊，"伊波利特……对不起，我不知道您的父称。"

伊波利特跑向"日古利"，快速地打开车门钻了进去。

卢卡申跑向小汽车，想打开车门，但伊波利特猛地发动了汽车。卢卡申想要追汽车，但没能追上。

在卢卡申徒劳地追赶"日古利"的时候，他的未婚妻加利娅已经进入卢卡申家所在的那栋楼，也就是莫斯科的那栋楼。她穿着柔软的毛皮大衣，下面隐约露出紫色的晚礼服裙。

加利娅停在一二号的门口，调皮地笑了笑，从包里拿出钥匙，并尽量不出声音地打开门。在前厅，加利娅还试图不引起未婚夫的注意，脱下大衣悄悄地挂在衣架上。在进房间前，加利娅忍不住照了照镜子。她对自己很满意，而这并不是没有根据的：镜子里，一个动人、优雅、光彩照人的现代女性正微笑地看着她。

然后，加利娅悄悄地走进大房间——有远见的妈妈已经关切地在那里备好了一桌子的节日晚餐。加利娅换上高跟鞋走回来，希望给未婚夫一个突然的惊喜，但未婚夫不知为何一直没出现。加利娅快速地找遍了整个屋子，瞧了厨房、浴室还有别的地方，她回到大房间，慌张地喊道：

"叶尼亚！"

但未婚夫叶尼亚并没有回应。时钟这时已经冷冷地——像所有时钟一样——指向了11点45分。

在这时的列宁格勒，气喘吁吁的卢卡申回到娜佳家，伤心地告诉她：

"他开车走了！我没他跑得快！"

娜佳把钱递给卢卡申，含着眼泪说：

"拿着您的十五卢布吧！"

卢卡申把钱放到兜里：

"您放心，明天我就给您寄过来。"

娜佳无力地靠在墙上：

"我恨您！您毁了我的生活！"

"他会回来的！"卢卡申试图安慰她，"好发脾气和爱吃醋的人冷静得也很快。您不知道我是多么理解和同情您……我的情况比您更糟。在莫斯科，在我空荡荡的家里，还有一个我爱的女人在等我，而我却在列宁格勒。"

"她不知道您在哪儿吗？"娜佳木讷地问。

"当然不知道。她这会儿大概已经急疯了！"

"那您给她打个电话吧！"娜佳提议。

"我没有电话票……"卢卡申伤心地说。

娜佳叹了口气：

"那就记账好了！用我家的电话打吧！"

"您真是个好人！"卢卡申高兴地说，"我能把大衣脱了吗？这里太热了。"但他还没得到允许就脱了大衣。

"随您的便……"不知道该干什么的娜佳坐到电视机旁。

"请问，预约莫斯科的长途电话要拨什么号码？"卢卡申在几次无益的尝试后讨好地问，"电话是占线的。"

"10-00-20……"

"谢谢。"卢卡申拨号，"新年快乐，姑娘，请给我挂莫斯科的长途，号码是245-34-19。是谁打来的……列宁格勒的号码是……"他转头看娜佳。

"14-50-30。"娜佳告诉他。

卢卡申重复了号码，紧张地放下话筒。

"她说会在一小时内接通！"

"哦，天哪！"娜佳脱口而出。

这时卢卡申走向门外。

"我坐在楼梯上等，电话来了您叫我……我也可以走掉，您跟加利娅解释一下。"

"可别这样。您自己解释吧！"娜佳不知该怎么回答。

卢卡申看了看表，悲痛地说：

"顺便说一句，再过两分钟就是新年了！"

娜佳绝望地摆了摆手：

"打开香槟吧！"

卢卡申走到桌旁拿起酒瓶，小心地剥开包裹着瓶塞的锡纸，瓶塞立刻嘭的一声弹了出来，香槟酒的泡沫流到桌布上。

"真是不走运。今天是怎么搞的！对不起……"卢卡申把酒杯倒满，面带愧色地递给娜佳，"您叫什么名字？我叫叶尼亚。"

"我叫娜佳！"

电视里传来新年的钟声。娜佳和卢卡申举起酒杯。

"新年快乐，娜佳！"

"新年快乐！"女主人不是很快乐地回应。

当克里姆林宫的自鸣钟敲响新年的钟声时，一辆黄色的"日古利"正在列宁格勒的街道上飞驰，但它突然猛地掉转头。开车的是伊波利特，他已经由于嫉妒而发狂。

12点的钟声敲了最后一响。

娜佳只是拿起酒杯沾了沾嘴：

"这新的一年开始得真精彩，没说的！"

卢卡申乐观地说：

"有这样的传统：新年是怎么开始的，这一年就会怎么度过……"

交谈的话题很快枯竭了，卢卡申和娜佳都不知道该说什么。

"您是什么医生？"娜佳问。

"好医生！"卢卡申谦虚地回答。

"确切点儿呢？"

"外科医生。那您呢？"

"中学老师。语文……"

"应该给机场打个电话，问一下去莫斯科的头班飞机是什么时候……"卢卡申说。

娜佳递给他电话簿。

卢卡申拨号：

"是机场吗？新年快乐，姑娘……请问去莫斯科的头班飞机几点起飞？谢谢。"他挂上电话。

"早上7点15分。不过您放心，我跟加利娅通了电话就马上离开。"

娜佳忧伤地冷笑：

"我感觉您永远都不会从这儿离开了！"

"别难过，"卢卡申劝说道，"一切都会好的。"这时响起了电话铃声。

卢卡申很高兴：

"莫斯科来电话了！喂，莫斯科？喂……"

伊波利特在公用电话亭里气得脸发紫，他把听筒摔到电话机上，使劲儿地摔上门，走到街上。卢卡申伤心地说：

"好像是伊波利特……"

"您为什么要接呢？谁让您接的？"娜佳很绝望。

"我也不知道是他来的电话。我以为是莫斯科来的，"卢卡申抱歉地为自己辩解，"看在上帝的分上原谅我吧。"

电话铃声又响起。娜佳喊道：

"别接！我自己来！"

娜佳跑去接电话：

"喂……从莫斯科打来的……是的，预约过……"

在莫斯科卢卡申家，一个慌张的姑娘拿着电话听筒：

"是列宁格勒来的电话？"

"加利娅，是我！"卢卡申抱歉地承认。

"啊，原来你在那儿！"加利娅生气地说，"谢谢了，还想起给我打个电话……"

卢卡申不知道怎么解释：

"新年快乐，加列奇卡①！"

"你打电话就是为了祝我新年快乐 —— 我真是感动！"

"你知道，出了一件荒唐事……"卢卡申开始解释。但加利娅打断了他：

"我可担心坏了，给所有医院、所有停尸所都打了电话……而你呢……原来是从我这儿逃走了！"

"我很爱你！"不幸的未婚夫提出异议，但加利娅没有理睬他的话。

"现在我才明白，之前你为什么跟我提起列宁格勒……"

"这完全是另一回事！我把一切都跟你解释清楚……

---

① 加利娅的昵称。

我们去了澡堂……跟朋友们……这是一个传统——我们洗澡……"

"我跟你没什么可说的!"加利娅冷酷地打断他。

"好吧,请……等我回去……你可以核实。我在列宁格勒的电话是14-50-30。我坐第一班飞机回去……"

"不必着急回来!你家的钥匙我会放在桌子上。"

"不要……把钥匙留在桌子上……别撂电话……"

但加利娅没有听他的请求,生硬地中断了谈话。

"喂……喂……"卢卡申也放下听筒,苦笑道,"看样子我没有未婚妻了。"

"没关系,再找一个吧!"娜佳冷漠地说。

电话铃声又响起。卢卡申怀着希望冲到电话旁。

"是加利娅吗?哦……好的……一共打了三分钟……"卢卡申挂上电话,突然转向娜佳,"再找一个……别给我出这种馊主意了!您怎么能理解呢?我从来没有结过婚。我一辈子都在寻找,现在终于找到了!"

"您干吗冲我喊?"娜佳生气了。

"您不要干涉别人的生活!"卢卡申情绪失控地重复道,"再找一个……"

"您别忘了您是在我家!"娜佳对来访者的忘恩负义很震惊。

"这个房子,还有您和您的奥赛罗① 都一起见鬼去吧!"卢

---

① 英国剧作家威廉·莎士比亚(Wiliam Shakespeare)笔下的人物,因妒忌而杀妻,悔悟后自杀。

卡申怒火中烧。

"您真是个无赖!"娜佳在盛怒下大喊,"您简直就是个无赖!"

"而您呢……"卢卡申找不出词,"您……"

娜佳舒舒服服地坐到安乐椅中:

"滚出去!"

卢卡申也坐下:

"我哪儿也不去!我的飞机早上7点钟才起飞!"

"那么我走!"娜佳从座位上跳起。

"请便吧!"卢卡申走到桌旁,开始往盘子里挑拣食物。

"好哇!"娜佳很愤怒,"您甭想得逞。"

她回到桌旁,夺过卢卡申手中的盘子,放在自己面前。卢卡申又拿起一个干净的盘子,但娜佳一把夺过去丢在地上。盘子的碎片撒得满屋子都是。

"您简直是个泼妇!"卢卡申喊道。

娜佳威胁地说:

"您再敢说一句话,下个盘子就扔到您头上。"

为了防止发生危险,卢卡申什么都没说。娜佳坐下吃饭,故意做出吃得津津有味的样子:

"您的加利娅已经离开您了!真是做得对,算她走运。现在她可以找个真正的男人了。您怎么不反对呢?没什么可说的了?"

"害怕下一个盘子!"卢卡申承认,并用饥饿的眼神看着食物。

这时有人按门铃。

“是伊波利特！”娜佳喊道，“快从阳台跳下去！”

“那会摔断腿的！”卢卡申回答。

娜佳去开门，进来的是她的两位女友塔季扬娜和瓦莲京娜。前厅很快响起了叽叽喳喳的说话声：

“我们正好路过……”

“娜久莎①，新年快乐！”

趁着女主人不在，卢卡申很快猛吃了几口食物。

“我们只想来看一眼你的那位……”

“我们的那两位在下面等着哩。我们没让他们上来，不然就撵不出去了！”

“是啊，把男人撵出去很难！”娜佳叹气道，“好吧，进来吧。这就是他……瞧瞧吧。”

女友们走进房间。卢卡申站起并点头致意。他还在很有胃口地吃着。

“亲爱的伊波利特·格奥尔基耶维奇！”瓦莲京娜不失庄重地开始说，“我们是娜佳最好的朋友……”

“我们在同一所中学工作，而她一直把您藏着……”塔季扬娜说。

趁他们正在彼此认识，娜佳悄悄地把放在书柜玻璃门后面最显眼地方的伊波利特的照片藏了起来。

“但我不是那个……”卢卡申想要争辩，但一个人在嘴里塞满食物的时候是很难去争辩什么的。

“请别打断，这是不礼貌的！”塔季扬娜对他说。

---

① 娜杰日达的昵称。

娜佳的两个女友完全不同。如果说瓦莲京娜有些像严肃的教育工作者——她只有在过节的时候才不穿正装——那么娇小动人、大眼睛的塔季扬娜则完全不像一个老师。

"我们是特意上来的，"瓦莲京娜继续说，"为了祝贺你们两个。您应该知道，娜佳是个多么出色的女人，学校的老师和学生家长们都是多么喜爱她……"

"甚至孩子们也爱她！"塔季扬娜补充道。

"娜杰日达是个优秀的教师，"瓦莲京娜习惯性地发表演说，"是一个体贴的同事，她还做了许多社会工作，她的照片挂在光荣榜上。"

"而且唱歌也很好听。"塔季扬娜插嘴。

"听到这些我非常愉快，"卢卡申到底说出来了，"但我并不是你们所认为的那个人！"

"你们别听他的！"娜佳突然参与进来，"我们坐下来吧。把你们的那两位都叫上来！"

"我们不想打扰你们！"塔季扬娜摇了摇头。

"你们不会打扰我们的！"卢卡申很明显并不喜欢这一切，此外，说真话也是他的主要性格特征，"我们两个人可以说几乎不认识。我是头一回见到娜杰日达……"他转头对娜佳说："您的父称是什么？"

"她的父称是瓦西里耶芙娜！"塔季扬娜边笑边说。

"我昨晚 11 点才认识娜杰日达·瓦西里耶芙娜的！"

"伊波利特，别装傻了！"娜佳的话显然是对卢卡申说的。真理爱好者被这一拙劣的谎言激怒了：

"我不是伊波利特，而且永远也不是！"

"不是，您就继续装傻吧，"塔季扬娜请求道，"他装得还挺像回事。我真喜欢你们俩之间的这种关系……"

"但我的确……"卢卡申正要发怒，但被娜佳打断了。

"伊波利特，别再装傻了，再开玩笑就没意思了！请客人们上桌吧。"

"反正我不是伊波利特！"卢卡申重申。

瓦莲京娜举起一杯香槟酒：

"祝你们家庭生活幸福！"

"我不喝酒！"卢卡申甚至没有举起酒杯。

"苦啊！①"塔季扬娜喊了一声。瓦莲京娜声援她：

"对！苦啊！"

"我不会跟她接吻的！"卢卡申固执起来。

但娜佳走近他，在他来得及反抗之前吻了他的嘴。

"即便这样我也不是伊波利特！"卢卡申声称。

"伊波利特·格奥尔基耶维奇，"塔尼娅②由衷地感到高兴，"您喜欢听娜佳唱歌吗？"

"不知道……"卢卡申不满地回答，"没听过，不爱听！"

瓦利娅③惊讶地注视着娜佳：

"怎么，你一次都没给自己的伊波利特唱过歌吗？"

"这是我不可原谅的错误！"娜佳赞同，"瓦利娅，把吉他递给我。"

---

① 俄罗斯人在婚礼上喊"苦"是要"来点儿甜的"，即要求新郎新娘当众接吻。
② 塔季扬娜的昵称。
③ 瓦莲京娜的昵称。

"别来音乐！"卢卡申恳求起来，"我不喜欢业余的表演！"

"这哪儿是什么业余的呀！"瓦利娅从墙上拿下吉他，交给娜佳。

"来那首我们最喜欢的！"塔尼娅要求道，"娜久莎，唱那首《车厢》！"她指挥了起来。

娜佳调皮地开始唱：

>   开往季霍列茨克的火车即将开动，
>   火车开动了，站台在后退。
>   砖墙，钟楼，
>   白色的手绢，忧伤的眼神……

塔尼娅和瓦莲京娜附和着唱：

>   白色的手绢，白色的手绢，
>   白色的手绢，忧伤的眼神……

娜佳和卢卡申相互看着。两人几乎是第一次这样对视。

>   在烟雾弥漫的车厢里，
>   人们问询我的过去和现在。
>   我要向他们撒谎，让他们惊讶吧，
>   我与谁告别，跟你们有何相干。

看着唱歌的娜佳，卢卡申直到现在才发现她是很美的。

戴着帽子的水手向我吐露心声，

这个可怜的人在抱怨他悲惨的生活，

车一到站，他就要与我分别，

火车将要开动，他将要留在站台……①

塔季扬娜和瓦莲京娜跟着唱了最后几句，唱得不齐但非常
投入。

"是啊，我还没听过这么好听的歌呢！"卢卡申干巴巴
地说。

"嘿，伙伴们，天哪，真是唱得太好了！"瓦利娅惊叹道。

"瓦莲京娜，咱们走吧，要不丈夫们可要冻坏了！"塔季扬
娜想起了丈夫。

"娜佳、伊波利特，祝你们幸福！"

"我已经懒得反驳了！"卢卡申无力再争辩下去。

塔季扬娜和瓦莲京娜走向门口。

"他简直太棒了！"塔季扬娜小声说。而瓦莲京娜补充道：

"我赞同……娜杰日达，我知道你是不会选错的，他是个
好男人，最主要的——是一个严肃、正派的人！"

当娜佳回到房间里，卢卡申问：

"您为什么要这么做？"

娜佳不高兴地冷笑：

"您也是，像只鹦鹉似的一直重复'我不是伊波利特，我

---

① 米哈伊尔·格里戈里耶维奇·利沃夫斯基（Михаил Григорьевич Львовский）
作词。——原注

不是伊波利特'……您难道想让我给她们讲您的澡堂吗？难道想让全校明天都议论我跟一个无赖一起迎接新年吗？"

"我不是无赖，我是个不幸的人！"

"好像不幸的人就不会是无赖似的！"娜佳公正地说。

"而您以后怎么介绍真正的伊波利特呢？"

"真正的伊波利特，也许不会有了……"娜佳忧伤起来，并重新摆上伊波利特的照片。

"为什么总是我来安慰您？"卢卡申生气了，"为什么您就不能安慰安慰我？我比您更倒霉，您起码是在自己家里。"

"但所有的过错都在您！"

"唉，我又不是成心的。我也是受害者。我可以吃点儿什么吗？"

"吃吧！这么多呢，总不能都扔掉！"

卢卡申很有食欲地扑向沙拉。

"好吃！"他嘴里塞满了食物，"是您自己做的吗？"

"当然是我自己做的。我本想露一手的！"

"您的目的达到了。我喜欢吃好吃的！"

"坦白说，我特别不喜欢做饭！"娜佳坦诚地说，"我也的确没有闲下来的时间。每天早上一出门……"

"去重新改造他们吗？"卢卡申尝了尝鱼冻，但很明显并不是很好吃，他便悄悄放下了盘子。

"我改造他们，他们也改造我！我想要教会他们思考，即使是最小的事情也要动脑筋。让他们对什么都有自己的见解……"

"那他们教会您什么呢？"

"也许是同样的吧……"娜佳笑了。

"而我则是最保守职业的代表……"

"别这么说。在这方面我和您可能不相上下……"娜佳不同意。

"我们很难有自己的主见。如果错了呢？医生的错误可会让人们付出很大的代价。"

"教师的错误不那么明显，"娜佳说，"但最终也会让人们付出不小的代价！"

"但不管怎么说，我和您的职业都是世界上最好的职业！"卢卡申感叹道。

"也是最主要的！"

"从工资来看，可并非如此！"

两人都笑了起来，卢卡申不由自主地陷入了两人之间所产生的温情中：

"您知道吗，当您的朋友们夸您的时候，我心里特别高兴……我自己也不知道为什么……"

"别奉承我了……"娜佳警告他。

"跟您不同的是，"卢卡申不无狡猾地说，"您的女友一下子就看出我是个正派人！"

"当然了！您又没有闯进她的家。"

"是的！"卢卡申笑了，并坐到电唱机旁，"暂时还没有闯进她家。要知道，我们迎接新年的方式很别致……"卢卡申放入唱片，音乐响起。"您知道吗，如果我们什么时候再见面的话，呃，就是什么时候偶然碰见了……回想起这件事，我们俩都会笑破肚子的……"

叶夫根尼礼节性地鞠躬，邀请娜佳跳舞。

"未必吧，我当时可根本没顾上笑，因为我一走进房间就看到……您在这儿舒舒服服地躺着……"娜佳将手递给卢卡申，他们开始慢慢地在房间中央转圈。

"而我呢……"叶尼亚也回忆道，"在自己的床上睡得好好的，结果一个不知从哪儿来的女人往我头上浇水！把我给浇醒了！我当时也一点儿不觉得可笑！"卢卡申忍不住扑哧一笑。

"我说：滚出去……"娜佳也笑起来。

"而我回答：您干吗在我家里胡作非为！"卢卡申哈哈大笑起来，完全是无意识地将娜佳靠向自己。

"当时我气得简直不知道该怎么办了……心里想着，您是什么人……如果是小偷，那为什么躺下了呢……难道是偷完东西累了，躺下来睡一会儿……"娜佳的脸颊不由自主地靠向卢卡申的脸颊。

"我一开始可是一点儿都不喜欢您……"卢卡申笑得喘不过气来，"一点儿都不喜欢……"

娜佳笑得比卢卡申还大声：

"您给我的感觉也糟透了！"

这时响起了门铃声。

卢卡申和娜佳都不再说话，并且都感到极其不自在，就好像干了坏事被人当场抓住一样。两人都不敢看对方。

沉默还在继续。铃声又一次响起。

"开吗？"卢卡申低声问。

娜佳去开门。伊波利特在门口站着。他走进来，开始为自己辩解：

“亲爱的，请原谅我……我太急躁了，是我不对……我破坏了我们的跨年夜。”

“你回来了，太好了！”娜佳说，“我还担心你不回来了。把大衣脱了，进屋吧！”

娜佳帮伊波利特脱大衣，他温柔地吻了她的手，他们走向房间。看到卢卡申，伊波利特呆住了：

“怎么，他还在这儿？”

“我又不能把他撵到街上去。头班飞机要早上7点才起飞。”

伊波利特大步走进房间：

“他可以在机场待着。又不会怎么样！”

卢卡申沉默着。伊波利特环顾四周，审视当下的状况：

“瞧……还吃过晚餐了……看来你们俩过得不错呀……还听着音乐……”

“又不能干饿着。”娜佳说着关上了电唱机，“跟我们一起吧！”

“跟你们？”伊波利特强调地反问。

“别咬住字眼不放！”娜佳皱眉。

伊波利特捕捉到她的语气，可能还想起刚刚的争吵，于是做出了仲裁裁决：

“这么办吧……给他叫辆出租车，替他付去机场的车费……”

“跨年夜出租车要到早上才会有呢……”娜佳断定，而卢卡申试图掩饰笑意。

“那么……那么……”伊波利特艰难地控制着自己，“就让他走着去。”

“走到机场？”娜佳耸了耸肩，“那么远？”

"你已经开始心疼他了?"伊波利特激动地问。

"亲爱的!"娜佳也很激动,"即使我有天使般的耐心也已经受不了了!"

这时伊波利特终于发怒了:

"这么说全是我的错了? 也许你已经喜欢上他了? 也许你们之间已经发生了什么? 也许我在这里是多余的第三者?"

现在是卢卡申控制不住情绪了:

"您怎么不害臊!"

"闭嘴! 这儿没您的事儿!"伊波利特冲着他喊。而卢卡申则以教训的口气继续说:

"如果您爱一个女人,伊波利特·格奥尔基耶维奇,您就应该信任她,爱情是从信任开始的……"

"别跟我说教!"伊波利特试图战胜他。

"您听听有好处!"

"娜佳,你管管他!"伊波利特小声说。

但卢卡申已经被激怒,无法停下了:

"娜杰日运·瓦西里耶芙娜是个出色的女人……她聪明,她菜做得好吃……我吃过了……她很有分寸,而且她还很漂亮! 而您对她的行为简直是可恶。请马上道歉!"

"现在我就宰了他!"伊波利特在盛怒下发出嘶哑的声音,扑向卢卡申。

打架开始了。娜佳颇有兴趣地看着,就像过去骑士比武时,女人们看着自己的男伴们拿着剑和矛扑向对方一样。

"还嫌闹得不够吗,非得打一架才算完是不是!"娜佳喊道。

卢卡申在搏斗中获胜。他把伊波利特推倒在地上,把他的双手扭在背后：

"请求她原谅你!"

"您为什么对我不称'您'?"伊波利特沉重地喘着粗气，十分愤怒。

"因为你打败了!"卢卡申按得更用力了，伊波利特喊道：

"您要把我的胳膊弄断了!"

"要是给你弄断了，我再给你接上!"卢卡申仁慈地承诺，"请求她原谅你。"

娜佳已经厌烦了这种场面。

"叶尼亚，快放开他!"

"好啊，他已经是叶尼亚了!"伊波利特压低了嗓音说。

"那怎么了，照你说我就不应该有名字了?"卢卡申说着听话地放开了伊波利特。

"现在都给我走! 两个都走!"娜佳吩咐。

"我没想打他!"卢卡申就像孩童那样拖长声说，"是他自己扑上来的! 是他先动的手!"

男人们看到了娜佳恶狠狠的目光，便沉默着走向门口。在门边他们俩站住，有礼貌地给对方让路。谁都不想第一个出去。

"别装腔作势了!"娜佳喊道。

这时两人就像是听到口令一样，同时挤过了门槛。两人都认真地观察着对方，拿着自己的大衣同时离开了公寓。

当他们都走了，娜佳才抓起话筒拨号码：

"尼古拉·伊万诺维奇，新年快乐……我是娜佳……谢谢。塔季扬娜在您那儿吗……"

伊波利特和卢卡申从楼里出来后就站住了。

"您往哪个方向走？"卢卡申问。

"我往那儿！"伊波利特伸出手指向一个方向。

"那我就往那儿！"卢卡申用手指向相反的方向。

"这是自然的，我们不同路！"伊波利特说着迈开步。

卢卡申也走了，虽然他并不知道自己要往哪儿走。

他走到街道的尽头，向左转，又走了一会儿，若有所思地停下来。

而娜佳这时正在结束与女友的电话交谈：

"我现在去你们那儿……不是的……我们什么事也没有……一会儿再跟你们讲……嗯，那么……那么你们到我这儿来吧……"

卢卡申在冰天雪地的十字路口站了一会儿，某种想法出现在他的头脑中。如果我们现在能够读出别人的想法，那么我们就会知道，卢卡申在想："如果伊波利特骗了我，已经自己回去了呢？"

卢卡申急速往回跑。当他接近二十五号楼的时候，伊波利特也正从另一个方向往这里跑 —— 看来他跟卢卡申一样，也刚刚想到了这一点。

"哈！"一个人说。

"啊哈！"另一个人拖着长声说。

"但您已经被赶出来了！"卢卡申提醒。

"我们两个都被赶出来了！"伊波利特强调。

"这也是事实！"卢卡申没有反驳。

他们站在原地。

"我们得站很久。离我的飞机起飞还有很长时间。"

"而我反正是休息日!"

"好冷啊!"卢卡申第一个承认。

"是啊,很凉快,但我刚刚发现,您的衣服并不合季节!"伊波利特附和说。

"而您的鞋子是薄底的!"卢卡申不甘示弱。

"会得肺炎的,可能会送命。"伊波利特吓唬对手。

"那我们就一起死!"卢卡申坚守阵地。

"我可不打算死!我可以坐到车里去!"

两个人都冻坏了,但谁都不投降。对手们都想靠时间来取胜。

突然,伊波利特讽刺地笑了。

"您在想什么?"卢卡申马上回应。

"没打算向您汇报!"

"在您的脸上写着——您在想我!"

"是在想您——寻找刺激的人!"伊波利特嘲笑地说,"对您来说,没有任何稳定的、合法的、神圣的东西。您这样的人根本不相信理智,而只相信冲动。您对社会就是个危害!"

卢卡申蹦跳着,想要驱赶寒冷。

"真是个很高的评价!"

"我在等待您的回答!"伊波利特说,"坦诚换坦诚。"

"好吧!像您这样的人总是对的。您按照计划、按照指令生活,而这正是您的弱点。您无法做出丧失理智的行为,您也无法胜任任何伟大的事业。生活是不能按照事先的设计来安排的!"卢卡申意外地中断了说教的独白,大喊道,"乌拉!"

"乌拉什么？"伊波利特疑惑地问。

"我要回去。我有十分正当的理由。我的公文包忘在那儿了！"卢卡申高兴地说。

"您是故意这么做的！"

"那我干吗丞要在这儿冻这么久？"这次逻辑明显在卢卡申这边。

"我去把公文包拿下来！"伊波利特想出了应对的策略。

"我不相信您！'卢卡申已经走向住宅楼，"包里有一把贵重的桦树枝笤帚！"

"请问，"伊波利特跟在卢卡申后面，"你们为什么去澡堂呢？难道您家里没有浴室吗？"

"这您是无法理解的！"卢卡申下了论断。

竞争者们走进楼道。

这时娜佳的电话响了。

娜佳拿起听筒：

"喂，莫斯科吗……"

"请找一下卢卡申。"是一个女人的声音。

"是加利娅吗？叶尼亚已经去机场了。"娜佳说。

"您是谁？"加利娅含有挑衅意味地问。

"他偶然认识的人！"娜佳回答。

"那他怎么会跑到您家里去呢？"

"现在我就给您解释。"娜佳模仿卢卡申，从最开始说起，"叶尼亚昨天去了澡堂……"

"去什么澡堂？"加利娅又问，"他家里有浴室……"

卢卡申和伊波利特出现在楼梯间里。伊波利特抬起胳膊想去按门铃，但犹豫不决。

娜佳在与加利娅的电话交谈中真诚地想让对方信服。

"这是他们的一个传统。叶尼亚和他中学时代的好朋友们每年12月31号都去澡堂。"

"您是怎么知道的？这么说你们认识很多年了？"

"不，我们刚刚认识几个小时。您知道吗，我的地址跟他在莫斯科的地址一样：第三建筑工人大街二十五号楼十二号。他到我这儿还以为回到了自己家……"

加利娅一句话也不相信：

"我全明白了。您甚至连他莫斯科的地址都知道……"

伊波利特和卢卡申还站在娜佳家门外。卢卡申递给对手挂着两把钥匙的钥匙链。伊波利特试图打开门上方的锁，但没能成功。

"您别着急！"莫斯科人同情地说。

"请不要指手画脚！"列宁格勒人顶撞道。

"您想让我帮您吗？"叶夫根尼逢迎地说。

"不，不想。"伊波利特断然拒绝。

卢卡申拿回钥匙，插入门下方的锁孔里。

"一切都很简单！"卢卡申说着推开了门，让伊波利特先进，"请。"

而伊波利特则轻蔑地冷笑：

"一看就知道您是个惯犯！"

两人都向前走，越过门槛，并且都听到娜佳在打电话。在听到娜佳所说的之后，两人都愣住了。

"加利娅……加利娅……"娜佳急切地说,"请千万不要挂电话。您什么都不明白……您的叶尼亚是个好人,很善良……他没有任何错的地方……我都有点儿羡慕您了……您知道吗,我很喜欢他……请原谅他吧……"

听到这些话,伊波利特憎恨地看了看对手,在狂怒下跑了出去。卢卡申目送他,松了一口气。他不想继续偷听,便留在楼梯间里。

"您干吗袒护他?"加利娅问,"您结婚了吗?"

"这有什么关系?"娜佳避而不答。

"那就是说没结婚了……"加利娅以纯粹女人的智慧做出判断,"这么说他是去列宁格勒跟您共迎新年了。"

"完全不是这样,"娜佳紧张起来,"昨天叶尼亚跟朋友们一起去了澡堂,在那里……"

"我已经听够澡堂了,"加利娅打断她,突然问,"您多大了?"

"不小了……"停顿后,娜佳小声回答。

"最后的机会了?"

"您怎么不害臊呢?"

"是我该害臊吗?我又没偷走您的未婚夫!"

"您全都理解错了……"

"您是个强盗!但总之您是什么都得不到的!最终他也会抛弃您的……"

加利娅挂了电话。娜佳还对着话筒"喂……喂"了两声,然后也挂了电话。

卢卡申又用钥匙打开门,认真听了一会儿,发现电话交谈

159

好像已经结束了。

"可以进来吗?"卢卡申问,"对不起……我忘了公文包。"

"加利娅给您打电话了……"

"她怎么知道号码的?"卢卡申假装惊讶,"哦,可不是嘛,是我告诉她的……而且您的号码也很好记……"

"我想要跟她解释清楚,可是她不相信……我告诉她,您去机场了。"

"非常感谢您!"卢卡申表示感谢,沉默了一会儿又小声说,"那么,我走了!"

娜佳没有满足卢卡申的期待,她回答:

"一路顺风!"

卢卡申踌躇着,不知道该说什么:

"十分感谢……"

"不客气……"娜佳点头。

"那么,我走了!"卢卡申的语言储备并不丰富。

"您怎么去机场呢?"娜佳好像在帮卢卡申摆脱困境,"还没有公交车呢……"

"我自己也不知道……"卢卡申回答,"总能想到法子吧。"

娜佳突然强硬地说:

"好,您走吧!"

但作为一个不了解女人任性心理的人,卢卡申顺从地走向门口。

"那么,我这就走了……我还想跟您说……"

"什么?"娜佳很快问。

"我可以给您打电话吗?"

"您记得号码吗？"

"14-50-30！"

"那就打吧！"娜佳准许了。

"十分感谢。"卢卡申又向门口挪了一步，"请原谅我的打搅！"

"祝您新年快乐！"娜佳的声音中有那么一点儿伤心的意味。但卢卡申并没有捕捉到：

"谢谢！也祝您新年快乐！"

他已经碰到门把手，娜佳看到这个笨拙的人现在真的要走了，喊了一声：

"您在做什么？！"

"往外走啊！"

"可您是在……您是在寻找留下来的借口！"

"是在找，但是没有找到！"

"而我……"娜佳承认，"也找不到让您留下来的理由！"

"真的吗……"卢卡申高兴起来，"那我就脱下大衣再待一会儿！"

两人都感到很不自在，不知道该说些什么，也不敢直视对方的眼睛。娜佳坐在房间的一角，而卢卡申坐在房间另一角的床边。两人继续沉默着，这让他们都感到难以忍受。这时卢卡申站起来，以问询的眼神看着娜佳，从墙上拿下吉他。

"让我给您唱点儿什么吧？"卢卡申提议。

"因为沉默得太久了？"

"也许是这个原因吧。其实我不怎么会唱，但却喜欢唱。"

卢卡申就唱了一首热情的歌：

如果您没有住房，
那么就不怕火灾。
如果您没有妻子，
就不会被妻子抛弃。

如果您没有养狗，
它就不会被邻居欺负。
如果您没有朋友，
就不会跟朋友打架。

如果您没有婶婶，
就不会失去她。
如果您没有活着，
那么就不会死去……

交响乐低音鸣奏，
小号声铿锵嘹亮。
自己想想吧，自己决定吧 ——
要还是不要？！ [①]

"一首有问题的歌……" 娜佳笑了笑。

"我可不是白把吉他拿下来的。现在，您作为一位殷勤的

[①] 亚历山大·雅科夫列维奇·阿罗诺夫（Александр Яковлевич Аронов）
的诗。——原注

女主人，应该以同样的方式来回应我了……请唱吧。"卢卡申将吉他递给娜佳。

娜佳拿起吉他，但没有打算唱。

"您不是不喜欢听我唱歌嘛……"

"喜欢……我撒谎了……我总是撒谎……"

"总是?"

"差不多吧!"卢卡申笑了，他走到摆在伊波利特照片旁的娜佳的照片前，"您这张照片照得很好!"

"通常我在照片里看起来都很糟糕，但这张我也很喜欢……尽管是十年前照的……"

"您一点儿都没变。"卢卡申殷勤地说。

"又撒谎了?"

"几乎没有……"

"您在哪里工作?"娜佳问。

"在社区的诊所。接待病人，有时一天要看三十个。"

"厌烦吗?"

"当然了，"卢卡申承认，"但能怎么样呢? 他们生病了，应该给他们治病。"

"好吧。只能这样了，我就给您唱一个吧，"娜佳突然同意了，"虽然您并不配听我唱歌。"

她便开始唱这首茨维塔耶娃[①]的诗歌。

---

① 玛丽娜·伊万诺芙娜·茨维塔耶娃（Марина Ивановна Цветаева，1892—1941），俄罗斯白银时代女诗人。

我喜欢，您不为我而痛苦，

我喜欢，我不为您而悲伤，

我喜欢，沉重的地球永远

不会从我们的脚下漂离。

我喜欢，可以举止可笑，

随意——不用玩弄语言的游戏，

也不会只因为衣袖的轻轻触碰，

便在窒息的潮热中脸红。

我要衷心地感谢您，

感谢您并不知道自己——

是那么爱我：感谢您给了我夜晚的安宁，

感谢我们很少在黄昏时分，

在月光下约会，

感谢太阳未在我们头上升起，

感谢您的痛苦——唉！并不是因为我，

感谢我的悲伤——唉！并不是因为您……

当娜佳唱完，卢卡申出乎意料地说：

"娜佳，我对您有个请求……也许是冒昧的……"

"什么请求？"

"您不会生气吧？"

"尽量不吧。"

"也不会把我撵走？"

"如果我到目前为止还没这样做的话……您想让我再唱一

首?"娜佳笑。

"不……娜佳，我可以从柜子上取出伊波利特的照片，然后撕掉吗？"

"不，不行……"娜佳冷冷地拒绝了。

"难道您因为伊波利特走了而伤心？"卢卡申的声音中透露出压抑。

"您问这个干什么？"

"需要知道。"

"伤心，"娜佳挑衅地回答，"是的！"

"您确定吗？"

娜佳沉默了。

"您多大了，三十二？"卢卡申不知分寸地问。

"三十四……"

"三十四……"卢卡申若有所思地重复着，"却还没成家，没安顿下来。这是常有的事儿。不走运。可突然出现了伊波利特，一个正派的、严肃的人。跟他在一起很稳定，很可靠。嫁给他就像靠着一堵结实的墙。的确，他大概是个合适的未婚夫。有汽车，有房子。女友们也劝说：看住了，别错过了……"

"您原来是个残酷的人……"

"我是个外科医生。我经常不得不让人痛苦，为的是过后让他们感觉好。"

"您可怜自己的病人吗？"

"当然……"卢卡申耸了耸肩。

"我有时也可怜我自己，"娜佳忧伤地笑了，"晚上回到家，坐在椅子上就开始可怜起自己来。但这种情况很少……"

"您从未结过婚？"

"结过。半次。"

"怎么回事？"卢卡申甚至慌起来，"怎么是半次？"

"是这样……每星期我们见两次面……整整十年都是这样……从那时起我就不喜欢星期六和星期日。节日我也不喜欢，每逢节日我总是孤单一个人。"

"他是有家室的？"卢卡申猜道。

"他现在也没离婚。"

"而您，"卢卡申难以启齿地问，"您现在还爱着他？"

"不！"娜佳坚定地回答，她捕捉到了卢卡申专注的目光，微微一笑，"不！我们来喝杯咖啡吧！"

"而我却不受女人欢迎，从中学时候就是！"卢卡申心情好转起来，"我们班上有个叫伊拉的小姑娘，也没什么特别的……但却有些吸引力。还在八年级的时候我就……就像大家说的……迷上了她。而她却根本不理我。中学毕业后她就嫁给了帕维尔……"

"就是那个跟你们一起去澡堂，您代替他飞到列宁格勒的帕维尔？"娜佳确认。

"就是嫁给了他，我的好哥们儿……"卢卡申说，"我当然也被邀请去参加婚礼了。我心里难受极了，站起来说了祝酒词：'伊拉，希望你早日离开帕维尔来找我。我等着你！'当然啦，他们把我从婚礼上撵了出来。真是一件丢人的事！"

"现在您和帕维尔还是好朋友？"

"为什么是现在？一辈子都是好朋友。伊拉选择了他也不是他的错。这次他来列宁格勒就是要去找她一起迎新年的。伊拉这几天正在这儿出差。"

"可怜的伊拉！这么说她也是受害者！"

"为什么'是'是？"卢卡申生气了，"比如说，我就不觉得自己是个受害者！"他又笑着说：

"而且我很乐意去煮咖啡……"

"干吗要您去呀？"娜佳不解。

"您歌儿唱得的确很好！"卢卡申调皮地说，"但做菜就完全不行了！您做的鱼冻根本不是鱼……简直就是毒药……"

"但您还夸我来着！"娜佳叹气道。

"我那是在奉承您……"

"您可太不礼貌了……"女主人皱了眉。要知道，每个女人都觉得自己做的菜很好吃。

"这倒是，"卢卡申同意，"我其实并不了解自己。家里人一向都认为我是一个性格腼腆的人。妈妈总是说谁都可以骑到我头上，朋友们也都管我叫草包。"

"在我来看，他们是在奉承您！"娜佳冷冰冰地说。

"我对自己也是这样看的……"

"您明显是谦虚了。"娜佳嘲弄地说。

"可现在我感觉自己完全变了一个人，成了一个更……"

'厚颜无耻的人！"娜佳尖刻地说。

"为什么这么说呢？"卢卡申伤心了，"不，是更勇敢的……更……"

"粗鲁的！"娜佳又以挖苦的语气说。

'不，是更果断的！更……"

"放肆的！"娜佳继续提示。

"不，您没猜对！我感觉自己现在什么都能做到！您明白吗？原来在我身上潜藏着的力量现在已经觉醒了。这也许是因为我认识了您。正是由于您，我过去想都没想过的真正的性格才显现出来。"

娜佳惊讶地拍了一下双手：

"您能想象自己在说什么吗？！也就是说，是我把您变成了一个无赖？！"

卢卡申由于欣喜而激动不已：

"还从来没有人这么称呼过我！娜佳，我太幸福了！"

这时响起了门铃声。

"哎，他可真是固执！"卢卡申变得凶起来，"我真不知道现在我会怎么对付他！"

他坚定地走向门口，但娜佳推开了他：

"不准这样！我自己来！"

娜佳走到门口，迅速推开门。门外站着瓦莲京娜和塔季扬娜。就像在电话里说好的，她们现在来接娜佳。

"到我那儿去过夜吧！"瓦莲京娜提议，"娜坚卡，发生什么了？他要流氓了，是吗？"

"你们吵架了？"塔季扬娜问。

"他结婚了？"瓦莲京娜继续问，"我现在就吃了他！"

"他有孩子了！"塔季扬娜猜测。

听到女人们的声音，卢卡申走向书柜，将伊波利特的照片向前弯 —— 就像是在向卢卡申致歉 —— 而后又将照片放倒。在犯下这一罪行之后，卢卡申果断地走到前厅：

"你们怎么来了？谁叫你们来的？请离开吧！"

"您疯了吗!"娜佳愤怒了。

客人们由于这种接待方式而慌张起来。

"但娜佳让我们……"塔季扬娜磕磕巴巴地说。

"我不会让娜佳走的!"卢卡申坚决地宣称。

"您有什么权利在这儿做主?"娜佳也惊呆了。

卢卡申的回答是蛮不讲理的,但最主要的,还是符合事实并有说服力的:

"因为我是 —— 伊波利特!"

娜佳大笑起来。

"您笑什么?"卢卡申很感兴趣。

"因为你说谎!"娜佳回答,她没有发现自己已经改用"你"称呼对方。

"姑娘们!"她对女友们说,"上次我没好意思告诉你们……"

"说吧,说吧!"卢卡申威胁地提议。

"这不是伊波利特!"娜佳绝望地继续说,"这完全是一个陌生的男人。我甚至都不知道他姓什么。"

"别相信她!"卢卡申参与其中,"我就是伊波利特。娜佳才不会跟一个陌生男人共迎新年呢。"

"我全都讲给你们听,姑娘们!"娜佳不知道怎样摆脱困境,"当我晚上回到家……"

"你跟她们说说我的澡堂!"卢卡申打断她,"她们马上就会相信你的!"

"当我晚上回到家,我就看到……"娜佳继续解释。

"对她们说,我躺在你的床上。"卢卡申建议。

"我们还是走吧!"瓦莲京娜感到难为情。

"叶尼亚，"娜佳发怒了，"别再胡闹了！"

"什么叶尼亚？"卢卡申生气了，"您还把叶尼亚带来了？我要分手！"

"现在我就揍他！"娜佳明显想要完成自己的意图，但被女友们制止了。

"这件事最好还是在我们走了之后再做吧。"塔季扬娜说。

"那你们就不要走了！"卢卡申请求道。

"看我不给他点儿厉害瞧瞧！"娜佳还没有平静下来。

"姑娘们，再待会儿吧。让我们喝一杯吧。毕竟是新年嘛！"卢卡申将女友们推向餐桌，勤快地给每个杯子倒上酒。

"让我们为友谊干杯！"塔季扬娜看来很想调解"新婚夫妇"的关系。

"哪儿有什么友谊！"卢卡申抱怨，"她整个晚上都让我在地上打滚。"

瓦莲京娜连忙开始说祝酒词：

"亲爱的娜佳和伊波利特！"

"但他不是伊波利特！"娜佳已经懒得解释了。

"娜佳，这已经不好笑了！"塔季扬娜插话。

"当然不好笑！"卢卡申以胜利的眼神看了看娜佳。

"我举起这杯酒，"瓦莲京娜继续说，"祝愿你们在新的一年里不再吵架！"

"我们不会再吵架了！"卢卡申乐意地赞成。

"姑娘们，我跟你们一起走！"娜佳说。

"别说蠢话了！"卢卡申像一个丈夫那样粗鲁地喊道，"为什么你们这次不喊'苦'了？"

娜佳因为他如此放肆无礼而呆住了。

"如果你们这样要求的话……苦啊！"瓦莲京娜不是很确定地说。

"苦啊，苦啊！"塔季扬娜继续。

娜佳开始向后退：

"我不会跟他接吻的！"

卢卡申一边靠近娜佳，一边解释自己的行为：

"人家要求我们这样！"

"叶尼亚，别碰我！"

"我不是叶尼亚！我是伊波利特！"

卢卡申战胜了娜佳的抵抗，抱住了她。一个长吻。时间是如此漫长，以至于女友们已经礼貌地离开了。塔季扬娜在门口还不住地回头望，想再次欣赏一下爱情画面，但瓦莲京娜用力将她拽了出去。

最后，卢卡申和娜佳窘迫地彼此分开。

"塔季扬娜和瓦利娅呢？"娜佳不知所措，问道。

"我非常喜欢你的女友们……"卢卡申在长吻后调整呼吸。

"难道我们已经彼此以'你'相称了？"娜佳惊讶道。

"早就改了！"卢卡申说，"难道你没注意到？"

这时又响起门铃声。

"这儿不是公寓，简直就是大杂院！"卢卡申愤怒地冲过去开门，"不管是谁，我都要杀了他……"

一群吵闹的年轻人闯入。

"西尼岑家是这儿吗？"

"稍等。娜佳！"卢卡申喊道，"你姓什么？"

"舍韦廖娃!"娜佳回答。

"不,不住这儿。唉……"卢卡申摊开两手,"我们是舍韦廖夫家!"

"那我们就挨个敲门!"一个姑娘说。一个小伙子则用手风琴拉起了热情洋溢的旋律。

"那你姓什么?"这群人走后,娜佳感兴趣地问。

"卢卡申。"

"父名呢?"

"米哈伊洛维奇。"

"叶夫根尼·米哈伊洛维奇·卢卡申,"娜佳调皮地鞠躬道,"很高兴认识您!"

卢卡申什么都没说,走过去拿起了电话听筒。

"你要往哪儿打电话?"娜佳感到奇怪。

卢卡申拨号:

"想知道下一班飞机什么时候起飞……"

"你干吗要推迟走的时间呢?"

"我不想走,就这么回事! ——喂,机场吗,请问去莫斯科的飞机什么时候起飞? 不,第一班我知道……第二班呢……第三班呢……第四班呢……真是不像话!"卢卡申生气地挂上电话,"真是岂有此理! 每隔半小时就有一班飞机飞莫斯科!"他在房间里来回踱步。"我真是无法理解。"

"你指的是什么?"娜佳看到伊波利特的照片倒下了,又将其放回原处。

"为什么我非得早上走呢? 我 2 号才上班,白天我们可以逛一逛，去一趟冬宫博物馆①……晚上我再坐飞机或火车走。"

"你太过分了！"娜佳训斥道，"我想我并没有邀请你。"

"那又怎么样呢？那就邀请吧！"卢卡申建议。

"为什么？"娜佳很严肃地问。

卢卡申没有回答，而是走向书柜，拉开玻璃门，拿出伊波利特的照片。

"这么说话我可受不了！我总觉得我们是三个人！"

"别碰伊波利特！"

"我不会把他怎么样的！我把他夹在书中间！"卢卡申说着执行了他的威胁。

娜佳拿出照片又放回原处。

"那好吧，"卢卡申同意，"咱们就让他待在这儿，只是让他背过脸去。只要看不见他就行！"

卢卡申把照片转过去，娜佳马上又将其转回来。

"别打扰伊波利特了！"娜佳喊道。

"你为什么护着他？"卢卡申怒气冲冲地回答（两个人谈论照片就像在说一个活人似的），"他对你有珍贵的纪念意义？"

"跟你没关系！"娜佳打断他。

卢卡申偶然翻过照片，看到了背面的题词："给亲爱的娜坚卡"。他简直被这亲昵的题词激怒了：

"这也太过分了！这……这太过分了……"

卢卡申打开气窗。

———————————

① 位于圣彼得堡，是世界上最大、最重要的艺术博物馆之一，建成于1764年，最初是沙皇叶卡捷琳娜二世的私人博物馆，1852年起对外开放。

"你想干什么？"娜佳警觉起来。

"让他呼吸一下新鲜空气，这对他有好处！"卢卡申执行了判决，将照片扔出窗外。

照片在空中旋转，最后平稳地降落到雪堆上。

"去把伊波利特捡回来！"娜佳命令道。

"没门儿！"卢卡申坐到椅子上，怡然自得地伸开双腿。

"我再跟你说一遍……"娜佳以冷冰冰的声音继续说。

"娜佳，别难为我了！我不会那么做的！"

"你听着，你就坐头班飞机给我走！"娜佳并不是假装生气，卢卡申将照片扔出去的行为明显越界了。

"走就走！"卢卡申从橱柜里拿出电动剃须刀，说，"等我刮完了胡子，我就从这儿彻底消失！"

卢卡申从套子里拿出剃须刀，并插上电源。

"这儿不是理发店！"娜佳马上把插头从插座上拔下来。

卢卡申又冷静地插回去：

"我可不能没刮胡子就回去见未婚妻！"

"是啊，我完全忘了你还有个未婚妻呢！"娜佳挖苦地高声说。

门铃声响起。

"快去开门！"卢卡申边刮胡子边建议，"这回准是伊波利特。怎么好久没见到他了！"

娜佳走到走廊上，打开门。卢卡申猜对了，这回真的是伊波利特。他一句话都没对娜佳说，径直走进房间，查看他的情敌是否还在这里。卢卡申平静地刮着胡子，做出没看到他进来的样子。

"好啊，他已经用上我的剃须刀了！"伊波利特脱口而出。他什么都没再说，猛然转身冲出了公寓。门剧烈地震动着。

伊波利特的离去使卢卡申又恢复了好心情。

他刮完胡子，认真地将剃须刀放回套子里。

"太好了！这次他不会再回来了！"他突然皱起眉，"为什么他的剃须刀在你这儿？"

"快去找你的新娘吧，快去！"娜佳反驳他，"这是我未婚夫的剃须刀！"

"是前未婚夫！"卢卡申更明确地说，"曾经有过一个伊波利特，但现在已经没有了！忘了他吧！如果他敢再出现的话，我就把他从楼梯上推下去！"

娜佳又冒起火来：

"你有什么资格这样跟我说话？你干吗干涉我的生活？你早就该到机场去了！"

"我乘的火车晚上很晚才开呢！"卢卡申不讲理地坐到沙发床上，脱掉鞋子躺下。

"那么我走！"娜佳威胁道。

"这真是个好主意。快去外面逛逛吧，我要休息一下！"卢卡申合上了眼睛，"我累了。"

"我会回来的，带着警察！"

"那就把派出所的警察都带来好了！"

"递给我大衣！"娜佳真打算走。

"很乐意效劳。"卢卡申从牙缝里挤出这句话。他叹了口气，懒散地站起来，走到走廊上，从衣架上取下娜佳的毛皮大衣，以做作的殷勤姿态递给她。

"请！还有什么吩咐？"

"等等！"娜佳指着靴子，"拉上……"

"很乐意效劳！"卢卡申听话地弯下腰，替她拉上靴子的拉链，"谢谢您的信任！"

娜佳指着另一只靴子：

"现在把这只也拉上！"

"我一辈子都幻想着这一刻！"卢卡申很乐意完成这一重要的任务，然后他温柔地将脖子贴着娜佳的靴子。

娜佳明白她的离开实际上是荒唐的，但仍想在走前说点儿什么：

"可别想偷光我家里！你要明白，我可知道你在莫斯科的地址！"

卢卡申无忧无虑地笑起来。娜佳走了，砰的一声关上了门。卢卡申一个人留在房间里。他环顾四周，走到书柜前，拉开玻璃门，取出娜佳的照片……

娜佳在街上停下来，自己也不知道接下去该怎么办。她走向一个雪堆，俯身捡起伊波利特的照片，放进了手提包里。

一辆出租车从旁边经过。绿色的小灯显示这是一辆空车。

娜佳奔向车。

司机停车：

"不在停车场我们是不拉人的！"

"新年快乐！"娜佳以请求的语气说。

"好吧！"司机同意了，"上车吧，快点儿！"

娜佳坐上车。

"去哪儿？"司机问。

"我也不知道!"女乘客回答。

司机叹了一声，打开了门：

"那就下车吧!"

"不不!"娜佳摇头，"我突然有一个想法 —— 去火车站吧。"

娜佳家的门开了，娜佳的妈妈奥莉加·尼古拉耶芙娜走进前厅。卢卡申得意地笑了。他很确信是娜佳回来了。

"是谁?"

没有人回答。卢卡申偷偷地把娜佳的照片藏到大衣兜里，然后他愣住了。

奥莉加·尼古拉耶芙娜站在门口，惊恐地看着这个陌生人。

"啊，对不起!"卢卡申跳起来，急忙穿上外衣和鞋子，"对不起。"他又说了一遍。

"你是谁?"奥莉加·尼古拉耶芙娜死死地盯住他，问。

"那您呢?"卢卡申以反问来回答，"不过，我猜……"他往前走了几步："我很高兴……"

"你别过来，我要喊了!"奥莉加·尼古拉耶芙娜让卢卡申停住。

卢卡申顺从地待在原地：

"我现在就跟您解释……"他又想往前走。

"站在那儿别动!"

"您别怕我!"卢卡申请求道。

"你干吗钻进我们家?"娜佳的妈妈严厉地问，看得出来，她把卢卡申当成小偷了。

卢卡申叹了口气，习惯性地开始：

"每年12月31号，我和朋友们都会去澡堂……"

"你别跟我瞎编！"奥莉加·尼古拉耶芙娜打断他，"你别看我是个老太婆，我可是不会让你溜走的！"

"我也没打算走！我在这儿挺好的！"

"把兜都翻出来！"奥莉加·尼古拉耶芙娜要求道。看得出来，她的性格很强硬。

卢卡申讨好地笑了，并把娜佳给他买机票的钱放到了桌子上：

"您看，我只拿了十五卢布！"

"的确没多少！"妈妈评价道，"就放在桌子上。再没偷别的东西了吗？"

"还没来得及。"

"你看起来倒像个体面人！"奥莉加·尼古拉耶芙娜摇头，"根本看不出来是个强盗。在新年前夜去人家里偷东西，你怎么就不觉得害臊呢！大家在过节，而你呢……真是个没良心的……"

卢卡申真诚地想要和解：

"您怎么称呼？"

但他得到的回答却是：

"这跟你有什么关系？"

"您听我说。我还是得跟您解释一下！12月31号我和朋友们去了澡堂……"卢卡申在说这句话时违反了承诺，向前迈了一步。

"救命啊！"奥莉加·尼古拉耶芙娜喊起来，"有强盗！"

卢卡申站在原地不动，惊慌地含糊说着：

"我求求您，请您别喊了！"

"那你别动，就站在原地！"奥莉加·尼古拉耶芙娜平静地说，"现在娜佳和伊波利特就要回来了，我们马上就逮捕你！"

"伊波利特不会回来了！"卢卡申笑了。

"为什么？"女主人慌张起来。

"我已经在剃须刀的帮助下果断地把他给处理了！"

奥莉加·尼古拉耶芙娜的反应出乎卢卡申的意料：上了年纪的女主人浑身一软，靠着墙慢慢往下滑，好像是失去了知觉。卢卡申急忙扶住她，把她拖到沙发上，让她休息。

"您别紧张！"卢卡申安慰她，"是电动剃须刀。"

奥莉加·尼古拉耶芙娜艰难地调整着呼吸：

"你去隔壁房间，架子上有个黄色药瓶，旁边有水杯。给我滴三十滴。"

"瓦洛科尔金？①"卢卡申问，并急忙去拿药。

"瞧瞧，还真有文化！"奥莉加·尼古拉耶芙娜很惊讶。她坐下，整理着头发。

卢卡申回来了，奥莉加·尼古拉耶芙娜从他的手中接过杯子，喝下了散发着薄荷味的液体。

卢卡申温柔地握着奥莉加·尼古拉耶芙娜的手，按住她的手腕诊脉

"您做过心电图吗？"

"做过……"奥莉加·尼古拉耶芙娜回想着，"向左移位……"

---

① 一种血管舒张药，今已过时。

"胡扯。这是年龄的缘故，几乎所有人都有。血压怎么样？"

"高压一百七，低压一百。"

"服用利血平①了吗？"

"你怎么知道这些的？"奥莉加·尼古拉耶芙娜很惊讶。

"我是医生。"

奥莉加·尼古拉耶芙娜摇摇头：

"医生居然干这种事！难道还不够过日子的？"

卢卡申在兜里翻找，找到一张盖着诊所印章的处方单，然后坐到桌前。

"现在我给您开一种新的降压药！"

趁着卢卡申坐在桌旁写东西没有注意她，奥莉加·尼古拉耶芙娜小心翼翼地从沙发上站起，朝门口走去：

"虽说你是个小偷，倒还挺关心人的！"

奥莉加·尼古拉耶芙娜走到前厅，用钥匙锁上了房门。

听到锁门的声音，卢卡申转过头：

"您干吗这么做？"他走向房门，从门底下把药方塞过去。

"拿着吧，一定让娜佳在药店给您买这种药！"

"你认识娜佳很久了？"卢卡申提到娜佳的名字使奥莉加·尼古拉耶芙娜感到很困惑。

卢卡申算了起来：

"现在已经7点……我到您家大概是昨晚11点……也就是说，我们认识了有大概八个小时了。"

"你在这儿待了一整夜？"

---

① 一种降压药。

180

"一整夜！"卢卡申拿起吉他，开始拨动琴弦。

"娜佳怎么没把你迁出去？"奥莉加·尼古拉耶芙娜问。

"也许不想吧……不想吧，也许……"

这时，出租车从涅瓦大街转向莫斯科火车站^①。娜佳付了钱，下了车。

歌声就像是伴随着娜佳的脚步而来 —— 这是被娜佳的妈妈囚禁的卢卡申在唱。

> 我问白蜡树，我的心上人在哪里？
> 白蜡树没有回答我，只把头摇晃。
> 我问白杨树，我的心上人在哪里？
> 白杨树把秋天的叶子抛在我身上……

在火车站大楼里，娜佳走到彻夜值班的售票处。窗口前站着两个人。娜佳等了一会儿，买了一张去莫斯科的火车票，然后从候车厅走到了车站广场。

> 我问秋天，我的心上人在哪里？
> 秋天用倾盆大雨对我作答。
> 我问雨水，我的心上人在哪里？
> 雨水久久地在我窗外流着泪……

---

① 与此相对，莫斯科有一座列宁格勒火车站，这是因为俄罗斯人习惯以铁路终点站所在地为始发火车站命名。

娜佳不急不忙地在夜晚的城市中行走。广场上，新年枞树闪烁着彩色的灯光。吵闹、欢快的人群从楼里跑出来，涌上街道。雪下了起来。娜佳一个人走在被白雪覆盖的街道上。

> 我问月亮，我的心上人在哪里？
> 月亮躲到云朵后，没有回答……
> 我问云朵，我的心上人在哪里？
> 云朵融化在蔚蓝色的天空中……

当娜佳快到家的时候，天空已经微亮了。她抬起头，望了一眼自己家亮着灯的窗户，走进楼道。

> 我唯一的朋友，我的心上人在哪里？
> 请你告诉我，她到底藏身何处？
> 忠实的朋友回答，真诚的朋友回答：
> 你那过去的心上人，已成为我的妻。[1]

这首歌唱到最后几句的时候，娜佳进了门。

"妈妈！"娜佳惊讶地问，"你干吗坐在走廊里？"

"我在看守罪犯！"妈妈骄傲地回答，"而他在唱歌给我解闷儿。"

"罪犯就是我！"这是卢卡申在说话。

---

[1] 弗拉基米尔·米哈伊洛维奇·基尔雄（Владимир Михайлович Киршон）的诗。——原注

娜佳疲惫地脱下大衣。

"妈妈，把他放出来吧！"

奥莉加·尼古拉耶芙娜从凳子上站起，她把凳子推开，让娜佳进屋。

"冻坏了吧？"卢卡申关心地问。

"没有，我坐出租车来着！"

奥莉加·尼古拉耶芙娜认真地观察着正在发生的这一幕。

"你到哪儿去了？"卢卡申警觉地问。

娜佳打开手提包：

"给你买到了早上的火车票！"

"太谢谢了！"卢卡申拿起票在光亮下看了看，研究了一下日期，"你做得对！你简直救了我！我太感动了！我对你感激不尽！省得我去车站无聊地排队了！还是下铺！我简直不知该说什么好了！虽然我的工资不高……"

这时卢卡申打开气窗，把车票扔了出去。

奥莉加·尼古拉耶芙娜立即判明了状况：

"我还是到柳芭家继续过新年吧！"

"十分感谢您！"卢卡申表达谢意。他想起了昨天在莫斯科自己家里的那一幕，又补充道：

"您是个好妈妈！"

走之前，奥莉加·尼古拉耶芙娜开玩笑说：

"娜佳，你可注意，我回来的时候别再出现第三个了！"

"您放心！"卢卡申坚决地承诺，"我是不会允许的！"

奥莉加·尼古拉耶芙娜笑了笑，走了。

"如果你还记得，我说过会带着伊波利特的照片回来的！"

娜佳从她的包里拿出照片，放到原来的地方。

卢卡申马上夺过照片——撕碎了。

"唉，唉，唉！"他一边撕一边说，"真是太可惜了！太可怕了！多小的碎片啊！"

"你是个冒险家！"娜佳在狂怒下喊道。

"当然了……"卢卡申笑了。

"强盗！"娜佳很愤怒。

"当然了……"卢卡申试图拥抱娜佳。

娜佳用拳头捶打他的胸膛。

"你是个厚颜无耻的无赖！"娜佳反抗。

"当然了！"卢卡申同意。

"野蛮人！"娜佳的怒气突然消散了。

"那当然了！"卢卡申抱紧娜佳。

"你是个酒鬼！"娜佳的语气变弱了。

"那当然了！"卢卡申达到了目的。

"你是个笨蛋！"娜佳温柔地说。

"是啊，是啊，是啊……"他由于爱人的贴近而变得迟钝，含糊地说。

"你知道你是谁吗?"娜佳低声说。但卢卡申已经开始吻她。

就像是故意地，很快响起了门铃声。

"他们疯了吗?"娜佳激动地说。

"娜佳，我求你，别让步！"卢卡申说。

"不得不开门了！"娜佳从他的怀抱中挣脱，"否则门要被砸开了！"

“那就由我来开吧！”卢卡申坚定地说。

两人走向门口。

“叶尼亚，要控制自己！”

两人一起打开门。容光焕发的伊波利特摇摇晃晃地站在门外，他的兴奋显然是由酒精引起的。

“朋友们！是我砸的门！”

穿着大衣、歪戴着毛皮帽子的伊波利特走进房间。

“我是来祝你们幸福的！我饿得像一头野兽！”

伊波利特立即坐下吃东西。

“我还是第一次看见你这个样子……”娜佳胆怯地说，而卢卡申则慌张地沉默着。

“我的确是第一次这个样子……”伊波利特仍然愉快地回答。

“一个人沿着大街走，整个人都冻坏了，浑身颤抖……我说的是我自己……”他抬起脚，“我这双鞋的底儿太薄了——他是知道的。”伊波利特指着卢卡申：“但是几个好心人收留、照料了我，让我暖和过来了……”

“看出来了！”卢卡申插嘴。

“生活中充满了意外！”伊波利特精神振奋地继续说，“而这是很好的！难道有那种意料之中的，事先就计划好、设计好的幸福吗？我们生活得多么枯燥乏味啊！我们缺乏冒险精神！我们已经忘了怎么爬窗户去找心爱的女人。我们不再做蠢事！”这时他皱了皱眉：“您这鱼冻可真难吃……明年我也一定要去澡堂。”

“为什么要等上整整一年呢？”卢卡申开玩笑，但他的声音中透着不安。他不能不发现，随着伊波利特的到来，娜佳好像发生了变化。

"是的！"伊波利特站起来往外走。然后他突然调转方向走进浴室，打开了喷头。

还在房间里的娜佳和卢卡申认真地听着。

"他好像放水了！"娜佳说，"为什么？"

卢卡申冲进浴室，惊慌失措地喊道：

"娜佳，快过来！"

娜佳也跑进浴室，她看到伊波利特穿着大衣、戴着帽子站在喷头下面——他擦上了肥皂，正在搓袖子。

"你疯了！"娜佳喊起来，"快出来！"

"就不！"伊波利特拒绝。

娜佳不知道该怎么说服他：

"大衣会弄坏的！"

"别斤斤计较！"伊波利特阔气地回答。

"那最起码把帽子摘下来吧！"卢卡申胆怯地建议。

"我这样就很好！"伊波利特打断他，"你最好别说话。"

"我求你了，快出来吧！"娜佳差点儿哭了。

"真是一个浪漫的故事！"伊波利特继续擦洗，"哎，出热水了……在新年来临前去澡堂。这很好地表明了他是个什么人。在澡堂里他因为庆祝新婚之喜而喝多了……结果倒给他带来了好处。然后，他就像稻草人一样被塞进了飞机——于是他就来到了另一个城市。但他可不在乎这点儿小事，他可厉害着呢……"伊波利特把擦子递给卢卡申："叶尼亚，给我搓搓背！不想吗——随便你！"他关上喷头。"是的，在那里，他遇到了另一个女人，于是就忘记了莫斯科的未婚妻，又找了个列宁格勒的。他是一个道德高尚的人。"

伊波利特摘下帽子拧了拧，挤出里面的水。

"求您别这样！"卢卡申低声请求，但他没有看伊波利特，而是看着娜佳。

伊波利特从浴室出来，把一只鞋子脱下来，倒出里面的水，然后倒出另一只里的。

"不应该对事实和真相生气，即便它是苦涩的！娜佳，这一切都是愚蠢的念头和一时的胡闹！"伊波利特认真地说，他的声音里浸透着苦楚，"在这么短的时间里，旧的很容易毁掉，但新的却不能建立！明天新年就过完了，酒醒之后就是头疼和空虚！"

伊波利特走向门口，地板上留下了水印。

"你们两个都明白我的话是对的！娜佳，你还会想起伊波利特的！"

"你去哪儿？"娜佳害怕起来，"会感冒的！"

卢卡申想要阻拦伊波利特的去路：

"别到街上去！您会冻上的！"

"放开我！把手拿开！"伊波利特要求道，"也许我正想感冒——死掉！"

说着他离开了公寓。

一阵紧张的寂静。娜佳先开了口：

"天哪！我是多么累啊！这是多么疯狂的一夜啊！"

"如果他下次再来的话，"卢卡申指的是伊波利特，"他一定会把房子烧掉的，但实话说——他是个好小伙！"

"他很可怜……"娜佳若有所思地拖长声音说，"但最主要的，是他说了我们都不敢向对方说的话……"

"娜佳，醒醒吧！"

"我现在正是清醒了！"娜佳忧伤地回答。

门突然开了。卢卡申和娜佳转过头 —— 是奥莉加·尼古拉耶芙娜回来了。

"柳芭他们家都躺下睡了，楼道里真是冷……"她以疑惑的眼神打量着卢卡申和娜佳，"是你们往伊波利特身上浇水了？他全身都湿了……"

"谁也没有给他浇水！"卢卡申否认，"是他的眼泪……"

"你们欺负了一个多好的人！"奥莉加·尼古拉耶芙娜责备地说着，走进自己的房间。

妈妈走后，房间里现在又笼罩着让人窘迫的沉默。

又是娜佳先开口：

"好了，你该走了！"

"飞机每隔半小时就有一班……"

"半小时什么也改变不了。"

"真是荒唐，简直愚蠢！"卢卡申明白他现在做什么都晚了，但仍然试图与必然抗争，"我们一辈子都不会原谅自己的！"

"应该学会克制自己的感情！"娜佳冷笑。

"为什么？我们是不是已经克制了太长时间？"卢卡申忧伤地说。

而娜佳又从墙上拿下吉他，站到窗前。窗外，新年的第一个早上已经微亮。

"理解吧，伊波利特某些地方说得对。我们都有些丧失理智了，新年已经过完了，一切都该各归各位了……"

娜佳拿起吉他，开始温柔而忧伤地唱：

我想问一问那面
雾蒙蒙迷离若梦的镜子，
我想要知道 —— 您将去往何处，
在哪里安身。

我看到船上的桅杆，
您站在甲板上……
您隐现在火车的烟雾中……田野
沉浸于黄昏的哀伤中……

夜晚的田野浸润着露水，
群鸦在天际盘旋……
我衷心为您祝福，
无论您奔向何方！ ①

卢卡申不开心地望着窗外。

"已经是早上了……我有种感觉，好像这一夜我们度过了
整整一生……"

娜佳也望着窗外：

"去把票捡回来吧。我想还是可以找到的……"

———————————

① 茨维塔耶娃的诗。——原注

"不，我不坐火车！"卢卡申拒绝了，"要颠簸七个小时……"

他从桌上拿起十五卢布放进兜里。

"希望你记得我！"娜佳小声地请求。

"希望你也是……"卢卡申请求道。

"走吧，叶尼亚，走吧！"娜佳害怕的是自己。

"临走我可以吻你吗？"

"不要，叶尼亚，请不要……我恳求你……"

"让我们在临别时静静坐一会儿吧！"卢卡申提议。

他们相隔很远地坐着，沉默着。而后卢卡申自责地承认：

"我偷了你的照片。"

"我很高兴你那里有张我的照片……"

卢卡申突然想到：

"如果正好遇上不宜飞行的天气呢？我可以回来吗？"

"不，不……"娜佳摇头，"那就坐火车走吧。"

"好吧，我走了！"

卢卡申突然站起，到走廊里摘下大衣。然后他停下，希望娜佳会叫他回去。娜佳像石头一样坐着不动。卢卡申很快地走了出去。

娜佳想要起身追他，但又克制住自己，重新坐下……

在机场的候车室，广播里音乐暂停，一个嘶哑的声音通知着：

"乘客朋友们，由于天气不宜飞行，飞往克拉斯诺亚尔斯克的航班延迟……"

那位我们熟悉的乘客坐在红色的椅子上，甚至都没有叹气，只是看了一眼扬声器。

"您好！"卢卡申跟他打招呼，"您还坐在这儿？"

"这儿也没有躺的地方啊！"不幸的旅行者回答，"您已经要回去了？"

"是啊……"卢卡申叹气道，"您在哪儿过的新年呢，在饭店里吗？"

"当然不是了。饭店需要提前订位子。我就这样坐在椅子上迎来的新年……"

广播通知：

"乘坐二四二次航班飞往莫斯科的乘客们请登机……"

卢卡申慌起来。

"您有两戈比吗？"

"这点儿钱我还是有的……"那位乘客掏出硬币递给卢卡申，"不敢说您现在看起来很幸福……"

"谢谢……"卢卡申跑向自动电话机。

在娜佳家，电话铃声响起。

娜佳当然听到了铃声，但却没有拿起话筒 —— 自动电话机前的卢卡申还是希望电话会被接起 —— 娜佳忧伤地听着久久响着的铃声……最终电话不响了。

　　　　亲爱的，为什么会如此痛苦，
　　　　在树木盘根错节后。
　　　　亲爱的，为什么会如此痛苦，
　　　　竟要彼此永远分离。

心中的伤口难以愈合，
流淌着纯洁的泪水。
心中的伤口难以愈合，
流淌着炙热的血液。

从列宁格勒飞往莫斯科的航班起飞了。卢卡申坐在机舱里，他好像听到了娜佳的声音。

今生我都会伴随着你，
灵魂和血液无法分离。
今生我都会追随着你，
爱情和死亡总是相随。
亲爱的，无论你将身在何处，
都会怀念故土家园。

卢卡申从机场坐上公共汽车。他坐在窗边的座位上，肩膀倚着窗户，漠不关心地望着树林和田野 —— 不久之后，它们都会被一排排一模一样的楼房所代替。

但倘若我无法摆脱
哀伤与怜悯？
但假如我无处躲藏
寒冷和黑暗？

娜佳的声音又响起，好像她就在他旁边。

分别之后还会相见，
　　别忘记我，亲爱的！
　　分别之后还会相见，
　　你我定会双双归来。

　　公共汽车穿过不路后不久，卢卡申下了车。他顶着凛冽的风雪穿过空荡荡的枞树集市，经过关闭的书报亭。暴风雪不停地戏弄着大街上的气球，愤怒地撕扯着纸花带。

　　但假若我默默无闻地隐没在
　　白昼短暂的光芒中？
　　但假若我悄无声息地消逝于
　　浩瀚的星辰，银河的迷雾？

　　娜佳的声音又响起。这是他萦绕于心、挥之不去的声音。

　　我将会为你祈祷，
　　不要忘记回家的路。
　　我将会为你祈祷，
　　保佑你能平安归来。

　　卢卡申还在风雪口走着，由于寒冷和痛苦而瑟缩着。

　　车厢里烟雾绕绕，颠簸摇晃，
　　他无家可归，卑微恭顺。

车厢里烟雾缭绕，颠簸摇晃，
他半梦半醒，流着泪水。
当火车驶向山坡，
猛然向一侧倾斜。
当火车驶向山坡，
轮子脱离了轨道。

一股超凡的力量
将所有人残害，
一股超凡的力量
将所有人从地上抛起。

形单影只的卢卡申经过古老的教堂。

远方期许的相见，
谁都得不到庇护。
远方召唤的手臂，
什么都无法挽回。

不要与相爱的人分离！
不要与相爱的人分离！
不要与相爱的人分离！
要与他们心血相连！
每次都准备着永别，
每次都准备着永别，

每次都准备着永别，

在你离开的一瞬间！ [①]

　　卢卡申停在自己家的楼门前。他在绝望中倚着门框，而后突然走进了门廊。

　　听到熟悉的脚步声，妈妈跑到前厅。她惊恐不安，十分慌张，一下子向儿子抛出了一大堆问题：

　　"你给我解释解释发生了什么……我什么都不明白！我担心坏了！你去哪儿了？怎么回事？加利娅在哪儿?"

　　"我去了列宁格勒！"儿子简短但明确地回答。

　　"哪儿?!"母亲叹了一声。

　　"列宁格勒！我累了，想睡觉！"卢卡申拖着沉重的脚步走进屋。

　　"这么说，你又逃到列宁格勒去了！"玛丽娜·德米特里耶芙娜做出了判断。

　　卢卡申坐到沙发床上，机械地嘟哝着：

　　"你知道，每年12月31号我和朋友们都去澡堂……这回我们在澡堂里喝醉了，然后我就意外地——不是故意地，你明白吗，而是错误地——代替帕维尔被送去了列宁格勒……"

　　由于惊讶，玛丽娜·德米特里耶芙娜甚至坐下了：

　　"怎么是——被送去的？难道你是邮件、包裹、箱子？你就不明白是怎么回事吗?"

---

① 亚历山大·谢尔盖耶维奇·科切特科夫（Александр Сергеевич Кочетков）的诗。——原注

"别说了!"卢卡申边脱鞋子边回答。

"看你已经堕落到什么地步了!"妈妈生气了,"你太需要找个老婆了!真该有个人管管你!你能想象加利娅会有多委屈吗!"

"我从列宁格勒给她打了电话!"卢卡申躺下,"我想跟她解释,但是……"

"要是我,我也不会原谅你!"妈妈还激动着,"加利娅有电话吗?"

"谢天谢地,没有!"

但玛丽娜·德米特里耶芙娜按照自己的想法理解卢卡申的话:

"你自己很难跟她解释清楚……这是当然的……现在我就到她家去一趟,把她带到这儿来!如果她敢不听,我就用武力解决,把她捆过来。"妈妈笑了。

"妈妈!"卢卡申的声音里透露着哀求,"别再让已经倒下的人伤心了!"

"你已经不想娶加利娅了?!"玛丽娜·德米特里耶芙娜感到惊讶。

"妈妈,我遇到了另一个女人!"

"在哪儿?"妈妈很震惊。

"列宁格勒!"

"什么时候?"

"昨天夜里。"

"天哪!所以你要跟加利娅分手?"

"是的!"儿子回答。

妈妈差点儿昏过去，眼看就要从凳子上滑落到地上。卢卡申跳起来扶住她，让她坐在沙发上。

"你们难道都商量好了吗？"

玛丽娜·德米特里耶芙娜微微睁开眼睛。

"你是个花花公子！"

"妈妈，妈妈……我是这么不幸，这么不走运……"

他从里怀兜掏出娜佳的照片，摆在床头的小桌上。

"也许我要当一辈子光棍儿了……归根结底，我为什么要结婚？任何妻子都不会像妈妈这样关心我的……你能想象吗？我们这里住进来另一个女人。还不知你们俩能不能合得来……我心里会很难受的。不，妈妈，就让一切都和原来一样吧……"

"我可怜的孩子！"妈妈们总是可怜自己的孩子，"一切都会好起来的。躺下吧，休息一下吧。"

卢卡申太久没有躺到床上了。

玛丽娜·德米特里耶芙娜把窗帘拉上，走的时候还是问了一句：

"她叫什么名字？"

"她有一个很美的名字 —— 娜佳。"

"最主要的是很少有！"妈妈回到自己的地盘，也就是厨房里去了。

而卢卡申睡着了。这并不奇怪。由于痛苦，所有男人通常都睡得很香。

过去了一段时间 —— 大概没有很久。

卢卡申沉稳地睡着，看不出他在睡梦中有什么痛苦。他没有哭泣，没有呻吟，也没有辗转反侧。一只纤细的手将钥匙插进锁孔，卢卡申家的门被打开了。不难猜到，这是娜佳用自己的钥匙开的门。娜佳手里拿着我们熟悉的卢卡申的公文包——像原来一样，里面露出一把桦树枝笤帚。娜佳没脱大衣，她走进屋，看到了睡觉的人。她坐到床头的凳子上。但恋爱中的人的直觉并没有发挥作用，他仍然酣睡不醒。娜佳责怪地摇了摇头，从包里拿出桦树枝笤帚，开始用它胳肢卢卡申的脸。卢卡申受惊地睁开眼睛，看到了娜佳，但是并不相信自己的眼睛，又一头扎进枕头里。过了片刻，他才明白这不是梦。

"娜佳！"卢卡申喊道，"是你吗？"

"你把笤帚忘在我那儿了！"娜佳温柔地告诉他。

卢卡申抱住她。

"你是怎么找到我的？"

"你还真是个十足的傻瓜！"娜佳温柔地说。

这时响起门铃声。

娜佳叹了口气：

"在这里也同样不得安宁！"

"但愿这不是伊波利特！"卢卡申感叹道。

玛丽娜·德米特里耶芙娜打开门，亚历山大、帕维尔和米哈伊尔走了进来。

"新年快乐！幸福如意！"

他们没有脱大衣和帽子就急忙跑到屋里去了。玛丽娜·德米特里耶芙娜吃力地跟在他们后面。

"我怎么可能搞错呢！"米哈伊尔愉快地说，"我可是从来都喝不醉的！"

这时他们看到了娜佳和卢卡申。他们在拥抱，没有理睬进来的人。

"别拥抱了。有人来了！"亚历山大大声说。

"我们不能不拥抱！"卢卡申害怕放走娜佳，"我们好久没见了！"

玛丽娜·德米特里耶芙娜站在门口，惊讶得一句话也说不出来。

"这完全不妨碍我，你呢？"帕维尔看了看亚历山大，"难道会刺激到你吗？我可是不会。"

"我真高兴，"帕维尔庄重地说，"加利娅原谅你了！亲爱的加利娅！愿你们永远幸福！叶尼亚，我们都很赞同你的选择！你选了这么久……亲爱的加利娅，我们是叶尼亚的朋友……"

这时卢卡申发现了妈妈，她还一动不动地站在门口。

"妈妈，我的娜佳来了！"

朋友们愣住了。帕维尔不知该说什么好。所有人都沉默地盯着娜佳。

"您认为我很轻浮吗？"娜佳问玛丽娜·德米特里耶芙娜。

"慢慢看吧！"玛丽娜·德米特里耶芙娜渐渐回过神来，很有哲理地回答。

亚历山大清醒过来，推了推帕维尔：

"你明白这是怎么回事吗？"

"看来这不是加利娅！"帕维尔含糊道，又转头对米哈伊尔说，"你怎么不出声了？你是我们当中最机灵的！"

"只有一点我很清楚，"米哈伊尔笑着指着卢卡申，"这一个是叶尼亚。"

"亲爱的朋友们!"卢卡申握着娜佳的手,"我非常感激你们……感激你们把我拽到澡堂……又错送到列宁格勒……而且那里恰好也有同样的街道、同样的住宅楼……否则我就永远不会幸福了!"

办公室的故事

童道明 —— 译

人　物

　　本剧故事发生在一个从事统计工作的机关单位。作者考虑到剧院演员人数有限，所以仅仅为剧本选择了六个开展这方面业务的代表人物。毫无疑问，作者首先要介绍这个单位的领导。

柳德米拉·普罗科菲耶芙娜·卡卢金娜　没有确切的年龄，看上去有四十岁，也许四十五，衣着单调没有色彩，说话枯燥没有味道，上班比谁来得都早，下班比谁走得都晚，由此可见，她还没有嫁人。遗憾啊，卡卢金娜长得不美，同事们干脆称她"咱们的土奶奶"，当然，不是当着她的面这样说。

尤里·格里戈里耶维奇·萨莫赫瓦洛夫　她的副手。四十岁左右，英俊，潇洒，时髦，皮鞋总是擦得那样光亮，头发总是梳得那样光溜，思想也是这副模样。

韦罗奇卡　芳龄二十三。像所有妇女一样好奇，像所有女秘书一样温柔。她为自己的外貌感到骄傲，而且确有骄傲的理由。

阿纳托利·叶夫列莫维奇·诺沃谢利采夫　谦逊，腼腆，胆小。正因如此，经过十七年无可挑剔的工作，还不能在职务晋升的阶梯上爬到高于统计师的位子。

奥莉加·彼得罗芙娜·雷若娃　一个家累很重的妇女，没有时间关心自己。但雷若娃并不气馁。她精力充沛，天生一个乐天派。顺便说一句，萨莫赫瓦洛夫、诺沃谢利采夫以及雷若娃三人曾是财经学院的同学。

舒　拉　工会干部。三十岁上下，长得好看，人也麻利能干。

　　好了，一共就这六个人物。不过，应该让观众感觉到，剧情发生在一个人数众多的大单位里。

第一幕

| 第一场 |

这个从事统计工作的机关既可以设在一座新楼里，也可以设在一幢旧楼里，这要看怎么着对剧院合适。需要的仅仅是在舞台上出现：诺沃谢利采夫和雷若娃的办公室；通向接待室的走廊，而韦罗奇卡本人就是这个接待室的点缀；还有局长卡卢金娜的办公室。要紧的是使剧情能够在这些地方同时展开。舞台上看不到萨莫赫瓦洛夫的办公室，看到的只是从接待室通往他办公室的那扇门。

萨莫赫瓦洛夫缓慢地在走廊里走着。他走进接待室，韦罗奇卡正抽着烟卷在打电话。

韦罗奇卡	阿廖娜，你去娜塔什卡·叶戈罗娃家吗？去过萨班推节①！
萨莫赫瓦洛夫	早上好，柳德米拉·普罗科菲耶芙娜在办公室吗？
韦罗奇卡	（向萨莫赫瓦洛夫）请等一等！（朝话筒）你问都有谁去？都是我们自己人……
萨莫赫瓦洛夫	您抽的是什么破烟？（掏出一包香烟，放在桌上）我叫尤里·格里戈里耶维奇。
韦罗奇卡	（对着话筒，匆忙地）阿廖娜，我过会儿再给你打电话。（扔下话筒，站起）是您？

---

① 巴什基尔人和鞑靼人庆祝春耕完毕的夏季节日。

萨莫赫瓦洛夫以微笑代表回答。

　　　　　哦，我还以为您是来访者。

　　萨莫赫瓦洛夫依然笑容可掬，然后走进卡卢金娜的办公室。

萨莫赫瓦洛夫　早上好，柳德米拉·普罗科菲耶芙娜。您瞧，我
　　　　　来了。

　　舒拉出现在诺沃谢利采夫和雷若娃的办公室。手里拿着张登
记表。

舒　　拉　二位，一人交五十戈比！
诺沃谢利采夫　干什么？
舒　　拉　玛莎·谢列兹尼奥娃家添人口了。
雷若娃　（好奇地）谁出世了？
舒　　拉　暂时还不清楚。（开玩笑）大概，不是男孩就是女
　　　　　孩。快给钱！集体送礼！

　　诺沃谢利采夫和雷若娃乖乖地交钱。

　　　　　（习惯地）请签名！

　　两人签名。舒拉离去。

诺沃谢利采夫　沃夫卡的鞋又穿坏了。能到哪儿去挣二十卢布？
　　　　　（幻想地）要是能任命我当处长……

　　这时韦罗奇卡正在和她要好的女友通电话。

韦罗奇卡　（从容地吸着烟）阿廖娜，猜猜我在吸什么烟……
货真价实的"菲利普·莫里斯"牌香烟！带过滤
嘴的！（嘲弄地）这包烟是我们新来的副局长给
的。他想和女秘书套近乎……现在他在老太太办
公室坐着。直接从日内瓦调到我们单位来的……
帅极了的男子汉，我们女人都神魂颠倒了……

萨莫赫瓦洛夫　请允许我送您一件瑞士的小礼物。这支笔有八种
颜色。（调侃地）这对写批示很有用处：用黑色书
写拒绝的批示，绿色是希望的颜色，蓝色表示要
转给其他同志一阅，红色准是批给财务处，领钱
付款……

卡卢金娜　（不动声色）很有趣。谢谢！（接过笔，把它放到
一边。按对话机按钮）韦罗奇卡，请叫诺沃谢利采
夫来！

萨莫赫瓦洛夫　（感兴趣地）什么样的诺沃谢利采夫？

卡卢金娜　（坚信不疑）不怎么的！一个很平庸的同事，松松
垮垮，缺乏主动性。可惜，这样的同事在我们这
里还不少！

韦罗奇卡　（对着话筒）诺沃谢利采夫，请您到柳德米拉·普
罗科菲耶芙娜办公室去！

诺沃谢利采夫　（对着话筒）就去！（向雷芳娃）咱们的土奶奶叫
我去！

雷若娃　别放过这个机会！抓住牛角，令其就范。不让你
当处长，就在她办公室赖着别出来。

诺沃谢利采夫　（打断话头）你在说什么？在她眼里，我等于零，

分文不值……当然，其他人也就那么回事。

（在走廊里走，出现在接待室）韦罗奇卡，您好！

韦罗奇卡 （照样打她的电话，对来者丝毫不在意）什么样的靴子？漆皮的？多大号码？

（向诺沃谢利采夫）请等一等！

诺沃谢利采夫顺从地坐在椅子上。

局长办公室里的谈话在继续。

卡卢金娜 然后，尤里·格里戈里耶维奇，您可以去熟悉一下食品工业处的情况。这是我们的模范部门。

萨莫赫瓦洛夫 我在瑞士时恰好是对食品工业统计产生了浓厚兴趣……

卡卢金娜 （不让对方把话讲完）这很好。然后您去商务处检查一下电子计算机的调试情况。

萨莫赫瓦洛夫 瑞士的电子计算机……

卡卢金娜 （不听对方的话）我们这里情况最糟的是轻工业处。没有处长。彼得鲁宁调到部里去了。现在找不到合适的人选！

韦罗奇卡放下话筒，按对话机按钮。

韦罗奇卡 诺沃谢利采夫来了！

卡卢金娜 让他进来！

韦罗奇卡 （向诺沃谢利采夫）请进！

诺沃谢利采夫走进办公室。

诺沃谢利采夫　柳德米拉·普罗科菲耶芙娜，您好！

萨莫赫瓦洛夫　托利亚①？

诺沃谢利采夫　尤拉②？

　　　　萨莫赫瓦洛夫站起，迎上去拥抱诺沃谢利采夫。

萨莫赫瓦洛夫　柳德米拉·普罗科菲耶芙娜，请您原谅，我不能
　　　　　　不拥抱一下这位同窗好友。

诺沃谢利采夫　（真诚地）见到你很高兴。这是什么好运气？

卡卢金娜　　　（这种场面使她厌烦）诺沃谢利采夫，这是您的统
　　　　　　计表？

诺沃谢利采夫　（马上泄了气）是我的。

卡卢金娜　　　（眼睛不看诺沃谢利采夫）办事要严肃认真，要不
　　　　　　干脆不干。统计学是一门科学。它不能容忍似是
　　　　　　而非。您没有权利使用未加核对的材料！

诺沃谢利采夫　（轻声）材料我核对过的。

卡卢金娜　　　（退回统计表）诺沃谢利采夫同志，您注意到了没
　　　　　　有，市面上吸尘器和搪瓷锅缺货！

诺沃谢利采夫　可深盘子也缺货！

卡卢金娜　　　这是因为没有把它们列入计划，而为计划部门提
　　　　　　供资料的也是一帮像您这样的糊涂虫！（转向萨莫
　　　　　　赫瓦洛夫）尤里·格里戈里耶维奇 —— 作为我的
　　　　　　副手 —— 请您抓一下纪律。我们这里有上班迟到

----

① 阿纳托利的昵称。

② 尤里的昵称。

的，也有在上班时间逛商店的。对不起，前不久还发生了一桩怪事，女厕所里贴了张启事："出让连裤袜。愿购者请照此号码来电洽谈……"

萨莫赫瓦洛夫微微一笑。

（发现诺沃谢利采夫还没有走。不满地说道）您还需要什么？

诺沃谢利采夫　不，什么也不需要。（往门口走去）

萨莫赫瓦洛夫　托利亚，请在接待室等我一下！

诺沃谢利采夫　（走出办公室，不快地嘟哝着）有人出让连裤袜，这又有什么不好？也许，她觉得尺寸太小了，不合适？也许人家急等钱用呢？

韦罗奇卡　（好奇地）刚刚老太太向您推销连裤袜来着？您买下了？

诺沃谢利采夫　韦罗奇卡，借我二十卢布，发工资还您！

韦罗奇卡　我倒想借给您，可是刚刚有人向我推销了双靴子。您知道吗，漆皮的，浅蓝色的……商务处的克拉娃穿不进去，她脚太肥了。

雷若娃出现在接待室门口，她把诺沃谢利采夫叫到走廊上。

雷若娃　（轻声）怎么，可以向你祝贺了吗？

诺沃谢利采夫　（忧郁地）现在还不行。

雷若娃　有希望吗？

诺沃谢利采夫　没有希望了。

雷若娃　（生气地）她有什么理由？

诺沃谢利采夫　（改变话题）你知道谁当土奶奶的副手来了？你还
　　　　　　　记得尤拉吗？

雷若娃　哪个尤拉？

诺沃谢利采夫　（挑逗）哪个尤拉？你和他好像还有过交情来着！

雷若娃　（高兴得要命）谁？尤里·萨莫赫瓦洛夫？他现在
　　　　是个什么样子？

　　萨莫赫瓦洛夫从办公室里出来，见到诺沃谢利采夫和雷若娃
在走廊上，便向他们走过来。

萨莫赫瓦洛夫　（惊异）奥莉娅[①]！

雷若娃　尤拉！（兴高采烈）我的上帝，你多神气！

萨莫赫瓦洛夫　奥莉娅，你一点儿也没有变！见到你，我实在高
　　　　　　兴。朋友们！咱们上哪儿去聊聊？我不能请你们
　　　　　　到我办公室去。那边在翻修。（笑）新领导走马上
　　　　　　任第一件事就是修整自己的办公室，全一样。

诺沃谢利采夫　别不好意思，我们常常在走廊聊天！

萨莫赫瓦洛夫　奥莉娅，你生活得怎么样？

雷若娃　（夸耀）生活得很好。住在单元楼里。当然，在城
　　　　外，但离车站不远。维奇卡已经十四岁了。跳远
　　　　成绩出众。丈夫的事儿也很顺当。名医维什涅夫
　　　　斯基亲自给他开刀治胃溃疡。手术很成功。后来

---

① 奥莉加的昵称。

211

送他到叶先图基①免费疗养，现在他还在那儿。总的来说，我没有落后于生活，我不甘消沉。常常去郊游，看电影。朋友们常到我们家里聚会。对了，你生活得怎么样？

萨莫赫瓦洛夫　（谦虚地）很正常。最近两年在日内瓦工作。

诺沃谢利采夫　（沉思）也许，借此机会向你借二十卢布？当然，这样做是违背我的处世原则的。我不向领导借钱。

萨莫赫瓦洛夫　（接过话茬）可我还没有正式到任。（给诺沃谢利采夫钱）

诺沃谢利采夫　谢谢。发了工资就还。

雷若娃　尤拉，把你派到我们这儿当领导，这太好了。你帮帮托利亚吧！

诺沃谢利采夫　奥莉娅，住嘴！

雷若娃　这太不公正了。我们空缺了一个处长的位子。托利亚是理想的人选。他聪明、博学，还得养活两个孩子！

诺沃谢利采夫　奥莉娅，别激动！

萨莫赫瓦洛夫　（向诺沃谢利采夫）孩子大了？你爱人是谁？

雷若娃　他没有爱人。那女人跑了，把两个孩子扔给他！

诺沃谢利采夫　不对！孩子是我自己不想给她的！

萨莫赫瓦洛夫　（思考）任命托利亚当处长这主意不错！

雷若娃　那赶紧任命他！你现在是大领导了！

萨莫赫瓦洛夫　我去试试。你们在这儿等着我！

_____

① 位于高加索山脉的疗养胜地。

212

诺沃谢利采夫　我看，你有点儿操之过急了。我们多年不见，或许我已经变坏了？

萨莫赫瓦洛夫　你再坏，也不至于领导不了一个处！（走向卡卢金娜办公室）

雷若娃　（以赞美的眼光看着他的背影）他可一点儿也没有变！

诺沃谢利采夫　如果他还是那个样子，他在这儿也长不了！

雷若娃　（突然）托利亚，你说实话，我这模样还过得去吗？

诺沃谢利采夫　（友善地）你的样子很不错！

在卡卢金娜的办公室里。

萨莫赫瓦洛夫　柳德米拉·普罗科菲耶芙娜，我有个想法：任命诺沃谢利采夫当轻工业处处长！

卡卢金娜皱眉。

他造了一份不合格的报表，但这并不能说明问题。就是因为一个人大材小用的时间长了。

卡卢金娜　我理解您想提拔自己同窗好友的愿望，但我宁肯完全按照人的才能来选拔干部。请您原谅……

萨莫赫瓦洛夫忍住笑意走出办公室，来到诺沃谢利采夫和雷若娃跟前。

萨莫赫瓦洛夫　暂时还没有办成。但这样的事情也不可能马到成功。朋友们，稍稍忍耐一下，好戏在后头！

雷若娃　尤拉，我一向是相信你的。（微笑）您别害怕，副局长同志，当着外人的面我不会这么随便的。

萨莫赫瓦洛夫　（微笑着回答）奥莉加·彼得罗芙娜，您始终是讲究策略的！

雷若娃　（突然想起）你们在这儿聊，我得跑一趟商店，否则他们就午休关门了。（离去）

诺沃谢利采夫　（为雷若娃开脱）我们的午休时间成问题，从中午1点到2点，和副食商店的一样。

萨莫赫瓦洛夫　（瞅着雷若娃的背影）她成什么样子啦！你还记得她以前的模样吗？她那时多么漂亮！那姿色都到哪儿去了？我好不容易才认出她！

诺沃谢利采夫　上下班在挤得水泄不通的电气火车里受罪，每天还得给丈夫蒸肉饼——还能漂亮得了！

韦罗奇卡昂首走到走廊上。萨莫赫瓦洛夫打住话头，让她过去。

萨莫赫瓦洛夫　（回到谈话的主题上）我真想让我的朋友接任这个处长职务，到了困难时刻，我能指望他！

诺沃谢利采夫　（毫无恶意）这很清楚。新官上任都要安插自己的亲信！

萨莫赫瓦洛夫　（笑）可以认为你是我的亲信？

诺沃谢利采夫　毫无疑问。不过，在这之前我不是任何人的亲信！

> 韦罗奇卡捧着一个盒子，从他们身边走过，回接待室去了。

萨莫赫瓦洛夫　卡卢金娜对你评价不高，认为你是平庸之辈！

诺沃谢利采夫　（苦笑）我想，她是对的……

萨莫赫瓦洛夫　我懂得嘲讽——是失去自卫能力的人的面具。但是，还得想法打通卡卢金娜这一关。她的薄弱环节在哪儿？

诺沃谢利采夫　她根本就没有薄弱环节！

> 女秘书韦罗奇卡在接待室试穿漆皮皮靴。
>
> 卡卢金娜在办公室按对话机的按钮。

卡卢金娜　薇拉，请给我叫车！

萨莫赫瓦洛夫　（沉思）她不年轻、不漂亮，一个独身女人。

诺沃谢利采夫　她不是女人，她是局长！

卡卢金娜　（从办公室进入接待室）薇拉，买了新靴子？

韦罗奇卡　还没有拿定主意。我穿合适吗？

卡卢金娜　很招眼。这样的鞋我是不穿的。（走出门的时候）我要是您的话，欣赏靴子不是在上班时间，而是在下班之后！（在走廊里走着）尤里·格里戈里耶维奇，我到部里去。可能不回来了。诺沃谢利采夫同志，该考虑考虑统计表的事儿了！

萨莫赫瓦洛夫　（紧跟着卡卢金娜）柳德米拉·普罗科菲耶芙娜，别忘了，晚上我等您大驾光临！

> 卡卢金娜离去。

诺沃谢利采夫　　（瞧着她的背影）尤拉，你不知道我是多么怕她。

萨莫赫瓦洛夫　　因为刚上任，我今天要在家里庆贺一番。你也来，利用无拘束的家庭气氛，试着和柳德米拉·普罗科菲耶芙娜搭上关系。适当地向她献献殷勤。否则，我再在她跟前把提拔你当处长的事儿提出来，她准会吼叫起来的！

诺沃谢利采夫　　如果她吼叫起来，我还怎么向她献殷勤？

萨莫赫瓦洛夫　　不。这是个好主意。像对待一个女人那样对待她！

诺沃谢利采夫　　我不干。这太过分了。为了当官而献殷勤 —— 这既不雅观也不道德。

萨莫赫瓦洛夫　　我不是让你当真去追求她，不是让你想得有多远。你就稍稍跟她套套近乎！

诺沃谢利采夫　　世上没有任何官职可以迫使我去跟她套近乎。

　　　　舒拉又拿着登记表上场。

　　　　　　　　（匆忙地）我已经交过钱了。

舒　　拉　　（看着萨莫赫瓦洛夫）您是我们新来的副局长？

萨莫赫瓦洛夫　　我是。什么事？

舒　　拉　　玛莎·谢列兹尼奥娃家添人口了。掏五十戈比吧！

萨莫赫瓦洛夫　　（笑容可掬，伸手到口袋里掏钱）太妙了！

| 第二场 |

　　萨莫赫瓦洛夫家。参加这个晚间聚会的客人不少于十人。但观众看得到的仅仅是萨莫赫瓦洛夫、卡卢金娜、诺沃谢利采夫和雷若娃，其他客人和家庭主妇的在场可以想象出来。

　　卡卢金娜和萨莫赫瓦洛夫离开摆着餐桌的大房间，转移到相邻的另一个房间。

　卡卢金娜　　您家里很舒适，您夫人我也喜欢。
萨莫赫瓦洛夫　　在这方面咱俩观点完全一致。
　卡卢金娜　　（坐下）我希望，在工作上咱们也能观点一致。
萨莫赫瓦洛夫　　我认为，我们的主要敌人是惰性。说大话的惰性。我们每个人都有这毛病。我们总想把自己打扮成功劳显赫的英雄，所以常常对缺点视而不见。我们干脆不把它们写进我们的工作汇报。
　卡卢金娜　　如果我们对缺点视而不见，我们怎么能和缺点进行斗争？

　　两人会心地相视而笑。

　　　　　尤里·格里戈里耶维奇，请回到客人中间去吧，您不在场他们会感到寂寞的。
萨莫赫瓦洛夫　　我怎么能把您一人留在这里？
　卡卢金娜　　我在这儿歇歇，翻翻杂志。我怕喧闹。您别为我操心……

　　萨莫赫瓦洛夫回到大房间。他把诺沃谢利采夫招呼过来。

萨莫赫瓦洛夫	托利亚，难得的好机会。柳德米拉·普罗科菲耶芙娜一个人在那边休息。
诺沃谢利采夫	（赶紧）让她休息好了，我不去打搅她！
萨莫赫瓦洛夫	别像个傻瓜！（塞给他一个托盘，并在托盘上放上两个高脚酒杯）去请她喝鸡尾酒！
诺沃谢利采夫	你是主人，你去招待。
萨莫赫瓦洛夫	（压低嗓门）当然，她像个稻草人，可以把她放到菜园子里去吓唬麻雀。但你别看她，眼睛往旁边瞅！
诺沃谢利采夫	这无济于事。她反正不会提拔我的！（端着托盘，垂头丧气地走近隔壁的房门，踌躇了一下）
萨莫赫瓦洛夫	（向走过来的雷若娃）啊，奥连卡①，感觉如何？
雷若娃	尤拉，你日子过得好阔气！
萨莫赫瓦洛夫	（摆出殷勤好客的主人姿态）请尝尝沙拉！
雷若娃	我已经品尝过了。（开玩笑似的）我比你夫人的手艺还高！
萨莫赫瓦洛夫	（微笑）你的性格没有变！
雷若娃	你还记得我是什么性格？
萨莫赫瓦洛夫	（礼貌周到地）我全部记得！

诺沃谢利采夫终于出现在邻室门口。

诺沃谢利采夫	（言谈举止好像是在局长办公室里）柳德米拉·普罗科菲耶芙娜，允许我进来吗？

---

① 奥莉加的昵称。

卡卢金娜　　诺沃谢利采夫同志，请进！

　　诺沃谢利采夫端着盘子站在房间中央，不知说什么好。

　　　　　　　请坐！

诺沃谢利采夫　谢谢！（坐下，手里还端着盘子，无语）

卡卢金娜　　您找我有事儿？

诺沃谢利采夫　是的，是的。请您喝鸡尾酒！

卡卢金娜　　（责怪地）诺沃谢利采夫同志，我不喝酒！

诺沃谢利采夫　我也不喝。

卡卢金娜　　那您干吗把它端来？

诺沃谢利采夫　（承认自己的冒失）这是我的过错。

　　　　　　　（顿歇。突然找到了话题）柳德米拉·普罗科菲耶芙
　　　　　　　娜，您知道吗，您是对的。统计表我重新做了，面
　　　　　　　貌立即改观。

卡卢金娜　　诺沃谢利采夫同志，听到这个我很高兴！

诺沃谢利采夫　（痛苦地在寻找新的话题。经过长时间的沉默）您喜
　　　　　　　欢采蘑菇吗？

卡卢金娜　　什么？

诺沃谢利采夫　（低声）蘑菇……嗯，白蘑菇、牛肝菌、蜜环菌……

卡卢金娜　　不，我对这个不感兴趣。

诺沃谢利采夫　柳德米拉·普罗科菲耶芙娜，我对您深表同情。
　　　　　　　采蘑菇可有趣呢。比如说，蜜环菌是长在树桩上
　　　　　　　的。如果运气好，很快能够采满一篮子。白蘑菇
　　　　　　　难找一些。它们有时长在云杉下，有时长在白桦
　　　　　　　树下。如果夏天天气干燥，那么得到低洼地上去

找，那边潮湿一些。

卡卢金娜　诺沃谢利采夫同志，您是蘑菇专家！

诺沃谢利采夫　（伤心地）我叫阿纳托利·叶夫列莫维奇。

卡卢金娜　诺沃谢利采夫同志，我记住了！

又出现顿歇。

您还有什么问题要问？

诺沃谢利采夫　没有了。

卡卢金娜　您可以走了。

诺沃谢利采夫　（站起身，手里还是端着那个托盘）再见！

卡卢金娜　再见，诺沃谢利采夫同志。

诺沃谢利采夫端着没有动过的高脚酒杯离去。

诺沃谢利采夫感到蒙受了极大的侮辱。在大房间里，萨莫赫瓦洛夫向他走来。

萨莫赫瓦洛夫　怎么样？你为什么不请她喝鸡尾酒？

诺沃谢利采夫　她不喝酒。

萨莫赫瓦洛夫　（很感兴趣）那你们干什么了？谈了些什么？

诺沃谢利采夫　蘑菇！

萨莫赫瓦洛夫　（奇怪）为什么谈蘑菇？

诺沃谢利采夫　总不能跟她谈蛇吧！尤拉，你知道吗，我倒试着向她献殷勤来着，但我不会。我最后一次向妻子献殷勤……那是二十年前的事儿，大概我已经忘了该怎么向女人献殷勤了。

萨莫赫瓦洛夫	（表现出了机灵劲儿）那么，柳德米拉·音罗科菲耶芙娜是否觉察到了你在向她献殷勤？
诺沃谢利采夫	（想了想）我看，没有……
萨莫赫瓦洛夫	那你就想一辈子当你的统计师啦？
诺沃谢利采夫	不。可难道就不能找个比献殷勤更好的办法？我和她单独待在一起的时候，我两腿直发麻。
萨莫赫瓦洛夫	那你别站着，坐下来。
诺沃谢利采夫	我不知道该谈些什么。
萨莫赫瓦洛夫	谈点儿高雅的，她是个有学问的女人。
诺沃谢利采夫	（高兴）高雅的？这好办，这我可以试试。（坐下）先加点儿油（吃菜），鼓鼓劲儿，一会儿就去捞个一官半职……
雷若娃	（走近萨莫赫瓦洛夫）尤里·格里戈里耶维奇，您为什么不邀请我跳舞？
萨莫赫瓦洛夫	奥莉加·彼得罗芙娜，我请您跳舞！
雷若娃	您的邀请是在我表现出了主动之后。

萨莫赫瓦洛夫打开录音机，两人共舞。

	你还记得吗？有一次我们没有去听金融法课，跑到了一家冷饮店？你点了很多东西，结果钱不够了？（笑）
萨莫赫瓦洛夫	（跟着笑）当然记得！听着，我有个问题。那个领导公共饮食处的布勃利科夫是个什么样的人？
雷若娃	（漫不经心地）官迷一个！（狡黠地）你妻子不会妒忌吗？

萨莫赫瓦洛夫　（没听明白）妒忌谁？

　　雷若娃　妒忌我呗！

萨莫赫瓦洛夫　妒忌你？（夸张地）那当然啰，会妒忌的！

　　雷若娃　（信以为真，洋洋得意）你还记得吗，我们坐车去昆采沃①的树林子里接吻来着？现在那片林子变成了一片城区！

萨莫赫瓦洛夫　当然记得。那么，地方工业处的博罗夫斯基赫呢？这人怎么样？

　　雷若娃　棒小伙子！尤拉，你知道吗，我现在和你跳着舞，觉得好像和十八年前一样……

诺沃谢利采夫　（终于下了决心，对萨莫赫瓦洛夫）好，我去了！

萨莫赫瓦洛夫　（向诺沃谢利采夫）托利亚，多来点儿高雅的！

　　停止跳舞。萨莫赫瓦洛夫吻了一下雷若娃的手，雷若娃坐到桌子旁，萨莫赫瓦洛夫离去。

　　诺沃谢利采夫出现在隔壁房间，卡卢金娜正在翻阅杂志。

诺沃谢利采夫　柳德米拉·普罗科菲耶芙娜，请原谅，我又来了！

　　卡卢金娜　诺沃谢利采夫同志，我们不是已经告别过了吗？

诺沃谢利采夫　（局促不安）也许，咱们再寒暄一番？晚上好，柳德米拉·普罗科菲耶芙娜！

　　卡卢金娜　（几乎要笑出来）晚上好！

诺沃谢利采夫　（也壮起胆来）谢谢！柳德米拉·普罗科菲耶芙娜，

---

① 莫斯科地名。

您大概很寂寞吧？

卡卢金娜　诺沃谢利采夫同志，我一个人过惯了，所以我永
　　　　　远不会感到寂寞。

诺沃谢利采夫　（叹了口气）那我最好走开。

卡卢金娜　（大度地）您不妨碍我。

诺沃谢利采夫　非常感谢！（坐下）

　　在大房间里，雷若娃沉思地坐在桌子旁。萨莫赫瓦洛夫从旁
边走过。

雷若娃　尤拉，和我在一起待一会儿。

萨莫赫瓦洛夫　不行，我有客人。

雷若娃　我呢？难道不是客人？坐下。

　　萨莫赫瓦洛夫笑笑，坐了下来。

（撒娇地）尤拉，你不该把我请到家里来的。瞧，
我的心已经燃烧起来了！

萨莫赫瓦洛夫　（亲切地）我也是这样。但我们应该控制自己。

雷若娃　我们两人中总是你显得更理智些。这个星期天单
位组织汽车旅游，从弗拉基米尔到苏兹达尔这条
路线。咱们也参加？

萨莫赫瓦洛夫　（推辞地）这些汽车会把我们拉去好远！

雷若娃　（大胆地）我们从前是那样喜欢旅游……要不，咱
们还像从前那样去晃荡晃荡！

萨莫赫瓦洛夫　奥莉娅，我们已经是这把年纪的人了，还是不去

晃荡为好。

在隔壁房间里。

诺沃谢利采夫 （出声地思索）柳德米拉·普罗科菲耶芙娜，我们
说点儿什么呢？统计表的事儿已经谈过了，蘑菇
您又不感兴趣……那么您对诗歌感兴趣吗？

卡卢金娜 （笑了笑）还行。

诺沃谢利采夫 这很好，咱们就来谈谈诗歌吧。年轻的时候我自
己也写过诗。您呢？

卡卢金娜 我没有这方面的才能。

诺沃谢利采夫 我也缺乏诗才。现在我给您念一首，您就会相信
我的诗确实不太高明。

卡卢金娜 （怀着希望）也许，还是别念了吧？

诺沃谢利采夫 我太想给您留个好印象了。（念诗）

我到你身边来向你道声早安，
告诉你，大阳已经升起，
温煦的阳光
已经在树叶上抖颤。
告诉你，周围的一切
都令我高兴得陶醉。
我不知道该唱些什么，
但歌儿已经在我心中萌发。

卡卢金娜　　您蒙不了我。这不是您的诗，而是费特^①的诗。

诺沃谢利采夫　（真诚地）我怎么也没想到，您对诗歌这么在行！

卡卢金娜　　一首好诗，不过您的朗诵不太行！

诺沃谢利采夫　（不高兴了）当然，您更有发言权。可是我所有的
　　　　　　　朋友都说我朗诵得相当不错。

卡卢金娜　　他们是在奉承您。您朗诵得差劲极了。

诺沃谢利采夫　（挑战地）那您喜欢音乐吗？

卡卢金娜　　（害怕了）看来您还准备唱歌？

诺沃谢利采夫　为什么不唱？朋友们都说我嗓音优美。

卡卢金娜　　（生出疑虑）也许您喝酒了？

诺沃谢利采夫　没有的事儿！我一喝酒就会发酒疯，所以我从来
　　　　　　　不喝酒。（思索）给您唱什么好？

卡卢金娜　　还是不唱为好。您期待我夸奖您的歌喉，可是我
　　　　　　　永远只说真话。

诺沃谢利采夫　这么说，您预先就断定我唱歌也不行？

卡卢金娜　　诺沃谢利采夫同志，我已经疲倦了。

诺沃谢利采夫　（已经控制不住）我现在就唱，我一唱，您的倦意
　　　　　　　就全没了……好……想好了……（唱）

　　　　　　在喧闹的舞会上，

　　　　　　在世俗的奔忙中，

　　　　　　我偶然看见了你，

———————

① 阿法纳西·阿法纳西耶维奇·费特（Афанасий Афанасьевич Фет，
1820—1392），俄国诗人。

但神秘的雾遮住了你的脸庞，

只有眼睛露出了忧伤的目光……

卡卢金娜　（打断他的歌声）您有神经病？

诺沃谢利采夫　这么说，我唱歌您也不喜欢。您什么也不喜欢！

您太难伺候了！（老实人一旦急了，会干出很多傻

事来）让我再试试。现在我跳舞给您看！

卡卢金娜　（坚决地）诺沃谢利采夫同志，请您停止这类矫揉

造作的把戏！

诺沃谢利采夫　（不肯罢休）现代舞蹈想必不合您的胃口。我给您

跳民间舞蹈《茨冈女人》①！您能给我伴唱吗？得

了，您不必给我伴唱！（边唱边跳）

　　勃然大怒的卡卢金娜站起身往门外走去，但诺沃谢利采夫蹦

蹦跳跳地抢在她前面，不让她出门。

卡卢金娜　（大声吼道）马上放我出去！我命令您停止胡闹！

　　听到卡卢金娜的吼叫声，萨莫赫瓦洛夫和雷若娃跑进房间。

他们停住脚步，大为吃惊——诺沃谢利采夫还在继续跳舞。

　　尤里·格里戈里耶维奇，您让这流氓清醒清醒！

萨莫赫瓦洛夫　（不知所措）托利亚，你等等……你干吗跳舞呀？

诺沃谢利采夫　（停止跳舞，喘着粗气）您，卡卢金娜同志，我念

诗您不喜欢，我唱歌您也不喜欢，我跳舞您还是

---

① 在俄语中，罗姆人（吉卜赛人）被称为茨冈人。

不喜欢！这是因为您是块面包干！您冷若冰霜、铁石心肠……

萨莫赫瓦洛夫　托利亚，赶紧给我住口！

诺沃谢利采夫　（不理会他）你别管，与你无关！

卡卢金娜　尤里·格里戈里耶维奇，没有关系，让他说！

诺沃谢利采夫　（情绪激动）您身上没有一点儿人的感情，数字和统计表取代了您的心脏！

雷若娃　托利亚！

萨莫赫瓦洛夫　（气愤）托利亚，你给我出去！

诺沃谢利采夫　我马上就走，但我话还没有说完！

卡卢金娜　尤里·格里戈里耶维奇同志，您让这位同志把话说完！

诺沃谢利采夫　您可以开除我，但我很高兴能够当着您的面把这些话讲给您听！

顿歇。雷若娃轻声啜泣。

卡卢金娜　（表现出了少有的忍耐力）尤里·格里戈里耶维奇，感谢您安排了这样好的一场晚会！

萨莫赫瓦洛夫　（他绝望了，也为朋友深感惋惜）您要理解……他人不坏……也许他喝多了？谁都有喝多的时候……

卡卢金娜　一切都很好。我得到了很大的满足。雷若娃同志，再见！

雷若娃　（暖昧地）再见。

卡卢金娜　再见……（顿歇）阿纳托利·叶夫列莫维奇！

诺沃谢利采夫　（清醒了过来）柳德米拉·普罗科菲耶芙娜，请您

　　　　　　　原谅，大概我做得过分了。（绝望地）要不，我送
　　　　　　　送您？

　　卡卢金娜　　不必了！（向门口走去）

萨莫赫瓦洛夫　（跟着她）您别生气……也别放在心上。他胡言乱
　　　　　　　语了一通……

　　卡卢金娜　　不，为什么生气？了解到自己在下属心目中的形
　　　　　　　象，这永远有趣。

｜第三场｜

　　还是那个统计单位的所在。上班时间刚到。卡卢金娜已经坐
在办公室里看文件。韦罗奇卡走进接待室，一边打着哈欠，一边
脱下风衣。无精打采的诺沃谢利采夫坐在自己的办公桌前，而雷
若娃站在走廊里吸烟，像是在等什么人。

　　卡卢金娜　　（按对话机按钮）薇拉，请把诺沃谢利采夫的个人
　　　　　　　档案拿来！

　　韦罗奇卡离去。萨莫赫瓦洛夫出现，他要去看看诺沃谢利
采夫。

萨莫赫瓦洛夫　淘气包，你好！能给我解释一下，昨天你中了什
　　　　　　　么邪吗？

诺沃谢利采夫　别折磨我了！我一夜没合眼。

228

萨莫赫瓦洛夫　得了，别痛苦啦！到她那儿去赔个不是！

诺沃谢利采夫　我没有脸去见她！

萨莫赫瓦洛夫　想要滑雪，先得抬雪橇；想要享福，先得受罪！

诺沃谢利采夫　（凄苦地）也好，我去。也许运气好，她不接
　　　　　　　　得我。

　　　弓罗奇卡回来，走进卡卢金娜的办公室，把诺沃谢利采夫的
档案袋交给她，然后又回到接待室。

　　　萨莫赫瓦洛夫离开诺沃谢利采夫的办公室，来到走廊上。

雷若娃　　　（激动地）尤拉，早上好！

萨莫赫瓦洛夫　奥连卡，你好！我很高兴昨晚你到我家来！

雷若娃　　　（满面春风）我站在这儿等你，想谢谢你昨天的
　　　　　　　晚会。

萨莫赫瓦洛夫　（笑了）真的，昨天的晚会很成功，没说的！

雷若娃　　　你今天有什么计划？

萨莫赫瓦洛夫　昨天累了，今天休息。（沿着走廊继续走，来到接
　　　　　　　待室）

韦罗奇卡　　早安，尤里·格里戈里耶维奇！

萨莫赫瓦洛夫　您好，韦罗奇卡！（指指卡卢金娜的屋门）在吗？

韦罗奇卡　　和往常一样。

　　　萨莫赫瓦洛夫走进自己的办公室。这时，雷若娃也回到了自
己的办公桌前。

雷若娃　　　（向诺沃谢利采夫）尤拉已经来了。

诺沃谢利采夫　他过来了一下，劝我去赔礼道歉。

　　雷若娃　托利亚，你别害怕！你是在下班之后得罪她的。她无权因为这个开除你。如果她当真处分你，我们就通过工会给你平反！我们不是资本主义，不能随便开除任何一个人。

诺沃谢利采夫　真是的，我昨天晚上是中了什么邪啦？

　卡卢金娜　（按对话机按钮）薇拉，到我这儿来一下。

　　　韦罗奇卡走进办公室。

　　　　　薇拉，所有同事的情况您全了解。

　韦罗奇卡　干的就是这个工作！

　卡卢金娜　关于诺沃谢利采夫，您知道些什么？

　韦罗奇卡　书呆子。带着两个孩子的单身汉。

　卡卢金娜　怎么是单身汉？什么样的孩子？这在他的档案里都没有反映。

　韦罗奇卡　这些表格他是什么时候填的？您还记得会计室的丽莎·列昂季耶娃吗？长得挺好看的，留条辫子……她现在已经不在咱们这儿工作了。

　卡卢金娜　记不起来。

　韦罗奇卡　她就是诺沃谢利采夫的妻子。她给他生了两个孩子，后来变野了……记得吗？到我们这儿来过一个监察员……叫什么来着？记得吗？大耳朵……（用手比画监察员的耳朵是什么样子）

　卡卢金娜　那女的记不得了，但监察员还想得起来。

韦罗奇卡　（说得津津有味）丽莎就是跟这个监察员跑了……可是，这监察员要别人的孩子干什么？

卡卢金娜　（愤怒）列昂季耶娃怎么能把孩子扔下？她是妈妈呀！

韦罗奇卡　他们家的妈妈是诺沃谢利采夫！他是那样的文静、善良。从来不抬高嗓门讲话！

卡卢金娜　（脱口而出）我可不认为他是个善良的人。（毫无热情）薇拉，谢谢您提供的情况。

　　韦罗奇卡走上办公室。诺沃谢利采夫从办公桌后站起身，准备去找卡卢金娜。他懊丧地在走廊里走着。

　　在接待室里，韦罗奇卡已经打上了电话。

韦罗奇卡　阿廖娜，你昨天没有去娜塔什卡·叶戈罗娃家算是亏了。有个小伙子表演魔术，把人都看呆了！

诺沃谢利采夫　（走进接待室）韦罗奇卡，您好！

韦罗奇卡　（向诺沃谢利采夫）请等一等！（向话筒）那小伙子是电影制片厂的一个助理。他向我解释，说相当于打杂跑腿的……我一直等他说这么句话："凭您这长相，应该去拍电影。这事儿就包在我身上了，一句话的事儿！"可他就是不说，甚至也没吹嘘他认得多少电影明星……这人够鬼的……（放下话筒，向诺沃谢利采夫）诺沃谢利采夫，沉住气！老太太对您很感兴趣。您的档案都被她调来了！

诺沃谢利采夫　那是要开除我……

韦罗奇卡　（吃惊）开除？为什么？

诺沃谢利采夫　因为耍流氓……

　　　韦罗奇卡无言以对。

　　　　　您去问问，也许她不肯接见我。

　　　韦罗奇卡走进办公室。

韦罗奇卡　诺沃谢利采夫同志来了。

卡卢金娜　（赶紧地）我没有叫他！

韦罗奇卡　（心领神会）那我回复他，就说您没有空。

卡卢金娜　不，这不合适。（叹了口气）让他进来吧！

韦罗奇卡　（回到接待室，向诺沃谢利采夫）您进去吧。

诺沃谢利采夫　她情绪怎么样？

　　　韦罗奇卡露出同情的样子。

　　　　　（走进办公室）柳德米拉·普罗科菲耶芙娜，早上
　　　　　好！（紧张得口吃起来）请原谅……昨天……我中
　　　　　了邪啦……

卡卢金娜　（严肃地）阿纳托利·叶夫列莫维奇，请坐！

诺沃谢利采夫　谢谢。（怯生生地坐在椅子边儿上）

卡卢金娜　您昨天声称，我一点儿没有人的感情！

诺沃谢利采夫　我胡说八道得还少吗？别跟我一般见识，别放在
　　　　　心上。

卡卢金娜　不，得放在心上，因为您的话反映了本单位一部

分人的意见。

诺沃谢利采夫　（大为吃惊）至于吗？

卡卢金娜　您昨天公开对我进行诽谤！您所说的全是谎言！我不同意您的看法！

诺沃谢利采夫　我也不同意自己的看法。

卡卢金娜　您说我铁石心肠……

诺沃谢利采夫　（抢着）您是菩萨心肠！

卡卢金娜　说我冷若冰霜……

诺沃谢利采夫　您热情奔放！

卡卢金娜　说我没有人的感情……

诺沃谢利采夫　您很有人情味儿！

卡卢金娜　说我是面包干……

诺沃谢利采夫　您是面包湿……（在恐慌中闭上口）

卡卢金娜　（发怒）您别侮辱我！

诺沃谢利采夫　恰好相反，我崇拜您。我刚才口误了，我不是想说"面包湿"，而是想说"好老师"！

卡卢金娜　您为什么这样恨我？我做了什么对不起您的事儿了？

诺沃谢利采夫　（安慰）您说哪儿去了？我们都很爱戴您，为您感到骄傲。您叫谁到您办公室来，就像是去参加节日庆典一样兴高采烈。

　　诺沃谢利采夫的这番安慰产生了相反的效果。卡卢金娜的眼泪簌簌往外流。

（束手无策）柳德米拉·普罗科菲耶芙娜……别这样，求求您……您不应该哭！

卡卢金娜哭得更凶了。

（拿起长颈瓶，往杯子里倒水，想递给卡卢金娜，又想起了什么，按对话机按钮）韦罗奇卡，长颈瓶里是凉开水吗？

韦罗奇卡　（奇怪地）是凉开水！

于是，诺沃谢利采夫把水杯递给卡卢金娜，但卡卢金娜推开了他的手。

诺沃谢利采夫　柳德米拉·普罗科菲耶芙娜，您别激动……我求求您啦……我简直不知道拿您怎么办。

卡卢金娜继续哭泣。萨莫赫瓦洛夫走进办公室。他还没有来得及看清楚发生了什么，诺沃谢利采夫已经迎上前去，把他推出门外。

尤拉……对不起……这里不能进来！（把门锁上）

萨莫赫瓦洛夫　（莫名其妙）发生什么事了？

韦罗奇卡　因为他的流氓行为，局长要开除他。

萨莫赫瓦洛夫　（按对话机按钮）柳德米拉·普罗科菲耶芙娜，我需要和您谈谈！

诺沃谢利采夫　（通过对话机）她没有空，她在开会！（关掉对话机）

萨莫赫瓦洛夫　（不安）怕是他又在胡闹。（回到自己办公室）

诺沃谢利采夫　（向卡卢金娜）别哭了行吗？（突然）也好，您就
　　　　　　　　哭吧！这很好，您还能哭。柳德米拉·普罗科菲
　　　　　　　　耶芙娜，您哭吧，哭吧！这样也许对您有好处。

　　　电话铃响。

　　　　　　　　（拿起话筒）喂……哪一位？她没有空……部长？
　　　　　　　　现在她顾不上部长！（挂上电话）

卡卢金娜　　　（含着眼泪）如果是部长叫我去呢？我怎么去见
　　　　　　　　他？我的眼睛整天都会是红肿的！

诺沃谢利采夫　如果您擦眼泪，眼睛就会红肿。如果这眼泪自己
　　　　　　　　干，那就谁也看不出来了。

卡卢金娜　　　（哽咽）我好久没有哭了。当然，有时候也想哭，
　　　　　　　　但一个人在家里哭有什么意思？（破涕为笑）就好
　　　　　　　　比酒鬼一个人喝闷酒……

诺沃谢利采夫　（也笑了）下一次您想哭，就叫我！

　　　雷若娃走进接待室。

雷若娃　　　（向韦罗奇卡）诺沃谢利采夫是怎么啦，一直在局
　　　　　　　长办公室待着？

韦罗奇卡　　都锁上门了！

雷若娃　　　要不破门而入把他救出来？

　　　这时，卡卢金娜也逐渐平静下来了。

卡卢金娜	阿纳托利·叶夫列莫维奇，您倒有福气，两个孩子。
诺沃谢利采夫	两个男孩……
卡卢金娜	（轻声）而我，每天一早起来就去煮咖啡。这倒不是因为我想吃早点，而是需要这样。我强迫自己吃饭，吃完就去上班。这个办公室才是我真正的家。您不知道我是多么害怕晚上。只要值班员不来锁门，我就不离开办公室。因为我没有能去的地方。家里就一台电视机陪着我。（苦笑）我甚至养不了狗，因为白天没有人管它。当然，我也有朋友，但别人都有家庭，家务操劳。休假日怎么过？现在还一星期休息两天……
诺沃谢利采夫	您可以和大伙儿一起去郊游、游览……（笑）采蘑菇……
卡卢金娜	（报以苦笑）我不好意思……我把自己变成了老太婆。要知道我才三十六岁……
诺沃谢利采夫	（忍不住）三十六岁？
卡卢金娜	是的，是的，阿纳托利·叶夫列莫维奇，我比您还年轻。（出其不意）我看上去像多大年纪？
诺沃谢利采夫	（精神饱满地）三十六岁！
卡卢金娜	（欣喜）诺沃谢利采夫同志，您又在说谎了！
诺沃谢利采夫	您就是穿戴太老气。

　　舒拉出现在接待室。

　　舒　拉　诸位好！请签上各位的大名，每人交五十戈比。

博罗夫斯基赫要过五十大寿。这不贵，一年才合一戈比。

韦罗奇卡　现在不兴做寿了！（交钱，签名）

雷若娃也交钱。萨莫赫瓦洛夫从自己的办公室走出来。

萨莫赫瓦洛夫　（向韦罗奇卡）诺沃谢利采夫还在里头？

韦罗奇卡点点头。

雷若娃　看来，托利亚是想跟她软磨硬泡！

舒　拉　尤里·格里戈里耶维奇，请给五十戈比！

萨莫赫瓦洛夫交钱，在表上签名。

雷若娃　尤里·格里戈里耶维奇，我要耽搁您一分钟。

萨莫赫瓦洛夫向她走去。

（压低嗓门）我认得一个售票员，我给他打电话订了两张电影票。听说是一部很出色的片子——《红莓》①——时间也合适，6点30分开演。

萨莫赫瓦洛夫　（为难地）谢谢，可是我去不了……我……我有事儿……

雷若娃　（一厢情愿地）你就直截了当告诉家里，你要和一

①《红莓》（《Калина красная》，1974），瓦西里·马卡罗维奇·舒克申（Василий Макарович Шукшин）自编、自导、自演的电影代表作之一。

237

个老同学见面。这也不骗人！

萨莫赫瓦洛夫 （不知该怎样摆脱困境）可是我真有事儿。有一项紧急的公务，我得去参加一个会面。（找不到更好的解决办法）下次再说吧……

　　办公室里的谈话在继续。

卡卢金娜 行了，阿纳托利·叶夫列莫维奇，回您的办公室去吧！我还有好多工作要做。还得了解一下部长刚才为什么来电话。

诺沃谢利采夫 （向门口走去）您别骂我！

卡卢金娜 （微笑）您也别骂我……因为我和您讲了心里话。

诺沃谢利采夫 （真诚地）当您微笑的时候，您看上去像二十五岁，超不过三十。您就经常露露笑脸吧！（走进接待室）

　　所有人都以期待的目光看着他。

舒　拉 诺沃谢利采夫，请交五十戈比！

韦罗奇卡 怎么的，老太婆把您开除了？

诺沃谢利采夫 （生气）她不是老太婆！（回自己办公室）

　　卡卢金娜在办公室里仔细地往脸上扑粉，试图盖住眼泪的痕迹。

萨莫赫瓦洛夫 （向韦罗奇卡）韦罗奇卡，您把柳德米拉·普罗科菲耶芙娜叫作老太婆，这我也不赞成。诺沃谢利采夫完全正确！

韦罗奇卡不言语。萨莫赫瓦洛夫回自己办公室去了。

韦罗奇卡　刚来不久，他就发号施令了！

雷若娃　韦罗奇卡，您对他还不了解，他是个非常好的人！

舒拉没有敲门就走进卡卢金娜的办公室。

舒　拉　柳德米拉·普罗科菲耶芙娜，博罗夫斯基赫过生日，请交五十戈比。

像所有人一样，卡卢金娜不声不响地交钱和签名。

韦罗奇卡　（拿起话筒）是阿廖娜吗……是我……莫斯科电影制片厂的那个小伙子叫谢尼亚，他给我来了个电话……今天我见不到他。他有事儿，要找一只老虎……那部电影的情节真有趣……明白吗？发生了一件可怕的凶杀案，只有一个证人，可是这时出现了一只老虎，要把这唯一的证人吃掉……

| 第四场 |

下班时间到。铃声。职工们刹那间纷纷走出单位。卡卢金娜的办公室里空无一人。韦罗奇卡边穿风衣，边快步往外走。

雷若娃　（向诺沃谢利采夫）你还磨蹭什么？

诺沃谢利采夫　　我稍稍耽搁一会儿。

雷若娃拎着一个装满食品的网袋在走廊里走着，正好碰上萨莫赫瓦洛夫。他不慌不忙地往外走。

雷若娃　　尤拉，晚上好！明天晚上咱们一起行吗？
萨莫赫瓦洛夫　　明天未必行……我……（显然是在说谎）明天我们到亲戚家去……
雷若娃　　（微笑）后天呢？
萨莫赫瓦洛夫　　（继续说谎）后天有个朋友过生日……
雷若娃　　大后天（扑哧一笑）电视转播冰球赛。
萨莫赫瓦洛夫　　（顺水推舟）你自己全都知道了。
雷若娃　　你走吧，我都忘了，你还有要紧的公务，去参加一个会面！
萨莫赫瓦洛夫　　（洋洋得意地走开）好，明天见！

雷若娃也走了，沉重的网袋使她的身躯略略前倾。机关里就留下了诺沃谢利采夫一个人。他先在自己的办公桌前坐了一会儿，然后站起来，朝卡卢金娜的办公室走去。办公室的门开着。

诺沃谢利采夫　　柳德米拉·普罗科菲耶芙娜，可以进来吗？

没人回答。

（瞧瞧办公室，发现空无一人。他坐到卡卢金娜的沙发椅上，摆出领导的架势。学着卡卢金娜的样子，按对话机按钮）薇拉，把诺沃谢利采夫同志请来！

（等待。继续装成卡卢金娜的样子）请进，诺沃谢利采夫同志！看见您很高兴！（扮演自己）您看到我很高兴？柳德米拉·普罗科菲耶芙娜，您没有神经错乱？

卡卢金娜出现在接待室，倾听着。

（继续装成卡卢金娜的样子）诺沃谢利采夫同志，我有一个好主意。我决定任命您为轻工业处处长。您对此有什么意见？

卡卢金娜 （立在门口，装成诺沃谢利采夫的样子，参与表演）我不同意，柳德米拉·普罗科菲耶芙娜。我办事拖拉，脑子迟钝！

诺沃谢利采夫 （扑哧一笑，继续表演）诺沃谢利采夫同志，请进来！请坐下！

卡卢金娜 （也继续表演）我叫阿纳托利·叶夫列莫维奇！

诺沃谢利采夫 诺沃谢利采夫同志，我记住了！而且，我认为您是最勤奋的同事。上班时间已过，就您一个人留下加班。

卡卢金娜 柳德米拉·普罗科菲耶芙娜，我之所以留下加班，是因为您批评了我的报表，我得改正错误。

诺沃谢利采夫 阿纳托利·叶夫列莫维奇，您的谦虚使您的品格更放光彩。（结束表演，从办公桌后走出来）柳德米拉·普罗科菲耶芙娜，您为什么这么看不起我？我办事一点儿也不拖拉，脑子一点儿也不迟钝，我的机灵劲儿简直找不到施展的地方！

卡卢金娜 （也结束表演）阿纳托利·叶夫列莫维奇，您为什么不和大伙儿一块儿回家？

诺沃谢利采夫　　您自己说了——我的报表不合格。

卡卢金娜　　因此您就跑到我办公室来了？

诺沃谢利采夫　　（试图找借口）我希望您能帮助我把它改好。

卡卢金娜　　（真诚地）您又说谎了，阿纳托利·叶夫列莫维奇！您是因为怜悯我才留下不走的！今天我一不小心在您面前哭了，后来，没控制住自己，大概又说了些多余的话……而您……您信以为真了。其实，那都是瞎话！我生活得很好、很愉快。要紧的不仅仅是个人生活。我现在领导着一个大机关。所有人都尊敬我，有的人甚至害怕我。我刚刚从部长那儿回来，他表扬了我。我既不需要您的同情，也不需要您的保护……您快回家去吧，孩子们在等着您。听见了没有，您走吧！

诺沃谢利采夫　　（痛苦地）我原以为，今天白天的您是真正的您，但我错了，真正的您——是现在的您！（欲走）

就在这时，舒拉走了进来。

舒　拉　　这事儿谁都不关心，就我一人在这儿苦思冥想，买件什么礼物才能使博罗夫斯基赫称心如意？我在信托商店①看中了一个铜马。柳德米拉·普罗科菲耶芙娜，明天您放诺沃谢利采夫一会儿假，要不我一个人搬不来这匹马！

_____

① 接受顾客委托、代顾客出售旧货的商店。

242

| 第五场 |

第二天早上，还是在这个机关里。一切跟往常一样。卡卢金娜坐在办公室里。韦罗奇卡走进接待室，脱下风衣。诺沃谢利采夫还没有到。雷若娃手里拿着个信封，出现在接待室。

雷若娃　韦罗奇卡，劳驾，请把这信封交给尤里·格里戈里耶维奇。
韦罗奇卡　您搁在这儿吧，我会转交给他。
雷若娃　这信不必登记。（回自己办公室）
卡卢金娜　（按对话机按钮）薇拉，到我这儿来一趟！

雷若娃在走廊里和萨莫赫瓦洛夫相遇。

雷若娃　（难为情地）尤拉，早上好！
萨莫赫瓦洛夫　（边走边说）你好，你好！（加快步伐，走进接待室）
韦罗奇卡　尤里·格里戈里耶维奇，您好，有您一封信！

萨莫赫瓦洛夫接过信，走进自己的办公室。韦罗奇卡走进卡卢金娜的办公室。

卡卢金娜　（拘谨地）薇拉，我想和您谈谈！
韦罗奇卡　柳德米拉·普罗科菲耶芙娜，您谈吧。
卡卢金娜　您坐啊，请坐……

薇拉坐了下来，她显然感到有点儿莫名其妙。

（吞吞吐吐）我想请您给参谋参谋……

韦罗奇卡　关于什么，柳德米拉·普罗科菲耶芙娜？

卡卢金娜　这怎么说呢……嗯……总而言之……现在流行
　　　　　什么？

韦罗奇卡　（没有听懂）指什么？

卡卢金娜　衣服。

韦罗奇卡　谁穿？

卡卢金娜　女人……

韦罗奇卡　什么样的女人？

卡卢金娜　知道当今流行穿什么的……

韦罗奇卡　（不够策略）那和您有什么关系……（知道失言了）
　　　　　对不起……

卡卢金娜　没有关系……（慌乱）有个亲戚 —— 女的 —— 从
　　　　　外地小城市来看我……

韦罗奇卡　明白了……（想想该从哪儿说起）从鞋说起。正是
　　　　　鞋子使女人像个女人样。

卡卢金娜　是吗？

韦罗奇卡　现在时兴厚底或高跟的鞋，粗的。

卡卢金娜　等一下！（拿起铅笔开始记）别说得太快。这么
　　　　　说，时兴粗的，是鞋跟粗还是鞋底粗？

韦罗奇卡　（忍住笑）鞋跟……这说的是皮鞋。至于靴子……
　　　　　您那位亲戚多大年纪？

卡卢金娜　三十六岁。

韦罗奇卡　那已经没有必要让皮靴高过膝盖……裙子有各种
　　　　　时髦的样式 —— 超短裙、过膝裙、长裙。她的腿
　　　　　漂亮吗？

244

卡卢金娜　　（难于开口）一般。

韦罗奇卡　　（口气坚决）那超短裙不合适，穿长裙又年纪大了
　　　　　　　点儿。只能穿过膝裙了——膝盖以下十厘米左
　　　　　　　右的。

　　卡卢金娜在记录。

　　这时，诺沃谢利采夫和舒拉出现在走廊。诺沃谢利采夫吃力地
抱着铜马。他重重地把它放到办公桌上，然后无力地瘫倒在椅子上。

诺沃谢利采夫　从前人们是骑马走路的，现在时代变了。

舒　拉　　（自豪地）挺精神的，是吧？

雷若娃　好马。这是给谁的？

舒　拉　　（展示）瞧，雕刻师刻上的。（念）"亲爱的尤里·伊
　　　　　万诺维奇·博罗夫斯基赫五十诞辰纪念。全体同
　　　　　事赠。"

　　在卡卢金娜的办公室里。

韦罗奇卡　　（继续讲解）面料现在时兴的是涤纶、丝绒，当
　　　　　　然，还有尼龙。这些穿在身上舒服，不像披个窗
　　　　　　帘。花边衣领现在也还流行。连衣裙的款式一定
　　　　　　得是紧腰的。

卡卢金娜　　（记下）非常感谢。

韦罗奇卡　　这还没有完。还有发式。现在戴假发套最时髦。
　　　　　　但根本买不到。

卡卢金娜　　谢天谢地！

韦罗奇卡　头发的颜色——现在时兴银白色。所以很多人用面粉洗头发！

卡卢金娜　（不知所措）用什么？

韦罗奇卡　精白面。就是上等面粉！

在诺沃谢利采夫的办公室里。

舒　　拉　（向诺沃谢利采夫）得把这马藏到保险柜里去！

诺沃谢利采夫　（奇怪）为什么？谁偷这玩意儿？

舒　　拉　您怎么不懂事，诺沃谢利采夫！重要的是，不能让他事先看到礼物，高兴得太早！

雷若娃　舒拉说得有道理。最大的保险柜在卡卢金娜那边。

舒　　拉　诺沃谢利采夫，开路！

诺沃谢利采夫　（惨叫一声）上马！（吃力地抱起铜马，艰难地走在舒拉后边）

在卡卢金娜的办公室里。

韦罗奇卡　现在最要紧的是——走路的姿态！柳德米拉·普罗科菲耶芙娜，上了年岁的女人不会优雅地走路。从走路就能看出她们和我们是完全不同的两代人。请原谅，你们走路都是这个样子……（站起来表演）瞧，你们是这样走路的……像是在钉木桩……

卡卢金娜　（懊丧地）是不雅观……

韦罗奇卡　而我们是这样走路的（示范），像女神一样！

卡卢金娜 （羞怯地）要学会这样走路很难吧？

韦罗奇卡 人没有学不会的东西。如果您方便的话，请到我
　　　　　这边来！

　　卡卢金娜站起，走到韦罗奇卡跟前，和她站成一排。

　　　　　柳德米拉·普罗科菲耶芙娜，您就跟着我走。不
　　　　　过，迈步不是从脚掌，而是从脚尖开始……
　　　　　来……一……

　　韦罗奇卡和卡卢金娜在办公室里走步。没有听到敲门声门就
打开了，舒拉冲了进来，抱着铜马的诺沃谢利采夫跟在她身后。
卡卢金娜难为情地停住了脚步。诺沃谢利采夫睁大眼睛盯着她。
只有舒拉毫无觉察。

　　舒　拉　柳德米拉·普罗科菲耶芙娜，请把保险柜打开！

卡卢金娜　（尽量不瞅诺沃谢利采夫）是的，是的……保险
　　　　　柜……当然……得把保险柜打开！为什么？

　　舒　拉　把马藏起来！

卡卢金娜　好，正确，藏起来。可是，放得下吗？好吧，咱
　　　　　们想办法把它塞进去！

　　电话铃声响起。

韦罗奇卡 （拿起话筒）对……她在这儿。（挂上电话）舒拉，
　　　　　工会叫你赶紧回去！

　　舒拉立即离去。

（向卡卢金娜）您不需要我了吧？

卡卢金娜　是的，是的。非常感谢您。

韦罗奇卡回到接待室。

诺沃谢利采夫　柳德米拉·普罗科菲耶芙娜，你们在这里干什么来着？

卡卢金娜　（避而不答）您把马放下吧，您吃不消！

诺沃谢利采夫　（挑战的口吻）我吃得消。我力气大得很。（客气地）昨晚我走后您是怎么消磨时光的？

卡卢金娜　（拿腔拿调）谢谢您的关心，昨晚玩儿得很好。有个朋友来电话，开了私人小汽车把我接走了。

诺沃谢利采夫　（嘲弄地）什么牌子的汽车？

卡卢金娜　新买的"伏尔加"。

诺沃谢利采夫　他怎么有那么多钱？

卡卢金娜　他是著名的飞机设计师。他开车把我拉到了饭店。

诺沃谢利采夫　哪家饭店？

卡卢金娜　（想饭店名）您……把马放下吧！

诺沃谢利采夫　（倔强地）它不重。

卡卢金娜　拉到了阿拉格维餐厅①。我们吃了核桃酱鸡肉沙拉、烤肉串、铁扒鸡、猪肉香肠和羊肉馅饼。

诺沃谢利采夫　您那位飞机设计师嘴可真馋！喝了些什么？

卡卢金娜　"赫万奇卡拉"葡萄酒和"博尔若米"苏打水。

诺沃谢利采夫　您是不喝酒的！

---

① 莫斯科一家格鲁吉亚风味的高档餐馆，在苏联时期有"克格勃餐厅"之称。

卡卢金娜　好酒也不拒绝！

诺沃谢利采夫　从饭店出来之后你们干了什么？

卡卢金娜　（严厉地）诺沃谢利采夫同志，您忘乎所以了！把马放下吧，用力过猛会受内伤的！

诺沃谢利采夫　这与您无关。

　　韦罗奇卡在接待室里打电话。

韦罗奇卡　阿廖娜，是我！我们的老太太发疯了！把我叫去盘问了一个小时，问现在女人时兴穿什么，女人应该如何走路！

　　在卡卢金娜的办公室里。

卡卢金娜　阿纳托利·叶夫列莫维奇，您昨晚是怎么消磨时光的呢？

诺沃谢利采夫　很简单。坐公共汽车回到家。先检查老大的作业——他上一年级。然后和两个孩子玩儿了一会儿。后来妻子叫我们都去吃晚饭。

卡卢金娜　（挖苦地）您妻子叫丽莎？长得挺好看的，还留条辫子。或者您已经换了一个妻子？

诺沃谢利采夫　不，还是原来那个！

卡卢金娜　我记得她。她现在已经不在我们这儿工作了。

诺沃谢利采夫　调到部里去了。

卡卢金娜　她给你们做什么吃了？

诺沃谢利采夫　她烹调技术很好。做了洋白菜馅饼、樱桃馅饺子、薄饼，还有水果茶。

卡卢金娜　晚饭吃这么多？您才叫嘴馋呢！

诺沃谢利采夫　对，我喜欢吃家里做的。商店里买的和饭店里做的，我一概不吃！

卡卢金娜　把马放下吧，要不您会失手把它摔破的！

诺沃谢利采夫　它是铜的，摔不破！（继续讲）然后安顿了孩子们上床睡觉，我们就出去散步。丽莎每天晚上都拉我出去散步 —— 这对健康大有好处！

卡卢金娜　散步回来之后你们干了什么？

诺沃谢利采夫　卡卢金娜同志，您忘乎所以了！

卡卢金娜　（态度首先软下来）我知道，您没有妻子，阿纳托利·叶夫列莫维奇！您为什么老是说谎？

诺沃谢利采夫　柳德米拉·普罗科菲耶芙娜，我这是向您学习！我知道，您的飞机设计师也是虚构的。

卡卢金娜　（光火）别在我面前放肆！您要知道，您现在是在局长办公室里！

　　好像是对她这句话的直接反应，诺沃谢利采夫突然扑通一声摔倒在地，不过他两手还是抱住了铜马。

　　（冷冷地）您怎么了？

诺沃谢利采夫　（闭着眼睛）这匹马把我骑垮了！

卡卢金娜　（还是冷冷地）别装了！给我起来，和马一起从这里滚出去！

　　　　　　　　　　　　　　　　　　　　　　幕　落

第二幕

这一场是上一场的继续。诺沃谢利采夫挣扎着想从地板上站起来，但又一次跌倒在地。

卡卢金娜　您当真不舒服？

诺沃谢利采夫不回答。

　　　　　（这下她终于担心了，扑到他身边）您失去知觉了？
诺沃谢利采夫　（低弱的声音）马没有摔破吧？
　卡卢金娜　马倒完整无损，您呢？
诺沃谢利采夫　（摸摸脑袋）这儿好像有个包……
　卡卢金娜　得用凉毛巾敷！（跑到桌子前，从手提包里取出手
　　　　　　帕，蘸上长颈瓶里的水，跪着向诺沃谢利采夫俯下
　　　　　　身去，小心地抬起他的头，把湿手帕贴到他头上）
诺沃谢利采夫　您为什么亲自照顾我？把我交给另外的人！
　卡卢金娜　（苦恼地）什么时候您才不把我单单看成是个
　　　　　　局长？
诺沃谢利采夫　（抱怨地）永远不会！局长同志，给点儿水！

　　卡卢金娜再一次奔到桌子前，拿起杯子倒水。可是就在这个时候，像往常一样，舒拉不敲门便直接闯进办公室。她若无其事地跨过诺沃谢利采夫，走到卡卢金娜跟前。

舒　拉　柳德米拉·普罗科菲耶芙娜，布勃利科夫死了……

卡卢金娜　多么可怕啊！

诺沃谢利采夫　（躺在地板上）他那么健康，从来也不生病！

卡卢金娜　怎么死的？

舒　拉　还没有了解清楚。柳德米拉·普罗科菲耶芙娜，请交五十戈比，买花圈用。

卡卢金娜　（从手提包里摸出钱来）应该在入口处挂上他的遗像。

舒　拉　已经在张罗了。请签名！

卡卢金娜签名。

（走近躺在地板上的诺沃谢利采夫，俯下身去）诺沃谢利采夫，交五十戈比！

诺沃谢利采夫躺在地上交钱，签名。

您为什么不把这马放进保险柜？

诺沃谢利采夫慢慢地站起身，把马拖到保险柜前，塞了进去。

诺沃谢利采夫　我真为布勃利科夫感到惋惜！

卡卢金娜　（向舒拉）得和他家里取得联系。

舒　拉　已经在张罗了……（走出办公室）

诺沃谢利采夫走近桌子，从卡卢金娜手里接过杯子，喝水。

卡卢金娜　　　阿纳托利·叶夫列莫维奇，您现在感觉怎么样？

诺沃谢利采夫　（伤心地）和布勃利科夫比起来还算好……

　　　诺沃谢利采夫走进接待室，和刚从自己办公室出来的萨莫赫瓦洛夫相遇。

萨莫赫瓦洛夫　（压低嗓门对诺沃谢利采夫）你常往她那儿跑什
　　　　　　　么？真要把我的计划付诸实行？

诺沃谢利采夫　不，我是在完成社会工作。顺便问一句，尤拉，
　　　　　　　你和她谈过任命我当处长的事儿没有？

萨莫赫瓦洛夫　你明白吗……找不到合适的时机……但我一定会
　　　　　　　跟她谈。

诺沃谢利采夫　别提这件事了。还是照老样子好了。我不想当这
　　　　　　　个处长。（回自己办公室）

萨莫赫瓦洛夫　（向韦罗奇卡）如果柳德米拉·普罗科菲耶芙娜问
　　　　　　　起 —— 就说我到部里去了……（离去）

　　　诺沃谢利采夫回到自己的办公桌前，坐下。

诺沃谢利采夫　（向雷若娃）知道吗？布勃利科夫死了……

　　雷若娃　（沉思片刻后）瞧，这个小人还是死了！

诺沃谢利采夫　谁死了我心里都不好受！

　　　卡卢金娜在办公室里按对话机按钮。

卡卢金娜　　　薇拉。请尤里·格里戈里耶维奇到我这儿来一下。

韦罗奇卡　　　他刚刚到部里去了！

卡卢金娜　　去看看他的办公桌，那里应当有张季度报表……

韦罗奇卡　　好吧。（走进萨莫赫瓦洛夫的办公室）

在诺沃谢利采夫和雷若娃的办公室里。

雷若娃　　你在土奶奶那儿待那么长时间干什么了？

诺沃谢利采夫　她不是土奶奶！（提高嗓门）不可能人人都成大美人！你这样挖苦妇女就不觉得害臊？

雷若娃　　（不知发生了什么）你别对我嚷嚷。你怎么突然间袒护起她来了？

诺沃谢利采夫　（气愤地）你根本不了解她！

雷若娃　　（平静地）我也不想了解……

韦罗奇卡从萨莫赫瓦洛夫的办公室走到卡卢金娜的办公室，把一份材料交给她，又回到接待室，赶紧抓起话筒。

韦罗奇卡　　（对着话筒）阿廖娜，是我……抓住椅子，免得听了之后晕倒……柳德米拉派我去找萨莫赫瓦洛夫，她急需一份材料……别急，得有点儿耐心……萨莫赫瓦洛夫到部里去了。我就在他桌子上翻找……你知道雷若娃吗？就是老穿一双破长筒袜的那一位……她拿来一封信，让我转交萨莫赫瓦洛夫。刚刚我偶然之间发现了这封信。当然，偷看别人信件的行为不太文明，但我一看上就没法不往下看。你听着！（带着感情读信）"亲爱的尤拉！久久下不了决心给你写信。当然，过去的已经不能复返，再给你写信既愚蠢又毫无意义，为此我也暗中责备自己，但我还是得给你写这封信。为什么？我也说不清……将近四十岁的女人，常常会干蠢事……我知道，这一切对你来说可能是多余的、不需要的，甚至是不愉快的。但这对我来说……怎么对你解释呢……在我和你见面的时刻，我明白了，大概这些年里我爱的只有你一个人……"（停止读信）阿廖娜，你听过类似的事儿没有？她是晕头转向了。不过你别告诉任何人！

| 第七场 |

这个单位的又一个早上。一个人也没有，甚至连卡卢金娜也还没有来。诺沃谢利采夫手持鲜花出现在走廊。他东张西望，蹑手蹑脚地走着。他往卡卢金娜的办公室瞧了瞧，确信里边无人，便走进去把花插到花瓶里。在卡卢金娜来到办公室吃惊地发现这束花之前，他已经回到自己的办公桌前。雷若娃出现在走廊，她站在那儿等待萨莫赫瓦洛夫。韦罗奇卡从旁边走过，见到雷若娃，她忍不住要笑出声来。她走进接待室，脱下风衣。这时萨莫赫瓦洛夫出现。

雷若娃　尤拉，早上好！

萨莫赫瓦洛夫看到四下无人，径直走到雷若娃跟前。

萨莫赫瓦洛夫　（压低嗓门）奥莉娅，我非常感动……但你应该理
　　　　　　　解……生活已经是这样了，我感激和珍视你的感
　　　　　　　情。但我希望你既不要折磨我，也不要再折磨你
　　　　　　　自己。你是个聪明人！
　　　雷若娃　当人们称一个女人是"聪明人"时，实际上是把
　　　　　　　她看成一个傻瓜！
萨莫赫瓦洛夫　（忍不住微笑）这就太过分了。我可没有这样想。
　　　雷若娃　你现在变得多么彬彬有礼。
萨莫赫瓦洛夫　我从来不知道这是个缺点。
　　　雷若娃　尤拉，你身上没有缺点。你浑身上下全是优点。
　　　　　　　关于这个问题，我将在下一封信里展开来谈。
　　　　　　　（离去）

萨莫赫瓦洛夫吃惊地瞪视着她的背影，然后往接待室走去。

萨莫赫瓦洛夫　（在接待室）韦罗奇卡，早上好！
　　韦罗奇卡　（忍不住扑哧地笑了一声）您好！
萨莫赫瓦洛夫　您怎么啦？
　　韦罗奇卡　（笑得喘不过气来）有时我会犯这个毛病……没有
　　　　　　　什么……请原谅……

萨莫赫瓦洛夫走进自己的办公室。雷若娃也回到了自己的办
公室。舒拉这时也走了进来。她失魂落魄，可以说是面无人色。

诺沃谢利采夫　又来收钱了？

舒　拉　怪事……真是怪事！

诺沃谢利采夫　又发生了什么事？

舒　拉　人没有死！

诺沃谢利采夫　谁？

舒　拉　布勃利科夫！

诺沃谢利采夫　（欣喜）谢天谢地！那您为什么还哭丧着脸？

雷若娃　（哲理性地）小人寿命长……

舒　拉　这是医院给闹错的。死了一个同名同姓的人，但通知了我们。他今天来上班，结果在入口处看到了自己带黑框的遗像！

诺沃谢利采夫哈哈大笑，而雷若娃在苦笑。

你们倒挺开心！我怎么办？花已经买好了，乐队已经请来了。

诺沃谢利采夫　乐队么，可以在午休时演奏一些欢快的乐曲；花么，可以分给女同胞们！

舒　拉　（悲伤地）我怎么把花分发出去？这些花已经编成了花圈，花圈上还挂着挽联，挽联上写着："布勃利科夫千古。全体同事敬挽。"

诺沃谢利采夫　（笑着）舒拉，您的事儿不妙！

舒　拉　您这么嘲笑我，可我为咱们单位跑到了十二张免费的儿童旅游票：去阿尔泰克的四张，去阿纳帕的四张，去叶夫帕托里亚和格连吉克的各两张！①

————————

① 四地皆为黑海沿岸的疗养胜地。

诺沃谢利采夫	名单里有我们家吗？
舒　拉	有，去格连吉克。
诺沃谢利采夫	舒拉，您是天使！
舒　拉	这不是我一人的功劳，这是整个工会的决定。
诺沃谢利采夫	（他今天情绪极好）那你们全是天使！
雷若娃	我的孩子当然是榜上无名了？
舒　拉	我给您的孩子要了张去体育夏令营的票。他不是体育爱好者吗？
雷若娃	哦，舒萝奇卡①，谢谢啦！
舒　拉	（离去）花圈怎么处理？让我自己死了吧，不过（叹了口气）题词不合适，姓名不同呀……

卡卢金娜按对话机按钮。

卡卢金娜	薇拉，去叫诺沃谢利采夫，让他把报表带上。

韦罗奇卡拨号。

韦罗奇卡	诺沃谢利采夫，您到柳德米拉·普罗科菲耶芙娜那儿去一下，把报表带上。

诺沃谢利采夫拿着报表走到走廊上。

　　　　　　（已经在给女友打电话）阿廖娜，是我……昨天我和谢尼亚去咖啡馆了。邻桌的几个小伙子纠缠我。

---

① 舒拉的昵称。

谢尼亚便跟他们大打出手。他们把谢尼亚打得鼻青脸肿……

　　诺沃谢利采夫出现在接待室，走进卡卢金娜的办公室。

诺沃谢利采夫　柳德米拉·普罗科菲耶芙娜，您叫我？

卡卢金娜　报表您带来了吗？

诺沃谢利采夫　在这儿，请过目！（把文件夹递给卡卢金娜）

卡卢金娜　（审阅报表）看到没有……只要愿意，您是能干好工作的。

诺沃谢利采夫　总的来说，我热爱自己的工作。没有统计学就没有现代生活。

卡卢金娜　（继续翻阅报表）阿纳托利·叶夫列莫维奇，您知道吗，我一进办公室就看到这束鲜花。谁可能给我送花呢？

诺沃谢利采夫　（羞怯地看着卡卢金娜）我一无所知！

卡卢金娜　我也一无所知！（期待着诺沃谢利采夫承认这花是他送来的）

诺沃谢利采夫　我猜到了，准是舒拉干的！

卡卢金娜　哪个舒拉？

诺沃谢利采夫　工会的舒拉。布勃利科夫死而复生。但舒拉已经把花圈买来了。派不上用场啦。于是，她把花从花圈上拔下来，捆成一个个花束，分送给女同志们。（为了更有说服力，又补充一句）这主意是我给她出的。

卡卢金娜　很遗憾！不到上班时间我就进了办公室，这束花已经插在了花瓶里。而布勒利科夫没有死的消息是上班之后才得知的！

诺沃谢利采夫　这么说，我关于花圈的信息是错的！

卡卢金娜　那是谁干的呢？

诺沃谢利采夫　您怀疑是我把这破花弄来的？

卡卢金娜　这不是破花，是一束美丽的鲜花！我怀疑它正是您拿来的，可是您又没有勇气承认！

诺沃谢利采夫　我有什么必要给您送花呢？

卡卢金娜　为什么您就不能给我送花？

诺沃谢利采夫　这当然是可能的。生日那天或元旦那天，但我不准备这么干！

卡卢金娜　（忍无可忍）为什么您老是说谎？

诺沃谢利采夫　（倔强地）我没有给您送花！（他倒退得那么远，已经没有退的余地）我发疯了还是怎么的？

卡卢金娜　（喊叫）您先是把花送来，然后再来侮辱我！请您把自己的破花拿回去！（拿起那束花，朝诺沃谢利采夫扔去）

诺沃谢利采夫　（不知所措）在您的同事中……任何一个人也没有……脸上被您扔过东西……（喃喃地）难道您就这样偏爱我？

卡卢金娜　（暴怒）您再说一句，我就朝您扔长颈瓶。

诺沃谢利采夫　（一大发现）如果您朝我扔长颈瓶，就说明您爱上我了！

卡卢金娜　您走吧！谁允许您在非接待日闯到我办公室的？

如果您有事儿找我，请到秘书那儿去预约登记！

诺沃谢利采夫　（还处于刚才那个新发现的情绪影响下）好吧，柳德
　　　　　　　米拉·普罗科菲耶芙娜……（拿起花束，倒退着走
　　　　　　　出办公室）

　　诺沃谢利采夫在接待室里。

韦罗奇卡　（奇怪地）立了什么功劳，人家还给您献花？

诺沃谢利采夫　韦罗奇卡，我要求局长接见，请给我预约登记！

韦罗奇卡　（莫名其妙）这个星期三已经预约满了！

诺沃谢利采夫　那预约下星期三！

韦罗奇卡　好的！（登记）谈什么问题？

诺沃谢利采夫　下星期三再说！（茫然若失地站了一会儿，打开卡
　　　　　　　卢金娜办公室的门，把花束一下子扔了进去，然后
　　　　　　　回到自己的办公室）

卡卢金娜　（在自己办公室里打电话）阿纳托利·叶夫列莫维
　　　　　奇，请您原谅我吧，我要态度了……我太粗暴
　　　　　了……您一走我立刻想到，可能这束倒霉的花确
　　　　　实不是您拿来的……

诺沃谢利采夫　（忧伤地）不，确确实实是我拿来的……

卡卢金娜　您不知羞耻，良心有愧！（扔掉话筒）

| 第八场 |

　　又是一个早上，还是在这个单位里。诺沃谢利采夫坐在自己

的办公桌前。韦罗奇卡在脱风衣。卡卢金娜的办公室里没有人。

　　雷若娃出现，她走进接待室，手里拿着个信封。

雷若娃　　　（向韦罗奇卡）尤里·格里戈里耶维奇在吗？

韦罗奇卡　　他没有到。

雷若娃　　　（给韦罗奇卡信封）劳驾，请您再当一次邮递
　　　　　　员吧！

韦罗奇卡　　一定转交，而且非常高兴为您效劳！

雷若娃　　　（韦罗奇卡说话的语气使她产生了怀疑）在这封信
　　　　　　里……我向他提出了有关轻工业处统计工作的改
　　　　　　进意见。

韦罗奇卡　　（故意一本正经的样子）我太了解您了，改进轻工
　　　　　　业处的统计工作——这太重要了！

　　雷若娃旁若无人地走出接待室。萨莫赫瓦洛夫出现在走廊尽
头。雷若娃停住脚步，等他过来。

雷若娃　　　（微笑）尤里·格里戈里耶维奇，早上好！

萨莫赫瓦洛夫　（报以微笑）你逼得我以后只好跳窗进办公室了。
　　　　　　（走进接待室）

韦罗奇卡　　尤里·格里戈里耶维奇，您的信！（略顿）是雷若
　　　　　　娃拿来的……（好奇地注视着这位领导的面部表情，
　　　　　　但萨莫赫瓦洛夫不动声色、高深莫测）

萨莫赫瓦洛夫　（毫无表情地）谢谢。（把信塞进口袋）还有……请
　　　　　　您给我把舒拉叫来。

韦罗奇卡　　（拿起话筒）舒拉，到尤里·格里戈里耶维奇那儿

去一下！

萨莫赫瓦洛夫准备往自己办公室走。

（阻止他）工人在给您办公室的地板打蜡。您暂时
到柳德米拉·普罗科菲耶芙娜的办公室去落个脚！

萨莫赫瓦洛夫　难道她不在？

韦罗奇卡　她开会去了。

萨莫赫瓦洛夫走进卡卢金娜的办公室。舒拉出现在接待室。

尤里·格里戈里耶维奇不在那里（指指他办公室的
门），而是在那里（指指卡卢金娜的办公室）。

舒　拉　（劲头十足）我们这儿有大新闻！雷若娃狂热地爱
上了萨莫赫瓦洛夫，不断地给他写情书！

韦罗奇卡　这根本不可能！您怎么知道的？

舒　拉　让我从头到尾给您说个明白！（连珠炮般）因
娜·尼古拉耶芙娜悄悄打电话告诉了我，因娜是
从叶连娅·伊万诺芙娜那里秘密得知的，而叶连
娜·伊万诺芙娜是听什梅格利亚科娃说的，这当
然也是不让外传的秘密……什梅格利亚科娃是从
托莉娅·斯捷潘诺娃那儿听说的，斯捷潘诺娃是
从计划处的柳夏·斯图洛娃那儿听说的，斯图洛
娃的消息来源是阿廖娜·科罗维娜，而阿廖娜的
好朋友是韦罗奇卡……（突然停顿）对不起，阿
廖娜的好朋友就是您……

韦罗奇卡　（发怒）可是我跟她打过招呼，让她不要告诉任
　　　　　　何人！

舒　　拉　（哲学家的口吻）若要所有人都知道，透露给一个
　　　　　　人就够了！

　　舒拉走进卡卢金娜的办公室，萨莫赫瓦洛夫正要读完雷若娃
的又一封来信。

萨莫赫瓦洛夫　舒拉，我要向您反映一件颇为微妙的事……我甚
　　　　　　至不知道该怎么说……我们的一位女同志的心理
　　　　　　状态使我感到很担忧。

舒　　拉　我能猜到您说的是谁。

萨莫赫瓦洛夫　除您之外，还有谁能猜到？

舒　　拉　本单位全体职工！

萨莫赫瓦洛夫　（苦笑）咱们的情报工作做得不错。（向舒拉）这样
　　　　　　就更需要向她伸出援助的手，帮她从危机中摆脱
　　　　　　出来了。这是信，您读读吧！（把一封信递给她）

舒　　拉　（接过信，犹豫不决）可……为什么呢？

萨莫赫瓦洛夫　您读吧！

舒　　拉　读出声来？

萨莫赫瓦洛夫　读出声来也行。

舒　　拉　（轻声读）"我亲爱的、可爱的尤拉……"往下
　　　　　　念吗？

萨莫赫瓦洛夫　往下念。

舒　　拉　可是……这好像是……私人信件。

萨莫赫瓦洛夫　我没有也不可能有什么要向别人隐瞒的。

舒　　拉　（念）"我知道，我这些书信会使你厌倦，但我控制不了自己的感情。"（评论）既然知道这些书信会使您厌倦，她干吗还要写？

萨莫赫瓦洛夫　但她控制不了自己的感情！

舒　　拉　（往下念）"我不知道我为什么会这样。我夜里失眠，而安眠药已经无济于事。上班的时候，脑子不听使唤。"（评论）怪不得咱们单位的劳动生产率在下降。（往下念）"除了你之外，一切都失去了意义，对我来说，周围一片空虚！"（继续发表评论）怎么会是一片空虚呢？周围有多少优秀人物！（两手一摊）尤里·格里戈里耶维奇，您是希望工会帮您写封像样的回信？

卡卢金娜出现在接待室。

卡卢金娜　信件多吗？

韦罗奇卡　也不少。瞧，我在分拣……

卡卢金娜接过一包信件，翻阅着。萨莫赫瓦洛夫在办公室里继续着"微妙"的谈话。

萨莫赫瓦洛夫　舒拉，我知道，您对生活有清楚的认识。这件事把我折腾苦了，我不由自主地感到自己是有过错的。（发现措辞不当）我和她之间什么也没有发生，也不可能发生什么。我是这样为奥莉加·彼得罗芙娜感到惋惜。她成了大家嘲笑的对象。应该挽救她！

舒　拉　我们来挽救她！我们请她到工会来谈谈！

萨莫赫瓦洛夫　（做出犹豫不决的样子）好吧，我不反对……可是，请你们在谈话时语气温和些，不要大声嚷嚷。

舒　拉　尤里·格里戈里耶维奇，我明白，这任务很微妙，但我们能完成。

萨莫赫瓦洛夫　把其他信件也拿上。

舒　拉　（接过信件）我把它们订到一起。

卡卢金娜拿着一包信件走进办公室。

卡卢金娜　你们好，同志们！

萨莫赫瓦洛夫　请原谅，柳德米拉·普罗科菲耶芙娜，我们占用了您的办公室。（走出门去）

舒拉把萨莫赫瓦洛夫交给她的信件藏到背后。

卡卢金娜　舒拉，怎么了？您找我有事儿？

舒　拉　（悲哀地）我们单位发生了一起非常事件！雷若娃发疯似的爱上了萨莫赫瓦洛夫，而且用狂热的情书向他进攻！

卡卢金娜　（皱眉）您胡说些什么呀？

舒　拉　（拿出信件）瞧，信有多少！

卡卢金娜　（生气地）这些信怎么到了您的手里？

舒　拉　尤里·格里戈里耶维奇把信转给了我，他希望社会干预，并对他有所保护！

卡卢金娜　　（勉强控制住自己）这就是说，现在工会的议事日程里除了分发旅游票之外，还要在"其他事项"里讨论雷若娃不道德行为的问题？

舒　拉　　我们收到了信号，就得做出反应。您设身处地替尤里·格里戈里耶维奇想想 —— 每天都有信来找他麻烦。而整个单位都知道了，都在嘲笑他。

卡卢金娜　　（指指信）把这些信交给我！

舒　拉　　（给信）是雷若娃自己不好。她不应该把自己的感情抖搂出来！

卡卢金娜　　（严厉地）舒拉！如果我没有记错的话，您是分配到会计处工作的吧？

舒　拉　　（回忆）好像是的。

卡卢金娜　　（吐字清楚）我想，哪怕作为例外情况，您除了干您的工会工作外，有时还得干干您的本职工作，这样也许对您更有好处！

　　　舒拉快速退到接待室。

舒　拉　　（向韦罗奇卡）你的柳德米拉今天怎么啦，这么厉害……

卡卢金娜　　（按对话机按钮）薇拉，劳驾，请尤里·格里戈里耶维奇来一趟！

韦罗奇卡　　（按对话机按钮）尤里·格里戈里耶维奇，柳德米拉·普罗科菲耶芙娜请您去一趟……

舒　拉　　（向韦罗奇卡说悄悄话）萨莫赫瓦洛夫把信交给了我，让我们在工会系统内解决！

韦罗奇卡 （真心地）真坏！

舒　拉 （走出门去）可是要把我发配到会计处去了……

萨莫赫瓦洛夫经过接待室，走进卡卢金娜的办公室。

卡卢金娜 （通过对话机）薇拉，别放任何人进来！（向萨莫赫瓦洛夫）尤里·格里戈里耶维奇，您转交给舒拉的信，现在在我手里。我要使您失望了，对这件事，我持另外的观点。

萨莫赫瓦洛夫 （保持着自己的尊严）柳德米拉·普罗科菲耶芙娜，您说得倒不费力气。我曾经试图让雷若娃理智起来，我劝说过、请求过。我们之间没有任何关系，也不可能有任何关系。

卡卢金娜 应该有耐心，讲究方式方法。公布私人信件——这过于残酷了！

萨莫赫瓦洛夫 但我找不到另外的出路。归根结底，我这样做也是可以理解的。

卡卢金娜 请原谅，尤里·格里戈里耶维奇，但您做了一件卑鄙的事情！我不能把自己的意见强加于您，但我要是您的话，我就会把这些信要回来，不给任何人看！

到现在为止一直坐着的萨莫赫瓦洛夫站起身，在房间里踱步，像是在聚精会神地思考着什么。这时，韦罗奇卡走进了诺沃谢利采夫和雷若娃的办公室。

韦罗奇卡 （尽量振作精神，但看得出来，良心折磨着她）别

干了，抽支烟吗？萨莫赫瓦洛夫给我提供了高
级烟！

诺沃谢利采夫　谢谢，我不会抽！

雷若娃　我偶尔抽着玩玩。（接过一支烟）

韦罗奇卡把火柴递与雷若娃。

韦罗奇卡　（不知道该从何说起）知道吗，诺沃谢利采夫（她
觉得和他说话比较方便）？领导对我们这些秘书通
常是不太戒备的。他们对我们太不见外了，所以，
在我们跟前他们容易露出自己的本相。

诺沃谢利采夫　（不悦）您说这些干什么？

韦罗奇卡　（立即予以回击）您不必紧张，我不是指卡卢金
娜！我是在说您那位大学同学。

现在雷若娃警觉了起来。

诺沃谢利采夫，明白吗，您那位老同学可不太地
道，滑头一个……（迅速地瞅了雷若娃一眼）我是
说什么也不会爱上他的……哦，该走了，要不非
挨老太婆的训斥不可！（跑开）

雷若娃　这个毛丫头来这里干什么？

在卡卢金娜的办公室里，萨莫赫瓦洛夫继续神经质地来回
踱步。

萨莫赫瓦洛夫　（慢吞吞地）我……不得不承认，柳德米拉·普罗

科菲耶芙娜，您是正确的！大概我失去了对自己的控制。（凝视着她的面孔）

卡卢金娜 （相信了他的话）我很高兴您能有这样的认识！

萨莫赫瓦洛夫 我收回啦！（把信收起来塞进口袋）我再跟她好好谈谈，与人为善地谈谈……

卡卢金娜 （激动地）有个字眼叫 —— 同事。这常常是指那些在一个屋檐下工作，下班之后便各自回家、互不相干的人。而我在不久之前才懂得，同事 —— 是一个很好的字眼。要知道，我们生命中几乎一半的时间是在工作中度过的。实际上，这里是我们的第二个家。

萨莫赫瓦洛夫 （表示支持，但话里藏着冷嘲）是啊……这好像是尽人皆知的道理，但是我们常常把它忘记了……

舒拉出现在走廊，她把诺沃谢利采夫也叫到这里。

舒 拉 （向走过来的诺沃谢利采夫）我们的土奶奶把我发配到了会计处，我在那儿快憋死了。现在我溜出来关照您几句。诺沃谢利采夫，您是奥莉加·雷若娃的朋友，您应该把她管住！要不她毁了自己，也毁了他！

诺沃谢利采夫 我什么也听不懂。

舒 拉 怎么？您还不知道？（信任地）雷若娃发疯似的爱上了萨莫赫瓦洛夫，而且施行了不断给他写情书的恐怖手段！

诺沃谢利采夫 （气愤地）这是造谣！我了解奥莉娅和她的丈夫！

他们是一对恩爱的夫妻！请您别散布流言蜚语！

舒拉吓得往后一跳，溜之大吉了。

（快步走进接待室。）萨莫赫瓦洛夫在自己办公室吗？

韦罗奇卡　　不，在她办公室！

诺沃谢利采夫向卡卢金娜的办公室走去。

柳德米拉·普罗科菲耶芙娜关照过，不能放任何人进去！

在办公室里，萨莫赫瓦洛夫正继续修复自己和卡卢金娜的关系。

萨莫赫瓦洛夫　　（开玩笑地）柳德米拉·普罗科菲耶芙娜，您知道我现在为什么而遗憾吗？为您不是个男人！

卡卢金娜　　这又是为什么？

萨莫赫瓦洛夫　　您要是男人的话，我就会说：走，咱们去喝上一杯，把这件事忘了……

诺沃谢利采夫　　（出现在门口）尤拉，我向你借了二十卢布，现在想跟你把账算清！（还给他钱）

萨莫赫瓦洛夫　　（警惕起来）为什么是现在，在这里？

作为回答，诺沃谢利采夫给了萨莫赫瓦洛夫一个耳光。

为什么？你怎么敢这样？

诺沃谢利采夫　（向卡卢金娜）柳德米拉·普罗科菲耶芙娜，请
　　　　　　　　原谅！
萨莫赫瓦洛夫　（恼火）只是因为您在场……但我绝不会就此
　　　　　　　　罢休……
卡卢金娜　　　（开心地）那您可以找他零钱呗！
萨莫赫瓦洛夫　我会找他零钱的，但要用另外的方式！（愤然离
　　　　　　　　去，砰的一声关上门）

　　　萨莫赫瓦洛夫大步流星地穿过接待室，回自己办公室去了。
韦罗奇卡用厌恶的眼光目送他。
　　　卡卢金娜和诺沃谢利采夫两人还待在一起。

卡卢金娜　　　诺沃谢利采夫同志，您太放肆了！竟然敢在您领
　　　　　　　　导的办公室里大打出手！
诺沃谢利采夫　您的话很正确！这样不好！下次我在走廊里揍他。
卡卢金娜　　　您除了是个说谎者、胆小鬼和无赖汉之外，还是
　　　　　　　　个打架斗殴的能手！
诺沃谢利采夫　（温文尔雅地）是的，我是个硬核桃！
卡卢金娜　　　我觉得我应该对您进行再教育。
诺沃谢利采夫　太感谢您啦，您就对我进行再教育吧。不过您应
　　　　　　　　该心中有数 —— 我是个不太好管教的人。（走出
　　　　　　　　办公室）

　　　这个时候，舒拉找到了雷若娃。

舒　拉　　　　老太婆把我发配到了会计处，但我钻空子跑了
　　　　　　　　出来。

雷若娃 （开玩笑地）这是勇敢的行为！

舒　拉 （不怀恶意地）当然，同样作为女人，我是同情您的。但您的行为不道德！我不相信流言蜚语，但萨莫赫瓦洛夫同志向我介绍了情况！（神秘地压低了嗓门）我读了您的作文。一个有夫之妇，而且还是个母亲，突然间写起不体面的情书来了！我作为一个心地善良的同志，友好地劝劝您——丢掉这些想法，回到家庭和工作中去吧！

雷若娃 （勉强支撑住自己）他为什么让您读信？想让我成为人们嘲笑的对象？

舒　拉 您说什么啊！他根本顾不得笑。他是和我商量应该怎么帮助您。

雷若娃 我毫不怀疑，您一定给他出了好主意。

诺沃谢利采夫出现在办公室，舒拉一见到他立即逃之夭夭了。诺沃谢利采夫瞪视着她的背影。雷若娃坐着，纹丝不动。

| 第九场 |

卡卢金娜家。桌上摆着两份餐具。屋内空无一人。门铃响起。

卡卢金娜的声音　请进，门开着！

诺沃谢利采夫手提一盒糖果走进屋。他环视四周——显然，他是第一回到此地来。

阿纳托利·叶夫列莫维奇，是您？

诺沃谢利采夫　是我！

卡卢金娜的声音　把大衣脱了，请进屋坐，我马上就来！

　　诺沃谢利采夫脱下大衣，把它挂在衣架上，走进房间。

　　请坐，我马上就来！

诺沃谢利采夫　柳德米拉·普罗科菲耶芙娜，您别为我操心。

卡卢金娜的声音　您就像在家里一样随便好了。我马上就来。

　　过了一会儿，房间里的另一扇门开了，卡卢金娜出现在门口。

　　刚刚坐下的诺沃谢利采夫跳了起来，发呆地站着。柳德米拉·普罗科菲耶芙娜已经判若两人，无法辨认。韦罗奇卡的讲课产生了效果。卡卢金娜在摩登的理发师那儿新做了头发，她身穿一条漂亮的裙子，脚上是一双粗高跟鞋。卡卢金娜感到有些不自在，尽管外貌明显变漂亮了，但由于这种不自在，由于她身上的一切都是新鲜的、使人不习惯的，因此多少显得有点儿滑稽。

　　您为什么不说话？这身衣服不合适？我不应该这样打扮？我显得滑稽可笑，是吗？您说点儿什么吧！如果这样打扮太俗气了，我可以立即换掉。当然，我不会像样地打扮自己……发式也太怪了，是吗？

诺沃谢利采夫　（终于开口了）柳德米拉·普罗科菲耶芙娜，您太美了！

卡卢金娜　（不好意思地）您当真喜欢吗？

诺沃谢利采夫 （真诚地）非常喜欢！

卡卢金娜 （有点儿不好意思地走近桌子）阿纳托利·叶夫列莫
　　　　　维奇，请坐，咱们吃晚饭吧！

诺沃谢利采夫 （同样不好意思）非常感谢……（坐下）可以给您
　　　　　斟酒吗？

卡卢金娜 可以。非常感谢。

诺沃谢利采夫 （往高脚杯里倒酒）我们为什么干杯……（想祝酒
　　　　　词）祝大家都身体健康！

卡卢金娜 对，这是很好的祝酒词！

　　　两人把酒喝下。

　　　　　您吃这鱼，味道很好的。

诺沃谢利采夫 非常感谢。

卡卢金娜 您再尝尝这沙拉！

诺沃谢利采夫 非常感谢。也给您来点儿？

卡卢金娜 非常感谢。

诺沃谢利采夫 鱼呢？

卡卢金娜 谢谢。

诺沃谢利采夫 沙拉呢？

卡卢金娜 非常感谢。

　　　突然间，他俩的目光碰到一起，两人都笑了。

诺沃谢利采夫 （鼓起勇气）柳德米拉·普罗科菲耶芙娜，您知道
　　　　　吗？我预约登记了您的接见。这个星期三已经约

满了，韦罗奇卡给我安排在了下星期三。

卡卢金娜　找我谈什么？

诺沃谢利采夫　谈个人问题。

卡卢金娜　干吗非得等到下星期三，我们现在就可以解决这个问题。

诺沃谢利采夫　（不好意思地）您这么认为？

卡卢金娜　我坚信不疑。

诺沃谢利采夫　您知道吗？来的路上我就想，应该和您好好谈谈……可又不知道从何说起。

卡卢金娜　（微笑）那就从最主要的问题开始。

诺沃谢利采夫　（垂下眼睛）我有个建议……

卡卢金娜　合理化的？

诺沃谢利采夫　类似吧……

电话铃响。

卡卢金娜　（伸手到旁边一张桌子上拿起话筒）喂……（惊讶）阿纳托利·叶夫列莫维奇，是找您的！（给他话筒）

诺沃谢利采夫　（解释）您知道吗？今天就我两个孩子在家。我妈妈病了，我妹妹奥克萨娜把妈妈接到她家去了。所以我把您的电话号码留给了孩子们，万一有什么事情呢。您知道吗，就两个孩子在家……总的来说，孩子们挺乖的……您不生气吧？

卡卢金娜　哪儿能呢！

诺沃谢利采夫　（对着话筒）沃瓦，是你？出什么事啦？什么油漆

不够……你为什么到阳台去？（抱歉地看看卡卢金娜）我回家自己干……你们赶快上床睡觉！听到没有？赶快睡觉！（挂上电话）

卡卢金娜　发生什么事了？

诺沃谢利采夫　（尽量保持镇静）没有什么。他们的油漆用完了，问还有没有……

卡卢金娜　什么油漆？

诺沃谢利采夫　绿色的。我买来是为了漆阳台上的栏杆的。他们把它找出来，然后去漆厨房门了。漆整扇门，这些油漆当然不够……

卡卢金娜笑了。

总的来说，俩孩子很听话，不淘气。刚刚我和您说到哪儿了？

卡卢金娜　您想给我提个建议。

诺沃谢利采夫　对，对，自然……当然……不知道该怎么对您说，不知道您对此是什么看法……

卡卢金娜　别吞吞吐吐了，快说出来吧，要不我要开始激动了。

诺沃谢利采夫　我心里也很激动。您这儿有矿泉水吗？

卡卢金娜　这是柠檬水。

诺沃谢利采夫　我无所谓……给您也倒点儿？

卡卢金娜　好的。谢谢。

诺沃谢利采夫往杯子里倒柠檬水。两人很不平静地喝着。

说吧？

诺沃谢利采夫	现在就说……尊敬的柳德米拉·普罗科菲耶芙娜……我的建议是……您知道吗……您和我……如果做个比较的话……当然，我有孩子……两个，一个是男孩，另一个也是男孩，这当然是个障碍。
卡卢金娜	您怎么能这样看待孩子！
诺沃谢利采夫	（赶紧）请您别打断我，我会语无伦次的……这我就说得够别扭了……您是何许人也？您是优秀的组织者，热心的领导，给人留下强烈印象的妇女！而我呢？一个普通科员，其貌不扬，而且工资不高。我对您有什么用？我怕您……我在和您说话，可心里却在发抖……请别打断我！我配不上您，我美化不了您的生活……我的孩子挺好的，挺温顺的……请您别生我的气……（没有话了，因为他的辞令已经穷尽）

他不敢抬起头，否则他就能看到卡卢金娜是怀着何等的同情倾听着他。因为不知道接下去该做些什么，诺沃谢利采夫往两个高脚杯里斟了葡萄酒。

让我们举杯，为……

但是，诺沃谢利采夫准备为什么而干杯将永远成为一个谜。由于过分激动，诺沃谢利采夫在准备和卡卢金娜干杯时，把酒杯里的酒洒到了她那华丽的裙子上。卡卢金娜尖叫了一声。

（惊恐）哦，我闯祸了！

卡卢金娜　　没有什么可怕的 —— 您毁了我的裙子。红葡萄酒
　　　　　　是洗不掉的！

诺沃谢利采夫　（忙乱）应该马上撒盐……您把裙子脱下来。（猛
　　　　　　然醒悟过来）不，您别脱裙子。我给您往上撒
　　　　　　盐！（拿过盐瓶，抓了一撮盐往酒渍上撒）您别动。
　　　　　　得让葡萄酒溶解在盐里。

卡卢金娜　　（还在玩味诺沃谢利采夫的那段独白）别去管这裙
　　　　　　子了。反正我不会再穿它！

诺沃谢利采夫　您等会儿把它交给我。我回到家把这酒渍洗掉！

卡卢金娜　　算了吧。您别为这裙子难受了！（心慌意乱）可爱
　　　　　　的、好样的阿纳托利·叶夫列莫维奇！

诺沃谢利采夫　我拿回去用"消息"牌洗衣粉煮一煮，"莲花"牌
　　　　　　的不行！

卡卢金娜　　您再说一句，我就把这裙子烧掉……您坐下！

　　诺沃谢利采夫坐下。

　　　　　　您的表白深深地感动了我。我多么愿意相信
　　　　　　您……但我不能……我感到害怕……您哪儿是个
　　　　　　普通科员？您是那样地有修养，而我对您有什么
　　　　　　用处？

诺沃谢利采夫　可是，柳德米拉·普罗科菲耶芙娜……

卡卢金娜　　您别打断我！我刚才全神贯注地听您说话，没有
　　　　　　打断您一次。我一心扑在工作上……我的生活已
　　　　　　经定型了。我害怕改变。我是个老姑娘……我习

慣了发号施令，而且脾气急躁……我能把任何一个人的生活给毁了。但问题还不在这里……我不相信您……

诺沃谢利采夫　（痛苦地）为什么呢？已经有好几天了，我感到在这个世界上没有比您更珍贵的人了！

卡卢金娜　（回避他的话）您同样也使我感到珍贵，而且我常常想起您……但这没有意义……别打断我……我的生活中有过一次可悲的经历……也有过一个人追求我，和我交往了很长时间。后来他和我的一个女友结了婚！

诺沃谢利采夫　但我并不想和您的女友结婚！

卡卢金娜　您也没有那样的可能。我已经赶走了所有的女友。但这并不意味着我愿意嫁给您！就是这样……突然之间，过分仓促……

诺沃谢利采夫　请原谅，柳德米拉·普罗科菲耶芙娜，我是个脑子比较迟钝的人。我还没有听明白，您这算是同意，还是拒绝？

卡卢金娜　（真诚地）我自己也不知道……

电话铃响。

（拿起话筒）喂……好，沃瓦，现在就叫他接！

诺沃谢利采夫　他们又搞什么名堂了？（接过话筒）喂，快说，又发生什么事了？（听着电话，话筒从手里掉落下来）

卡卢金娜　（恐慌）发生了什么不幸？

诺沃谢利采夫　（颤着声音）他们不小心把猫掉进了垃圾道！

卡卢金娜快步来到走廊，穿上大衣。

柳德米拉·普罗科菲耶芙娜，您这是上哪儿？

卡卢金娜 （微笑地）去救那只猫……

| 第十场 |

还是这个单位的一个工作日。除了卡卢金娜外，所有人都在上班。萨莫赫瓦洛夫注雷若娃和诺沃谢利采夫的办公室里探头张望。

萨莫赫瓦洛夫 奥连卡，你出来一下好吗？

雷若娃来到走廊上。

（不知该从哪儿说起）奥连卡，你生活得怎么样？

雷若娃 （生硬地）生活得比谁都好！关于这一点，我每天都在以书信形式向你汇报。

萨莫赫瓦洛夫 （笑过之后，改用悠扬动人的语气）我亲爱的、心地善良的好人儿！

雷若娃 尤拉！你这是怎么啦？你有毛病吧？

萨莫赫瓦洛夫 奥莉娅，别嘲弄我！我读你的信，像读长诗一样！我甚至想象不到你能写得这样感人！（拍拍自己的口袋）我一直把它们带在身边！

雷若娃 （抬起头）你不必担心，我再也不写了……（强使

自己脸上浮起笑容）你就把信还给我吧。万一你把
它们丢了，或是被你妻子发现了呢！（笑着补充一
句）她会大吵大闹的！

萨莫赫瓦洛夫　（很情愿地把信还给了她）和这些信分手是很遗憾
的，但在我们的生活中，小心谨慎高于一切。（向
雷若娃挥手告别后，大步流星地向接待室走去）

经过这次谈话，他放心了，情绪随之也高涨起来。

（跨进接待室，春风满面）韦罗奇卡，我看着您，
每次都很满意。如果我再年轻一点儿，或是有另
外一种性格……哈哈哈！（走进自己的办公室）

韦罗奇卡　（嘲讽地看着他的背影）呵呵呵！

雷若娃回到自己的办公室。

诺沃谢利采夫　（没法使她高兴）从今天早上6点，我就开始擦
门上的绿油漆。怎么也擦不掉，反倒抹了自己一
身绿！

雷若娃　（向诺沃谢利采夫）明天我的阿列克谢就从叶先图
基疗养回来了。

诺沃谢利采夫　我很高兴。他是个好人。请你代我向他致意。

雷若娃　我也很高兴。星期天你带着孩子来我家玩儿。

诺沃谢利采夫　谢谢。一定去。

卡卢金娜在门口往里张望。她又穿着新裙子，但不是昨天泼
上酒的那条。

卡卢金娜　　（向诺沃谢利采夫）小猫怎么样？

诺沃谢利采夫　（站起，走到卡卢金娜跟前）它说自我感觉良好。
　　　　　　我有一个想法。晚上我们是否可以去剧院？

卡卢金娜　　一百年没有进过剧院了。那我们去看什么戏？

诺沃谢利采夫　这有什么区别？

　　两人都笑了。卡卢金娜往接待室走，而诺沃谢利采夫赶紧往
外走。

卡卢金娜　　韦罗奇卡，早上好！您看我打扮得怎么样？

韦罗奇卡　　（睁圆了眼睛）柳德米拉·普罗科菲耶芙娜，您太
　　　　　　精神了，人也变漂亮了！

卡卢金娜　　（笑）您猜猜我为什么迟到了？睡过头了！平生第
　　　　　　一回睡过头！您再看我这发型怎么样？（在韦罗奇
　　　　　　卡面前转了一圈）

韦罗奇卡　　太棒了！

卡卢金娜　　（高兴）我也这样认为！（坐在韦罗奇卡身旁）您和
　　　　　　谢尼亚的事儿进行得怎么样了？

韦罗奇卡　　（吃惊）您从哪儿知道的？

卡卢金娜　　您在电话里那样大嚷大叫，我在办公室里每句话
　　　　　　都能听到。

韦罗奇卡　　（一点儿也不害羞）昨天他让我和他的父母见了面。

卡卢金娜　　这很重要。这说明他真想跟您好。（站起）得去办
　　　　　　公了！

　　萨莫赫瓦洛夫从自己的办公室走到接待室，看见卡卢金娜。

萨莫赫瓦洛夫　柳德米拉·普罗科菲耶芙娜，您今天打扮得很漂亮！

卡卢金娜　（挑战的口吻）从今以后我都要这么打扮！（走进自己的办公室）

萨莫赫瓦洛夫　（向韦罗奇卡）韦罗奇卡，您消息灵通……柳德米拉·普罗科菲耶芙娜是怎么啦？

韦罗奇卡　您难道没听说？她和诺沃谢利采夫在谈恋爱。这事儿全单位都知道了。

萨莫赫瓦洛夫　（冷笑一下）办公室里的浪漫故事！（迟疑片刻。然后健步走进卡卢金娜的办公室）

卡卢金娜　（开心地）尤里·格里戈里耶维奇，咱们单位有什么新闻？

萨莫赫瓦洛夫　职工们都在议论一则新闻……

卡卢金娜　（无所顾虑地）什么新闻？

萨莫赫瓦洛夫　（做出犹豫不决的样子）算了，最好还是别说了……尽管……您反正会知道……

卡卢金娜　说吧，说吧……

萨莫赫瓦洛夫　一句话……怎么说呢……有人说，诺沃谢利采夫在追求您……

卡卢金娜　（骄傲地）是有这回事！这又怎么啦？

萨莫赫瓦洛夫　不，没有什么。但这会毁坏您的名誉。

卡卢金娜　（笑）我名誉这么好，是到了该毁坏的时候。

萨莫赫瓦洛夫　（蛊惑人心地）您还蒙在鼓里……我应该提醒您一下……您还记得您那次来我家吗……他那时就想跟您套近乎，"套近乎"是他的原话……为的是得到处长的职位……我不想给他抹黑……处长这工作他应付得了，他这个人还是有能力的，而且也不难理解他——当上处长，薪水就上去了，也能满足自己的虚荣心……（给予最后的打击）您可能以为我这是为了报复他胡编的，但其中有些细节我只能从他本人那儿听到……比如，他是怎样和您谈论蘑菇的事儿的……

卡卢金娜木然不动。

请原谅。（悄悄地走出去，回到自己办公室）

卡卢金娜先是一个人坐在办公室里，尽量控制着自己别号啕大哭起来，然后按对话机按钮。

卡卢金娜　薇拉，到我这儿来一下！把记事本带上！

韦罗奇卡带上记事本，走进卡卢金娜的办公室。

我要向您口述一项决定。您记一下！——任命担任轻工业处处长职务，并按照有关规定领取职务工资。我的签名。

韦罗奇卡　请原谅，您没说任命谁。

卡卢金娜　是吗？（慢慢地）阿纳托利·叶夫列莫维奇·诺沃谢利采夫。

诺沃谢利采夫走进机关，直奔接待室。韦罗奇卡已经离开卡卢金娜的办公室，坐在打字机前打字。诺沃谢利采夫走进卡卢金娜的办公室。

诺沃谢利采夫　　　我回来了！

卡卢金娜　　　（冷冷地）诺沃谢利采夫同志，请坐！

诺沃谢利采夫　　（不知所措地坐在椅子边儿上）票我买来了，但不是戏票，而是马戏票。您喜欢看马戏吗？我很喜欢看。

卡卢金娜　　　诺沃谢利采夫同志，我想向您表示祝贺！我一直在考虑处长的人选……您——有魄力，有知识，有干劲儿……（强调地）有进取心，而且不是一般的进取心……一句话，我已经签署了任命您当处长的决定。

诺沃谢利采夫　　为什么？我怎么冒犯您了？

卡卢金娜　　　您拒绝？

诺沃谢利采夫　　（悲伤地）在我出去买票的这段时间里，发生了什么？

卡卢金娜　　　这早就发生了。这是我对您的发明创造的酬谢……

诺沃谢利采夫　　（声音沮丧）我什么也没有发明……

卡卢金娜　　　（再也按捺不住）别谦虚了！和我调情，为的是得到处长的职位……

诺沃谢利采夫　　（颤着声音）我知道不会有好结果的。我没有权利为了升官而向您献殷勤。但我没有想到，过后我当真会爱上您！您甚至想象不到我那时是多么不爱您！

　　诺沃谢利采夫的自白是对卡卢金娜的沉重打击。

卡卢金娜　您是个可怕的人，诺沃谢利采夫！

诺沃谢利采夫　我是个可怕的人？

卡卢金娜　是您！说的就是您！您的行为无可辩解。我想，您甚至没有意识到，您的做法是多么卑鄙。

诺沃谢利采夫　（声音很轻）可是我有一个可能减轻我过失的理由——我爱您……

卡卢金娜　我不相信您！

诺沃谢利采夫　（恍然大悟）而您相信了萨莫赫瓦洛夫……

卡卢金娜　去干您的工作吧！您现在有了新的、有意思的工作。这工作需要您付出很多精力。您已经得到了您想要的东西。

诺沃谢利采夫　那马戏还看不看？

卡卢金娜　生活里的马戏已经足够我瞧的了！

萨莫赫瓦洛夫从自己的办公室走出来，给了韦罗奇卡几张纸。他看到了新的任命书，在知道了它的内容之后，冷笑了一声，来到走廊上。

诺沃谢利采夫　（就在门内）也许……

卡卢金娜　不必了。

诺沃谢利采夫　那么我拒绝这项任命，当处长付出的代价对我来说太大了！

卡卢金娜　又在说谎！

诺沃谢利采夫　我现在顾不得说谎。

卡卢金娜　对这些弦外之音，我已经不感兴趣了。

诺沃谢利采夫来到接待室，从韦罗奇卡桌子上拿起一张纸，在上边写着什么。

韦罗奇卡 （对着话筒）阿廖娜，是我！你昨天没有去娜塔什卡·叶戈罗娃家算是亏了！昨天那儿有个小伙子弹吉他唱歌……把人听呆了……后来他送我回家。不，和谢尼亚还没有散伙，我爱他，但总不能让我向他求婚吧。他太不主动了，弄不好我会突然之间嫁给另外一个人……（放下话筒）

诺沃谢利采夫 （向韦罗奇卡）如果您不为难……请您把我这份申请书转交柳德米拉·普罗科菲耶芙娜……

诺沃谢利采夫顺着走廊走去，和萨莫赫瓦洛夫撞在一起。诺沃谢利采夫没有和他打招呼，从他身边走过。

萨莫赫瓦洛夫 （笑道）托利亚，怎么不跟我打招呼啦？

诺沃谢利采夫 （站住）如果您一定需要，那么，尤里·格里戈里耶维奇，您好！

萨莫赫瓦洛夫 托利亚，你我之间不应该有任何不清楚的疑点。

诺沃谢利采夫 在我看来，你我之间一切都非常清楚。

萨莫赫瓦洛夫 我跟你直说了吧 —— 尽管对我来说做到这一点并不是很容易的 —— 你是好样的！我尊敬你！你打我一巴掌打得有理。

诺沃谢利采夫 （嘲讽地）尤拉，你走得太远了！

萨莫赫瓦洛夫 别讽刺了！来握个手！（把手伸过去）

诺沃谢利采夫 我看不起自己，就是因为我太没有棱角了！（握萨

（莫赫瓦洛夫的手）

萨莫赫瓦洛夫　你也不是那么简单的，我很高兴你已经当上处
　　　　　　　长了！

诺沃谢利采夫　我是你的人啊。

萨莫赫瓦洛夫　可又分道扬镳了！

　　诺沃谢利采夫回到自己的办公室，萨莫赫瓦洛夫也回到自己
的办公室。韦罗奇卡走进卡卢金娜的办公室。

韦罗奇卡　诺沃谢利采夫递来一份辞职报告。（把一张纸递给
　　　　　卡卢金娜）

　　这时，雷若娃在追问诺沃谢利采夫。

雷若娃　你当真决定辞职？

诺沃谢利采夫　（明显在说谎）你知道吗，我找到了另外的工作……
　　　　　　　单位就在我家旁边……工资也比这儿高……而且
　　　　　　　主要是那边工作更有搞头……

雷若娃　你以为我什么也不知道？你是因为她才想走的……

　　在卡卢金娜的办公室里。

卡卢金娜　〔向韦罗奇卡）把诺沃谢利采夫请到我这儿来！

　　韦罗奇卡走进接待室，拿起话筒。

韦罗奇卡　阿纳托利·叶夫列莫维奇，柳德米拉·普罗科菲耶
　　　　　芙娜请您去一下！

诺沃谢利采夫顺着走廊走去，走进接待室，打开卡卢金娜办公室的门。

卡卢金娜　　诺沃谢利采夫同志，我已经看过您的辞职报告！
　　　　　　（把它撕成碎片）

诺沃谢利采夫　（穿过办公室，走到桌子旁，拿起一张纸，从口袋里掏出钢笔，坐下写字）再写一份也不难！

卡卢金娜　　您新写出的辞职报告也是这个命运！

诺沃谢利采夫　那我写第三份！

卡卢金娜　　我照撕不误！

诺沃谢利采夫　我反正要走。我不想在您的领导下工作，我不愿意！

卡卢金娜　　算了吧，诺沃谢利采夫同志！我不会放您走的，您是一位不可取代的同志！

诺沃谢利采夫　我们这儿没有一个同志是不可取代的。您可以找一个更正派、更诚实、从不说谎的同事来取代我！

卡卢金娜　　您也可以给自己找一个更年轻、更漂亮的领导！

诺沃谢利采夫　（赌气）当然了，我找得到！现在这不成问题！

卡卢金娜　　（冒火）您每次都闯到这儿来侮辱我！

诺沃谢利采夫　我没有闯到这儿来，是您一次又一次地把我叫来，不让我好好工作！

卡卢金娜　　那您走吧，谁也不阻拦您！

诺沃谢利采夫　不，有人在阻拦我，就是您，卡卢金娜同志！您不在我的辞职报告上签字，我拿不到辞职证明。

卡卢金娜 　（咬咬牙）您写吧。我签字！

　　诺沃谢利采夫写。

　　　　　　写吧，写吧！我很想把您摆脱掉！

诺沃谢利采夫　我写完了！（递交辞职报告）

　卡卢金娜　　我想，您不至于在经济上有什么损失吧，马戏票
　　　　　　　不会废了吧？

诺沃谢利采夫　您不必担心，我一定照黑市票价出售。

　卡卢金娜　　（看辞职报告）写得不对。这里没有说明辞职原
　　　　　　　因。任何一个监察人员都能发现，我毫无理由地
　　　　　　　放走了一位宝贵的同志！（撕掉辞职报告）

诺沃谢利采夫　（气急败坏）好啊，您撕吧，我反正不会善罢甘休
　　　　　　　的！（又拿出一张纸，写）

　卡卢金娜　　您慢慢写吧！我等得不耐烦了！我还有一大堆工
　　　　　　　作要做！

诺沃谢利采夫　我已经写完了。（递交报告）

　卡卢金娜　　（看着报告，脸孔变色）这么说……您辞职是因为
　　　　　　　（读出声来）"我们单位的领导卡卢金娜同志是个
　　　　　　　自以为是的人！"

诺沃谢利采夫　正是这个原因！

　卡卢金娜　　（轻声）你是个多么敏感纤细、体贴入微、善良真
　　　　　　　诚的人啊！

诺沃谢利采夫　（同样轻声地）请别拿我开心了。

　卡卢金娜　　你是多么别出心裁地向女人献殷勤呀！你是个真
　　　　　　　正的现代男子汉！

诺沃谢利采夫　（气恼）你怎么能这样说我！（站起，推开椅子）

　　卡卢金娜也站起身，无言地推开另一把椅子。两人怒目相视。

　　卡卢金娜　你是多么可爱和迷人！
诺沃谢利采夫　你以为你是局长就可以胡来，就可以践踏人，就可以蛮横无理！土奶奶！

　　卡卢金娜暴怒地从桌子后跳起，跑过去用手抓住诺沃谢利采夫。

　　　　怎么的，你还想动手打架！
　　卡卢金娜　我说什么也不能放你走！我恨死你了！我要打断你的腿！
诺沃谢利采夫　我不让你打我，我不让你打断我的腿！（吻她）

　　办公室的门开了，舒拉走了进来。卡卢金娜和诺沃谢利采夫恐慌地从拥抱中分开。

　　卡卢金娜　（难为情地）您需要什么？您进来怎么不先敲门？
　　舒　拉　（目睹的情景使她大为吃惊）您交一卢布！阿拉·费多谢耶娃家添人口了。
　　卡卢金娜　提价了！玛莎·谢列兹尼奥娃生孩子只收了五十戈比！
　　舒　拉　费多谢耶娃生的是双胞胎！请交钱，请签名！
　　卡卢金娜　（交钱）诺沃谢利采夫同志，您就去领导您的轻工业处吧!

诺沃谢利采夫　（交钱）我不能当那个处长，否则大家会议论你提拔自己丈夫!

舒　拉　（迅速地估计了形势）请你们一人再交五十戈比!

诺沃谢利采夫　这又是为什么?

舒　拉　单位要买结婚礼物!

卡卢金娜　（一下子没反应过来）给谁的?

舒　拉　什么给谁? 给你们二位的呀! 请交钱，请签名!

剧　终

车 库 讽刺喜剧

刘 溪 —— 译

人　物

西多林　车库修建合作社管理委员会主席。动物保护研究所的主任兽医。除了在单位的工作，他的私人开诊业务也收入颇丰。西多林非常富有个人魅力，喜欢引人注目，相信自己有不可抗拒的吸引力。他是个夸夸其谈和做作的人。

阿尼克耶娃　管委会副主席。虽然是副主席，但她的实权在正职之上。这不只是因为她主管研究所的科研工作，还因为她雷厉风行的性格。她穿着严肃，不涂口红，不刷睫毛，不画眼线。虽然如此具有男性气质，但她仍然组建了家庭，养育了儿女和孙子孙女。

管委会秘书　她之所以适合这个职位，是因为懂得保守秘密。

马拉耶娃　其貌不扬，但她苍白的面孔上闪烁着不安定的大眼睛，她的眼神中透露着光芒、勇气和魅力。

斯米尔诺夫斯基　他嘛，唉，已经五十多岁了，但是，谢天谢地，还没到六十。他聪明，爱嘲笑人，有时甚至厚颜无耻，但总是小心谨慎。此外，他还是科学院的通讯院士。

玛丽娜　斯米尔诺夫斯基的女儿。年轻，有魅力。不久前，她丈夫因为爱上了另一个女人而抛弃了她，虽然那个女人并没有一个院士爸爸。玛丽娜内心所想的从不让任何人窥探。

娜塔莎　聪明可爱。就像斯米尔诺夫斯基带的所有女研究生一样，她也爱上了自己的导师。但却比其他人更成功，因为她也赢得了导师的垂爱。

古西科夫的妻子　一个头脑迷糊但可爱的女人。她善良，温和，没有主见，无害人之心。

赫沃斯托夫　一个秃头的男人，眼下失去了说话能力，也就是失了声。

费季索夫　一个老实人，说话直白。有一双巧手。

卡尔普欣　管委会的忠实奴仆。一个坚决果断，做事切合实际的人，会为自己铺路。总体来说，知道应该怎样活着。

雅库博夫　他已年过六十。有一张布满皱纹的，智慧而忧愁的脸，这表明他在漫长的岁月里饱经苦难和沧桑。

长号手　这不是一个整夜混迹于饭店酒馆的普通卖艺者。我们的这位音乐家是全苏音乐比赛的获奖者，在最大的交响乐团任独奏演员。他经常随乐团在世界各大洲巡回演出。

米洛谢尔多夫的儿子　一个极优秀的年轻人。穿着昂贵的外国衣装，面容俊朗，举止从容，信心十足，仿佛他就是生活的主人。

库沙科娃　一个三十五岁左右的女人，大眼睛，大嘴，大长腿，穿着一套特别时髦的牛仔布料套装。

肥胖的合作社社员　一个神秘的人。整个会议过程中都在酣睡。

阿尼克耶娃的丈夫　温柔地爱着妻子，敬佩着妻子。

新　郎　非常想去结婚，完全不想来开会。

第一幕

车库修建合作社全体股东大会在全苏动物保护研究所下属的动物博物馆召开。这里陈列着各种各样落满灰尘的哺乳动物、鸟类和爬行动物标本，使原本沉闷的会议气氛活跃了许多。在无生命的狼、乌龟和山鹰等动物标本之间，萎靡不振地坐着一个个仍然活着的合作社成员。

在主席台就座的，有正在做总结报告的管委会主席西多林，还有管委会副主席阿尼乞耶娃，以及管委会秘书。

西多林　（单调乏味地）……然后我们就被踢出了第三季度的竣工验收计划。看看吧，第八幼儿园给上面写了信，反对我们在幼儿园旁边建车库……上面派来了一个检查组……产生了一些无法预料的花销，大家都明白，请客、送礼是不可避免的了。接下来……隔壁楼的居民半夜在我们的建筑工地上种了一批速生树苗，同时又去执行委员会告状，说我们破坏绿化带……谢天谢地，有十一棵树苗没成活……嗯，然后检查组又来了，但是我们当然已经有所准备，在三棵发了芽的树苗上抹了重油……我们还得为这三棵死掉的树苗交罚款，但是地盘总算是保住了……在这件事上，米洛谢尔多夫同志给予了我们很大的帮助……这样的话，我们就重新进入今年的竣工验收计划了。这就是说，在最好的情况下，车库将会在明年第二季度完工，但是我们已经向建筑公司承诺会在今年签署交工验收报告……这样他们就能把活儿计入今年的工程量，获得超额累进工资，不过这就是他们的事儿了。一共发生了两起纵火事件。第一起是保卫室着了火，里面的用具和工作服都被烧了。第二起是木头围栏被点着了，我们值班的积极分子成功抓到了纵火者……结果却是一个有很多孩子的母亲，我们当然只能放了她。同志们！在车库的施工过程中，完全是意外地损害了电话线，导致隔壁楼的居民没法打电话……他们试图破坏我们的工程，打伤了管委会的一些委员……又产生了意外的花费……但我们还是决定赔偿人家的大衣……

马拉耶娃 （出现在大厅）大家好！（走到空位上，向同事们点头致意）

西多林 ……那位管委会委员在与闹事者沟通时受到了伤害。当然，我指的是大衣，而不是人。现在电话线已经修复，工程单位做了加快施工进度的保证，但上周工程队又没出工……他们临时被调去抢险了。但是昨天，同志们，已经把四名工人还给了我们。所以情况进展得还算不错……

阿尼克耶娃 （站起身）好，同志们，谁赞成……

社员们没等她把话说完，就习惯性地一齐举起手。

300

　　　　　　 ……赞成什么呀？（笑）谁赞成"动物群"车库
　　　　　　 修建合作社管理委员会的工作是 —— 合格的？

费季索夫　 （满怀热情地）为什么是合格的？我们认为管委会
　　　　　　 的工作是优秀的！

长号手　　 对！干得非常好！的确是非常优秀的！

卡尔苦欣　 （赞许地）简直是出色极了！

新　郎　　 （穿大衣）我们认为是极好的，然后就回家喽……

阿尼克耶娃　同志们，我们的工作不可能是优秀的，只能是合
　　　　　　 格或不合格的。谁赞成我们的工作是合格的？！

社员们一齐举手。

西多林　　 好的，全体一致通过！我代表管委会感谢大家。

古西科夫的妻子　可以走了吗？可以了吗？

社员们纷纷从座位上站起。

西多林　　 但是同志们，会议还没结束……下面由我们的秘
　　　　　　 书发言，有请阿拉·彼得罗芙娜。

秘　书　　 请大家先坐下！同志们，管委会请大家听取"动
　　　　　　 物群"车库修建合作社管委会关于过去一年财政
　　　　　　 开支情况的报告。

娜塔莎走遍大厅。

　　　　　　 在过去的一年完成了……

玛丽娜和斯米尔诺夫斯基看到娜塔莎走进来。

　　　　　　……在建设运营支出预算的范围内完成了一定的
　　　　　　施工工程量……

玛丽娜　　（对斯米尔诺夫斯基）爸爸，你的那位跑来了，真
　　　　　　是脸皮厚到家了。都找到会场上来了……

　　娜塔莎穿过大厅，走到斯米尔诺夫斯基和玛丽娜跟前。

娜塔莎　　（小声地）晚上好，帕维尔·康斯坦丁诺维奇！还
　　　　　　要多久啊？

斯米尔诺夫斯基　（发窘地）你来这儿干什么？

娜塔莎　　（秘密地）有件要紧事。我们到北极熊后面去
　　　　　　说吧！

秘　　书　我们给吊车司机发的奖金是从日班看守的工资预
　　　　　　算里挪用的，给日班看守发的工资是从铺柏油路
　　　　　　的经费预算中拨的。而铺柏油路的开支……则是
　　　　　　挂在绿化费用的账目上的。

斯米尔诺夫斯基　（对娜塔莎。他们已经藏到北极熊后面）你让我十分
　　　　　　难堪。

娜塔莎　　整个研究所，从看门的到所长全都知道你有肝
　　　　　　病！吃吧！（让他吃自己带来的凝乳）

斯米尔诺夫斯基　我指的不是我的肝病……

娜塔莎　　那是什么？

斯米尔诺夫斯基　你很清楚我指的是什么。

娜塔莎　　我不明白。

斯米尔诺夫斯基　这里这么多人，所有人都看到了！

娜塔莎　　（假装天真）看到什么了？（喂斯米尔诺夫斯基吃）

斯米尔诺夫斯基	（温柔地）娜塔莎，别淘气！
娜塔莎	咱俩的关系全所都知道。是我应该为自己的名誉担心，我是女人……而你，你有什么可怕的？你是个单身汉，是自由的人。
秘　书	所有费用都是严格按照预算支出的，但是同志们，也有一些超支的花销……比如说，墙泥子总共花了五十六卢布。五十六卢布当然没多少钱，但却没法报账，同志们。根据全体会议的决定，上次我们收了每人三十卢布的行政管理费。
肥胖的社员	记到"黑账本"里了，是吗？
秘　书	……我们还是不要管它叫"黑账"吧，我们的账目完全是公开透明的。我们可以把每个戈比的花销都说得清清楚楚。而且，计划外的招待费一共是五百五十三卢布，已经超出了我们上次收钱的总数，还有交通费……
马拉耶娃	真是讨厌……什么时候能结束啊？我那个淘气鬼还一个人锁在家里呢。
雅库博夫	他多大了？
马拉耶娃	已经七岁了。
雅库博夫	恐怕他长到八岁，说不定十岁了，我们的会还没开完呢。把他一个人留在家里，您不害怕吗？
马拉耶娃	他已经习惯了一个人在家……已经完全是个独立的小男子汉了。而且，我刚才已经抽空跑回去给他做饭了。（笑）
秘　书	管委会请大家表决通过财政开支情况的报告。

303

阿尼克耶娃　谁同意，同志们，请表决……

　　社员们又一齐举起手来。

　　　　　　……全体一致通过，谢谢大家。

西多林　　（从主席台后面站起身）还有一个很小但又很大的
　　　　　问题。

玛丽娜　　（叹了口气）生活就是由一连串的问题组成的……
　　　　　而我却希望它是由一连串的答案组成的。

米洛谢尔多夫的儿子　（跟玛丽娜坐在一起）想必都是肯定的答案了？

玛丽娜　　（讽刺地）是的！但不是来自您的！

米洛谢尔多夫的儿子　（好像悲痛地）这样啊……看来一开始得到的答案
　　　　　是否定的……

古西科夫的妻子　您看，我竟然买到了鸡、活鲤鱼和火腿。

西多林　　我明白，鸡是很重要的，但请您保持安静。

古西科夫的妻子　（把鸡放回网兜里）对不起……但是……

西多林　　同志们，这是一个非常棘手的问题……甚至是有
　　　　　些让人伤心的……

　　娜塔莎和斯米尔诺夫斯基从北极熊后面走出来，坐回到自己
的位置上。

　　　　　　就我个人来说，这简直让我痛心不已。

　　胖社员靠在河马身上，闭上眼睛。

　　　　　　（讨好地）大家都知道，亲爱的同志们，我们计

划建三十三间车库，所以一共吸收了三十二个人入股，剩下的一间车库作为公用的维修间。但是……几天前确定了我们区的总体改造规划。就在广场对面，也就是我们建车库的地方，将要建设高速干道……可惜的是，它正好占了我们的一块地。（叹气）所以得少建五间车库了……

卡尔普欣　（疑惑不解地）干道就不能移到别处吗？

西多林　（摊开两手）同志们……我们已经想尽办法劝说区里的有关单位不要占用我们的地方……但你们也知道，这是主干道，是笔直的，全市都需要它。我们得到的答复是：唯一的出路就是……减少五个入股的名额。

斯米尔诺夫斯基　（对女儿和娜塔莎，小声地）看着吧，天知道一会儿会闹成什么样。

西多林　我们立即召开了管委会紧急会议。我们首先决定的就是放弃维修间。

阿尼克耶娃　（殷勤地）对我们来说重要的是人，而不是车。

西多林　所以我们被迫减少的只是四个名额，而不是五个了。

费季索夫　可不是嘛，四个是比五个强，但没有三个好。（笑）

阿尼克耶娃　费季索夫……

胖社员　（已经昏昏欲睡）笑什么呀！别打扰我！

西多林　同志们，我们十分谨慎地权衡了每一位候选人。所有方面我们都考虑到了……谁什么时候交的钱，为工程做了多大贡献，有没有去各个部门拉关系，是否参加过星期六的义务劳动，晚上有没有守过夜……现在我就来……宣读我们建议开除……也就是建议退出合作社的人员名单。

阿尼克耶娃 （把话说得更清楚）有什么不好意思的，情况就是这样，只能开除几个人，很遗憾。

西多林 （假装热忱地）这几个人马上就会被列入后备名单，我们还会争取第二期工程的……对不起，生活就是生活，生活中总是充满意外……

玛丽娜 （对父亲）看吧，我马上就会被赶走了，咱们可是一家占了两间车库……

娜塔莎 谁也不敢动帕维尔·康斯坦丁诺维奇的。

玛丽娜 （对娜塔莎）谁问你了。（又对父亲）但却可以对他的女儿下手啊。爸爸，你认为他们会吗？

斯米尔诺夫斯基 我觉得你说起话来就像是一个喝醉酒的粗人。

玛丽娜 爸爸，现在大家都这么说话，甚至是你的小女朋友。

娜塔莎 （面有愧色地）有时候不得不用一些过分的词，否则人们就不明白。

西多林 那么，我就忍痛宣读名单吧。

阿尼克耶娃 读吧！

西多林 （好像犹豫不决地）我很痛心地宣读这一名单……

阿尼克耶娃 （冷酷地）读啊。

新 郎 快点儿读吧！

西多林 谢苗·亚历山德罗维奇·赫沃斯托夫……

屋子里的所有人都转头看着赫沃斯托夫。

> 我们所有人都跟赫沃斯托夫同志站在一起，想要维
> 护他、保住他，我们已经尽了全力……

阿尼克耶娃　但是我们的能力也是有限的，同志们！

赫沃斯托夫环顾四周，惊惶地站起。

西多林　第二位，是叶夫根尼·伊万诺维奇·古西科夫。

现在所有人都望着古西科夫的妻子。

> 我们对古西科夫同志怀有深深的同情……

古西科夫的妻子　（以愚蠢的声音大喊）怎么是古西科夫？为什么是
　　　　　　　古西科夫？我就知道。（跑到主席台的桌前）够
　　　　　　　了！我不允许你们欺负我的丈夫。

阿尼克耶娃　古西科夫的妻子，别激动！

古西科夫的妻子从西多林手中夺过名单，把它撕成碎片。

古西科夫的妻子　我的古西科夫在研究所里是出了名的受气包。明
　　　　　　　明是他的科研成果，得奖的却是别人，我的古西
　　　　　　　科夫什么都没有……

西多林　请冷静，请冷静！（递过一杯水）

古西科夫的妻子　（推开水杯）不，别打扰我，我不需要……我的丈
　　　　　　　夫为巴黎的研讨会写了学术报告，去巴黎购物的却
　　　　　　　是您，阿尼克耶娃同志……而我的古西科夫呢，没

去成巴黎不说，还被派到了偏僻的下塔吉尔[1]。每天的出差补助才两卢布六十戈比。（哭）结果呢，我的古西科夫就在下塔吉尔得了脊神经根炎……

阿尼克耶娃　古西科夫的妻子，请安静，坐下，不要扰乱会场。去巴黎那次是集体决定让我去的！首先，我是科学博士，而且，我的鸟类学研究专著已经被译成了法语。我非常想让古西科夫……也去。至于购物的问题——我可是把所有钱都花在购买学术著作上了。

古西科夫的妻子　（停止大哭，刻薄地）是吗？那录音机是谁带回来的？

阿尼克耶娃　您看见了吗？

古西科夫的妻子　看见了。

阿尼克耶娃　……您听见了吗？

古西科夫的妻子　听见了！

阿尼克耶娃　……您把它打开了？

古西科夫的妻子　是的！

阿尼克耶娃　（控制住自己的情绪，又温柔地）……唉，您怎么不害臊，坐下吧……

古西科夫的妻子离开主席台。

简直像个孩子，一点儿不假。

西多林　（对秘书）劳驾您，把名单的复印件给我。（接过

---

① 位于乌拉尔山脉的工业城市。

复印件）谢谢！（宣读下一个不幸者的名字）维塔
利·库兹米奇·费季索夫。唉，你们瞧，费季索夫
同志……也在这一令人悲痛的名单里……

费季索夫　（慢慢站起）你们怎么回事？你们怎么能把我踢出
去？为了这辆车，我都当了叛徒！

　　谁也没有预料到这样的话，大厅内一阵长久的、死一般的寂
静。而后，挪动椅子的细碎声音打破了寂静。椅子腿在地板上发
出摩擦声，这是坐在椅子上的人在拖着椅子远离费季索夫。他的
周围出现了一片意味深长的空地。

卡尔普欣　（第一个反应过来）如果真是这样，那把你除名就
是对的！

阿尼克耶娃　（对秘书，小声地）把叛国的事实写进会议记录！

　长号手　（对费季索夫）别人给了你多少钱？是硬通货还是
卢布？

费季索夫　是卢布。够我买一辆"扎波罗热茨"和盖车库
的了。

　玛丽娜　为什么这么贱卖？应该可以卖更高的价钱呢！

费季索夫　要知道，那可不是什么莫斯科近郊的别墅，像某
些人的那样……而是乡下的房子……一块十五公
顷的地……一栋两层小楼，院子里什么都有……
现在人们都不喜欢这种宅子了，人们都变得有文
化了。那儿离铁路有七点五公里，你就拎着网兜
走吧，但是从房子里能看到河边的景色。

阿尼克耶娃　（对秘书，小声地）把这段从会议记录里删掉。

长号手又坐回到费季索夫身边。

费季索夫 ……河对岸有片草地。这栋房子是我爷爷盖的，我爸爸和我都是在这所宅子里出生的，而我却是个叛徒。我妈妈去世后，妻子总是在我耳边唠叨，卖了吧，卖了吧。谁需要这个破玩意儿？而我们院子里的板棚可是铁皮顶的，地窖又是多棒呢……

阿尼克耶娃 （对西多林）这段抒情插曲该叫停了吧。

费季索夫 在我们那里，如果你们还想听的话……现在河里还游着鱼！不用什么治理环境的措施，没有什么研究所的帮忙！可我却把它给卖了，而管委会又出卖了我……

胖社员把头靠在河马身上，香甜地打鼾。

卡尔普欣 （看了一眼熟睡的胖子）看看人家昆虫研究室主任！

新　郎 估计是成天追花蝴蝶跑累了。

费季索夫 ……瞧人家多舒服……

西多林 （结束最后的判决）最后一位 —— 亚历山大·格里戈里耶维奇·雅库博夫，这是无比让人惋惜的……

所有人都扭头看着雅库博夫。

……我个人认识……雅库博夫同志，就像人们常说的，已经一辈子了。

阿尼克耶娃 是的，而且这些年我们知道的都是他的优点……

西多林 但是我们当中还是得有人应当，也就是说，请原

310

谅，我们必须……

此时，赫沃斯托夫带有威胁意味地走近主席台。这个赫沃斯托夫就是第一个被开除的人，而他现在才意识到发生了什么，并开始反抗。他激动地做着手势，张嘴说着什么，但人们什么都听不到。

阿尼克耶娃　赫沃斯托夫，不要绷紧声带，这对您是有害的。

库沙科娃　从哪儿冒出来这么一个话都说不清的人？

娜塔莎从座位上突然站起。

娜塔莎　（燃烧着崇高的愤怒）这样说是不对的，是不正派的。谢苗·亚历山德罗维奇是我们最优秀的实验员。

米洛谢尔多夫的儿子　最优秀的人总是带头走在最前面。

娜塔莎　我要给大家详细地讲一下。

米洛谢尔多夫的儿子　用不着详细说。

玛丽娜　娜塔莎，你不是合作社成员，安静坐下吧，而且我完全不明白，你在这里干什么？

新　郎　（大声地）同志们！我要回家，去找我的新娘子！我可是直接从婚礼上跑过来的。

娜塔莎跑到主席台前。

娜塔莎　（激动地）谢苗·亚历山德罗维奇·赫沃斯托夫的工作是与北冰洋的动物相伴。他温柔地爱着我们的海豹博里亚……而当博里亚生病的时候，谢苗·亚历山德罗维奇就自己跳到冰水池子里给它喂药。他就是这样着了凉，失了声，医生说要好久才能好呢。

库沙科娃 （挖苦地）多感人的故事啊。

长号手 给海豹吃的什么药？

娜塔莎 谢苗·亚历山德罗维奇大声抗议这种不公正地、无良心地开除赫沃斯托夫的行为。我转达的对吗？

赫沃斯托夫用力地不断点头。

玛丽娜 瞧他那点头的样子，多像一只受过训练的海豹。

阿尼克耶娃 赫沃斯托夫，请走开，瞧您引起了多大的吵闹！

西多林 ……同志们！我们是对每个人分别表决呢，还是整个名单一起表决？

众人的声音 表决吧，快表决吧。

卡尔普欣 当然是整个名单一起表决，弄那么麻烦干吗？

马拉耶娃 （对雅库博夫）亚历山大·格里戈里耶维奇！应该斗争！

雅库博夫 这是没用的。没被除名的人比我们多那么多呢。他们自然都会给我们投反对票的……

马拉耶娃 不，不可能每个人都是。

西多林 那么，亲爱的朋友们，我们就对整个名单投票吧……

古西科夫的妻子 （使劲儿大叫）等等，不要举手，你们之后一辈子都洗不清的……

阿尼克耶娃　（采取经常使用的蛊惑人心的手段）古西科夫的妻子，您干吗这么紧张，也许大家不同意管委会的决定呢？

斯米尔诺夫斯基　我们合作社永远都同意管委会的决定。

长号手　不同意管委会的决定……这就等于是迎着风……吐痰。

　　　　古西科夫的妻子快速走到主席台前。

古西科夫的妻子　同志们，我请求你们，可怜可怜古西科夫吧，他是个腼腆的人。我们放在院子里的车每天晚上都被偷走点儿什么，昨天车前灯就被偷走了……

西多林　同志们！谁赞成？

秘　书　……一、二、三、四……

古西科夫的妻子　（大喊）首先应该问谁反对！（举起双手）

西多林　您怎么能把两只手都举起来呢，我亲爱的女士？

古西科夫的妻子　因为我们这里有的是马屁精、跟屁虫、无赖和恶棍，而我们这些诚实正派的人太少了，要是我穿着长裤，那我还会举起双脚的。（哽咽，哭泣）

阿尼克耶娃　古西科夫的妻子！离开这儿。您的行为是不道德的。离开会场。

古西科夫的妻子　……除非把我押走……

西多林　同志们，我明白这是一个非常让人伤心的过程，但却是不可避免的……让我们来投票吧，要不然我们的会永远都没法结束了。

马拉耶娃　您这么做真不怎么光彩……

长号手　是的，这是让人羞耻的，同志们，但还是得投票啊！

众人的喊声　当然了……投票吧！来吧，马上结束吧！还要等多久啊！

雅库博夫　（神经紧张，不连贯地）请让我说两句！有一个问题我需要……弄清楚！据我所知，合作社成员名单里出现了一个不知道是谁的，叫米洛谢尔多夫的人，可我们在会议上并没有接受过这个米洛谢尔多夫入股呀……

阿尼克耶娃　（惊恐）您怎么可以把米洛谢尔多夫同志称为"不知道是谁的人"呢？

西多林　给各位尊敬的合作社成员通报一个信息……管委会的确将米洛谢尔多夫同志的儿子增补进了名单。（有所暗示地）我们从来没有怀疑过，现在也不怀疑这一决定会引起任何反对意见。

费季索夫　这算怎么回事？大领导的儿子走后门被塞了进来，而我呢，本单位的工作人员却被踢了出去。

卡尔普欣　让我来说两句吧！（每个管委会总有一些忠实的奴仆）这儿都是自己人，咱们就打开天窗说亮话吧。自从我们把米洛谢尔多夫同志的儿子吸纳进合作社以后，工程进度就明显加快了——大家还记得吗，在这之前我们磨磨蹭蹭了多少年。

雅库博夫　您刚才说的，就好像我们的车库是非法建筑似的。而我在任何时候干任何事都喜欢走合法的途径。

玛丽娜　合法的大道可以走，但却很难走到头！管委会的同志们！请给我们介绍一下恩人的儿子吧！

西多林与阿尼克耶娃交换眼色。阿尼克耶娃叹了口气。

西多林　小米洛谢尔多夫同志，您不反对让参会者们看看您是谁吧？

米洛谢尔多夫的儿子　不，不，不反对。（懒散地站起）

库沙科娃　多出色的人！

长号手　这件皮夹克是哪儿弄的？

米洛谢尔多夫的儿子　新加坡。

长号手　真够远啊！

米洛谢尔多夫的儿子　我可以坐下了吗？

费季索夫　他怎么没在广场中央给自己建一个车库呢！

阿尼克耶娃　当然，请坐吧！

米洛谢尔多夫的儿子　谢谢大家的关注。（坐在玛丽娜的旁边，看到她那讥讽的眼神）我是他的儿子又不是我的错。父母是没法选择的，虽然我对自己的父母还是挺满意的。您怎么称呼？

玛丽娜　玛丽娜。只是……我请您不要说出自己的名字。那样您对我来说就永远只是……米洛谢尔多夫的儿子。这就是我们这个时代的浪漫情调。

西多林　请大家投票。

社员们举起手。

赫沃斯托夫坚定地走向主席台。他拿起长颈玻璃瓶递给西多林，把玻璃杯递给阿尼克耶娃，把托盘交给秘书。

阿尼克耶娃　赫沃斯托夫！离开！您已经发过言了！

但赫沃斯托夫没有走开，而是爬上桌子，趴在了文件上。一开始所有人都慌张起来，但一会儿便响起了参差不齐的笑声。

（盛怒）赫沃斯托夫，马上离开主席台！
古西科夫的妻子　（大声地，高兴地）他是不会离开的。他趴在那儿是在表示抗议！
　娜塔莎　可怜的人，他不能说话，只能以这种方式来抗议。

阿尼克耶娃试图把赫沃斯托夫从桌子上拽下来。西多林脸上带着抱歉的微笑过来帮忙。秘书拽赫沃斯托夫的腿。

卡尔普欣　合作社社员可真不简单！咱们的会开得够可以的！

在场的人都以毫不掩饰的兴趣观看着这场对战。

米洛谢尔多夫的儿子　（对玛丽娜）我们来打个赌吧？您认为哪边会赢——赫沃斯托夫还是管委会？
古西科夫的妻子　同志们！我买的冻鸡都化了。
　西多林　（恼火地）您和您的鸡都安静一会儿行不行！
阿尼克耶娃　（已经在与赫沃斯托夫的搏斗中筋疲力尽）好了！他喜欢趴在这儿，那就让他趴着吧！我们来投票，同志们！
　费季索夫　（竭尽全力大喊）不要投票！不要让他们得逞！我哪里不如别人？我跟所有人一样，也交了同样的钱。

长号手　（对费季索夫）静一静，静一静！

费季索夫　离开这儿，吹小号的！

长号手　不是小号，是长号！

费季索夫　我把房子都卖了，还种了十二棵苹果树，都照料得好好的，都结了苹果。所有的义务劳动我也都参加了……太欺负人了……我要给你们好看！

阿尼克耶娃　（用命令的语调）闭嘴！够了！立正！一个把文件撕了，另一个趴在桌子上，第三个歇斯底里发作了，还说什么苹果树，这个私有者——您不喜欢我们的制度吗？

雅库博夫　（忧伤地）您的制度——不喜欢。而且请您不要把自己与苏维埃政权画等号。您的管委会完全是独断专行。只有集体才有权决定多余的四个人都是谁！

卡尔普欣　不要没完没了了，主席同志！我们难道要一直在这里坐到明天早上吗？

众人的喊声　投票！投票！

娜塔莎　（对斯米尔诺夫斯基）全都昧着良心。难道您就不替他们说句公道话吗，帕维尔·秉斯坦丁诺维奇？您的话他们会听的！

玛丽娜　我爸爸这辈子已经保护了够多的人。结果呢，无论是他还是他保护的人，都付出了高昂的代价……

斯米尔诺夫斯基　都是过去的事了。

玛丽娜　……别再管闲事了，小心被拖累！

斯米尔诺夫斯基 （真心地）我是不会参与的！

费季索夫 （没有停息）不管怎样，我是不是都有权知道合作社里哪些人不是我们研究所的？

西多林 （温柔地）我亲爱的！当然了，您当然有权知道。

费季索夫 （不罢休地）那就说出来吧！

西多林 （对还趴在桌子上的赫沃斯托夫）劳驾您抬一下肚子！我要拿名单！

代替回答的，是赫沃斯托夫更用力地贴紧了桌子。

阿尼克耶娃 真是见鬼了，这个无赖！（对西多林）您不是已经记住了嘛。

西多林 那好吧。（对所有人）"动物群"合作社是在我们研究所的主持下成立的。但一开始申请加入的人数不够。大家知道，人总是摇摆不定、犹豫不决的。所以我们吸收了几个虽然不在我们所工作，但住在附近的人。这些人当中有英勇的上校；有迷人的著名外交官，现在他在国外；还有同样知名的功勋演员，他是著名乐团的长号手，现在就坐在大家面前……

长号手向大家点头致敬。

我们在会议上通过了吸收他们入股的决议，我们不能因为他们不是我们研究所的人就把他们开除。况且他们在车库的修建中都发挥了最积极的作用。

雅库博夫	（冷嘲热讽地）您的记性可真奇怪……您竟然忘了是到慷慨大方、神通广大的市场经理了。
古西科夫的妻子	（尖叫）哪儿来的市场经理？这根本就没有经过我们的同意，我们没有表决过！
马拉耶娃	她说得对！
费季索夫	次小号的是表决过的！
长号手	（紧张地）是长号！
费季索夫	哎呀，反正都一样！将军也是表决过的！
秘书	（纠正）是上校！
费季索夫	都是一回事。外交官我也记得！但是市场经理没有！
阿尼克耶娃	不，有！如果这个精神病从桌子上下来，我就给你们看会议记录。
雅库博夫	市场经理是你们后加进去的。我们这个时代没有任何秘密。
西多林	亲爱的，您怎么敢说这种话？
雅库博夫	我就敢，而且我也不是你什么亲爱的！
新郎	快结束吧！我要回家，去找新娘子，她那么漂亮，还穿着白色的婚纱……
费季索夫	是啊！这跟您毫无干系，而我们呢……
古西科夫的妻子	（喊道）同志们，这个管委会里全是骗子。市场经理给你们都塞了钱……
西多林	（试图让所有人恢复秩序）别像赶集一样吵嚷了！
玛丽娜	更确切地说，不是赶集，而是逛市场！
阿尼克耶娃	古西科夫的妻子，您要对散布流言负责！

古西科夫的妻子　阿尼克耶娃同志，您要对收受贿赂负责！

　费季索夫　（以暴徒般的声音）市场经理在哪儿？把他给我找
　　　　　　出来！我要拿他开肉铺！

　　库沙科娃从座位上站起，微笑着走向主席台。大厅里一阵短
暂的混乱。所有人都以为会看到一个蛮横的壮汉，没想到却是一
位漂亮优雅的女士。

　长号手　哎哟！
　库沙科娃　（温柔地朝着费季索夫微笑）请吧，拿我开肉铺吧……

　　米洛谢尔多夫的儿子吹了声口哨。

　　　　　　（依旧对费季索夫）您打算一公斤出多少钱？不知
　　　　　　道吗？我告诉您吧。这个地方（指给他看）叫作
　　　　　　小腿。这儿的肉不会高于四卢布，只能用来做肉
　　　　　　冻，往上呢……
　费季索夫　我知道！
　库沙科娃　您不知道！（掀起裙子）这儿是大腿！这里要五卢
　　　　　　布，可以用来做菜前汤，也可以用来做正菜。
　长号手　（打量的目光）不错的大腿！
　库沙科娃　再往上呢，您知道，就是后臀尖了，谁都喜欢这
　　　　　　儿的肉。这里肉多骨头少，要六七卢布呢！
古西科夫的妻子　真是个不要脸的娘儿们！
　库沙科娃　以您的小市民观点来看，如果一个人在市场上工
　　　　　　作，那么他就一定是小偷或贪污受贿的人了？

阿尼克耶娃　（不解地）她在市场上能偷什么？又不是国营
　　　　　　商店！

库沙科娃　我在市场上能偷什么？磅秤？白大褂？还是摊位？

阿尼克耶娃　的确如此！市场早上7点钟开门，她5点30分就
　　　　　　得起床。

库沙科娃　是4点30分，我每天累得就像服苦役的犯人！

费季索夫　这话不假，看她的样子就是要去坐牢的。（笑）

古西科夫的妻子　的确，监狱正等着她呢。

阿尼克耶娃　（责备地）人家一大清早起来，就是为了您——古
　　　　　　西科夫的妻子——能够买到新鲜的蔬菜、肉、奶
　　　　　　渣和水果。

古西科夫的妻子　我可买不起市场上的东西，我跟您——阿尼克耶
　　　　　　娃同志——不同，我不是管委会委员，没人给我
　　　　　　送东西。

库沙科娃　（终于爆发了）闭嘴，神经病！

阿尼克耶娃　（对古西科夫的妻子）你们听着，马上停止这些龌
　　　　　　龊的暗示，不要在我面前指手画脚的。

雅库博夫　您这是怎么啦，阿尼克耶娃同志？这么使劲儿地
　　　　　　护着她，这很让人怀疑呀……

阿尼克耶娃　类似的话题我谈都不想谈。

古西科夫的妻子　那是为什么？

　　　阿尼克耶娃没有屈尊回答她的问题。

费季索夫　……我提议把市场经理撵出去！

库沙科娃讥讽地冷笑。

卡尔普欣　我反对。管委会在会前是做了充分准备的……

古西科夫的妻子　（打断）是啊！是在市场上做的准备吧，在西红柿中间……

玛丽娜　我要是现在能吃个西红柿！

卡尔普欣　西红柿跟这有什么关系，我真是不明白！我坚持认为……

雅库博夫　您说得够多了，管委会的哈巴狗！

卡尔普欣　（坚决地）是的，我喜欢我们的管委会，我喜欢我们研究所的领导班子，因为我反对无政府主义，我拥护秩序和纪律。我站在多数人的一边。什么都得靠像我这样的人的支持。而对你们来说，个人利益是最重要的，也就是说，只要有了车库，其他的就都无所谓了！

雅库博夫　恰好我们几个并没有车库。

卡尔普欣　这是个别人的问题，与全体的事业是无关的。

古西科夫的妻子　您说这样的话简直就是……不讲道理！

费季索夫　同志们，同志们！为了全体的事业，我提议重新选举管委会。

马拉耶娃　对！

玛丽娜　（激动地）马上就要打起来了！

古西科夫的妻子　对！要重新选举！（举手）

卡尔普欣　怎么会这样？这是要干什么？放下手！（用力按下古西科夫的妻子举起来的手）

古西科夫的妻子　您真是个骗子！

　　费季索夫响亮地吹口哨。

阿尼克耶娃　费季索夫，不要耍流氓！

古西科夫的妻子　（对赫沃斯托夫，激动得喘不上气来）喂，朋友，往
　　　　　　　　边上挪一挪，我跟你躺在一起，我们一起抗议！

　　赫沃斯托夫听话地挪地方，古西科夫的妻子爬上桌子，趴在
他的身旁。

斯米尔诺夫斯基　真是无可救药了！

　　玛丽娜　（笑）好戏还在后头呢！

　　新　郎　（跑到西多林跟前）您到底是主席呢，还是一条
　　　　　　冻鱼？

　　长号手　快投票吧，天哪！我们已经在这里坐了四个小时。
　　　　　　不能再这么吵下去了。

　　嘈杂声。

　　叫喊声　结束混乱！恢复秩序！

　　西多林　谁赞成管委会的名单？

阿尼克耶娃　是啊，是啊！

　　西多林　请举手！

　　古西科夫的妻子和赫沃斯托夫敲打主席台的桌子。费季索夫
又吹口哨。库沙科娃、西多林、阿尼克耶娃举手表决。

古西科夫的妻子 （大喊）……滚开，滚开！

　　　　长号手拿起乐器用力吹奏。卡尔普欣捂住耳朵。

卡尔普欣 （对长号手）别吹了！您怎么了，傻了吗？
长号手 （不再吹）谁同意管委会的名单，请投票！（自己
　　　　第一个举手）
卡尔普欣 嗯，这就对了嘛。

　　　　社员们投票。失声的赫沃斯托夫试图吹口哨。西多林和阿尼
克耶娃捂住他的嘴。秘书统计票数。

秘　书 一、二、三……别吵了！四、五、六、七、八……
古西科夫的妻子 真可恶！
秘　书 九、十。别干扰我！十一……
米洛谢尔多夫的儿子 想想吧，在那些没被除名的人当中，竟然没有一
　　　　个正派的人。
玛丽娜 那您自己呢？
米洛谢尔多夫的儿子 我并不想成为这样的人。
西多林 谁反对？

　　　　投反对票的只有被除名的费季索夫、雅库博夫和两个趴在桌
子上的人。

　　　　有人弃权吗？
马拉耶娃 我弃权。
米洛谢尔多夫的儿子 可算还有半个正派人，谢天谢地。

马拉耶娃　我不想参与这种丑事。

西多林　（不理睬马拉耶娃的话）……谢天谢地，同志们，
　　　　祝贺大家，这个问题可以说已经解决了。

　　　社员们开始四散。

斯米尔诺夫斯基　（沮丧地）我也应该投反对票的。这虽然不会有什
　　　　么用处，但我至少不会这么厌恶自己了。我是怕
　　　　了，毕竟我们一家占了两间车库。

玛丽娜　好啦，别折磨自己了。如今良心这玩意儿已经不
　　　　流行了。

娜塔莎　我们这些知识分子就好做些龌龊事，然后再长久
　　　　地责备自己。

西多林　（向所有人发出号召）同志们！请等一等！不要
　　　　担心，没什么可怕的，但我们不得不再次打劫你
　　　　们——请每个人交四十卢布的意外支出费。

　　　社员们开始活跃地交谈，自觉地在管委会秘书面前排队。

阿尼克耶娃　（疲惫地）古西科夫的妻子、赫沃斯托夫，从桌子
　　　　上下来吧。你们已经不是我们合作社的人了……

长号手　只有合作社成员才有权在主席台上睡觉。

卡尔普欣　（笑）说得好！

　　　古西科夫的妻子和赫沃斯托夫顺从地从桌子上下来。西多
林、阿尼克耶娃和秘书看到空荡荡的光亮桌面，大惊失色。

阿尼克耶娃　名单呢……怎么回事？

西多林　哪儿去了……什么……怎么搞的？

阿尼克耶娃　（惊慌地）同志们！他们偷走了我们的文件，全都偷走了！

卡尔普欣　（愤怒地）你们知道吗，这简直太过分了！这已经是犯法了！

长号手　把文件交出来吧，你们已经没戏了！

西多林　赫沃斯托夫，亲爱的，您拿我们的文件干什么？

古西科夫的妻子　他才没有偷你们的文件。（幸灾乐祸地）他把文件给吃了，我就趴在他旁边，亲眼看见他一页一页吞下去的。

大厅里一阵慌乱。笑声。

斯米尔诺夫斯基　我打了一个寒战。

长号手　怪不得我们总是缺少纸张。

马拉耶娃　谢苗·亚历山德罗维奇，您真的都吃下去了？

赫沃斯托夫肯定地点头。

多谢了！（趁人不注意，走向门口）

西多林　（对赫沃斯托夫）作为一个兽医，我十分负责地告诉您这个贪吃鬼，这会得肠扭转的。

古西科夫的妻子　（情绪激昂地）是的，那就让他得肠扭转好了……以表示抗议。

费季索夫　等着吧，我要给你们点儿厉害看看，我要告到上面去，把你们这些大鱼都钓出水面，让你们原形毕露。

库沙科娃　我倒正想到外面去呼吸新鲜空气呢。

古西科夫的妻子　是啊，单凭您的存在，就已经污染周围的环境了。

库沙科娃　（优雅地摆动双肩）行了！真不知道您丈夫怎么受得了！

古西科夫的妻子　（充满愤怒）而您呢……看吧……您的手上正戴着用偷来的钱买的钻石！

　　马拉耶娃又不声不响地回来了，但是现在她已经不能坐视不管了。她需要引起大家的注意，于是站到了一张椅子上。

马拉耶娃　（试图盖过嘈杂声）我想对大家说几句话，是很重要的话。

西多林　会议已经结束了。您晚了，亲爱的！

长号手　您的火车已经开走了。（模仿火车的汽笛声）呜呜！

雅库博夫　让人家说话！

卡尔普欣　您傻了吗？要在这儿坐一辈子吗？这种无聊的空谈我早就听腻了。不如我现在就交上四十卢布（在名单上签字），走人了……

马拉耶娃　等等，我……我必须发言。我们的行为，实话说是不公正的。

阿尼克耶娃　快回家去吧！您的孩子还一个人在家，想想吧，您是个母亲。

费季索夫　您不要打扰她说话！

西多林　（像往常一样，十分有礼貌地）叶连娜·帕夫洛芙娜，请吧，我们让您发言。我们现在就各自回家

327

了，而您，想说多久就说多久，请吧。

马拉耶娃 （激动地）很好，那就走吧，我反正要把自己的想法都说出来。

长号手 （冷笑几声）那您就对着这些动物标本说吧，它们已经等您很久了。

卡尔普欣用尽全力想要拉开大门，他用肩膀撞，用整个身体撞，但结实的橡木门就是打不开。

卡尔普欣 同志们，有人把门锁上了！

新　郎 您怎么了，疯了吗……

卡尔普欣 是的，这是一个愚蠢的笑话。

新　郎 不管怎样，快把门打开吧。

阿尼克耶娃 （冷静地分析形势）这个无耻的行为准是哪个被开除的人干的。

古西科夫的妻子 （叫喊）对！为了表示抗议。

雅库博夫 我们不会把你们活着放出去的！

费季索夫 （调皮地唱道）我怎么没想到，我怎么没想到……

阿尼克耶娃 把你们开除是对的，是对的！我觉得是赫沃斯托夫干的。你们看看，他的眼神多么慌张，你们看到了吗？

所有人都望着赫沃斯托夫，赫沃斯托夫的眼神的确慌张。

长号手 （沮丧地）这简直太可恶了。明天上午10点我还要去电台的录音棚录音。

卡尔普欣　（威胁地）听着，赫沃斯托夫或是其他什么人，你们赶快把门打开。我的妻子是个病人，你们明白吗？我不回家她会发疯的。钥匙！马上交出来！

新　郎　（绝望地）朋友们，把我放走吧，今晚可是我的新婚之夜呀。

马拉耶娃　那又怎么了？

新　郎　（愣住了）什么叫"那又怎么了"？

卡尔普欣　同志们，让我们……把门砸开！

斯米尔诺夫斯基　这可不容易。这栋楼可不是现在建的。

阿尼克耶娃　你们怎么能这样？你们明白自己在说什么吗？像你们说的砸开门，那谁来保护这些珍贵的标本呢？我们的河马已经一百二十多岁了。作为研究所副所长，我坚决禁止这样做！

西多林　（以狡猾的腔调）亲爱的合作社前成员们，我十分理解你们，并且在某种程度上是与你们感同身受的，相信我。但是请不要再任性胡闹了，把钥匙拿出来吧。

马拉耶娃　（继续坚持自己的要求）请大家听我说！反正我们已经被关在这儿了，让我把话说完吧。请让我说吧！

西多林　（失控，非常气愤地）要说回家说去，对邻居，对亲戚，想说多久说多久。（对被开除者）我亲爱的朋友们，请你们承认是谁做的这件事吧！要不事情会更糟……

马拉耶娃　（非常平静地）门是我锁的，是我！

卡尔普欣　什么？

马拉耶娃　嗯，您轻松一些了吗？

西多林　怎么是您？

米洛谢尔多夫的儿子　（赞赏地）真带劲儿！

西多林　（因为愤怒而发作）您明白自己在说什么吗……明白还是不明白？——"门是我锁的！"

阿尼克耶娃　她是胡说的，平静一下。

库沙科娃　（由衷地感到惊讶）您为什么这么做，被开除的又不是您？

马拉耶娃　我怕您是无法理解的。

古西科夫的妻子　（突然）火腿已经发绿了。（给大家看）

西多林　拿着您的火腿一边去！

玛丽娜　我真是饿了。我没吃午饭，也没吃晚饭。我本来是准备去做客的。

米洛谢尔多夫的儿子　（高兴地）跟我在一起您是不会挨饿的，玛丽娜！

（打开小皮箱）

玛丽娜　（朝箱子里望了一眼）我们用什么喝啊？

米洛谢尔多夫的儿子　直接用嘴！

玛丽娜　那我们到北极熊后面去吧！

两人藏了起来。

长号手　同志们，我们把钥匙抢回来！

库沙科娃　当然了。

马拉耶娃　（蔑视地，对长号手）您难道要……搜女人的身？

库沙科娃　何必他动手呢？让我来。

古西科夫的妻子　这人真是不知羞耻，没有良心！

马拉耶娃　不用，不用为难了，我可以自己脱，不用烦劳别
人。但只怕这会让在场的人不舒服。

阿尼克耶娃　（凄苦地）是的，这倒是。

卡尔普欣冲到马拉耶娃跟前。

卡尔普欣　交出钥匙，毒蛇！

被开除者站成一堵人墙，保护马拉耶娃。

马拉耶娃　（在保卫者的身后）我没那么傻，不会在这个如此
高尚的集体中把钥匙放在自己身上。同志们……
我把钥匙藏在了一个安全的地方。

阿尼克耶娃　我不相信她的话。（坚决地）还是要搜身！

斯米尔诺夫斯基　（对阿尼克耶娃）利季娅·弗拉基米罗芙娜，您的
意识还清醒吗？

马拉耶娃　没什么，帕维尔·康斯坦丁诺维奇，不用担心，
就让他们搜吧。

西多林　（双手抱头）简直是一场噩梦！

卡尔普欣　上帝啊！

西多林　被关起来的人们！我们没有权利擅自行动！如果
要做什么，那也要全体会议通过才行。

马拉耶娃　（愉快地）同志们，有谁赞成对我搜身？来吧，同
志们，别不好意思……

卡尔普欣　我想离开这儿，我的妻子生着病，只要能让我从
这儿离开，让我投什么票都可以。（举手）

新　郎　他的妻子病着，而我的妻子可是健康的。我——同意！（举手表决）

长号手　同志们，你们当然没法理解，但我明天早上要去电台录音，没睡好的话，我会走调的。那简直太可怕了。（举手表决）

秘　书　没有别的办法了。（举手表决）

库沙科娃　我是必须早起，4点30分就要去上班……（举手表决）

阿尼克耶娃　搜身是一种令人厌恶的行为，但这是不得已而为之的，同志们！（举手表决）

西多林　为了让我们的社员们回家，我们什么都可以做！（举手投票）

斯米尔诺夫斯基　请记在会议记录上——我抗议！

西多林　教授，我们记住了，您是反对的，但是现在没地方可记，要知道，会议记录已经被吃掉了。

趁着大厅里的慌乱，赫沃斯托夫走到远处的一个气窗那里，小心地从怀里拿出他偷来的文件。这些文件显然没有被他吃掉，现在被他搓成团扔出窗外。

马拉耶娃　那么谁来搜我？

长号手　现在就要开始脱衣舞表演了！

阿尼克耶娃和库沙科娃静默地走向马拉耶娃。

阿尼克耶娃　从包开始……

马拉耶娃　请吧……

阿尼克耶娃毫不客气地查看包里的东西。

多可惜啊，没有把这一幕给拍下来！（抬起双手）现在来搜身吧

斯米尔诺夫斯基　阿尼克耶娃同志，您真敢这么做！可耻！

阿尼克耶娃　（坚决地）为了集体的利益，帕维尔·康斯坦丁诺维奇，我敢干的还不止这件事！

马拉耶娃　帕维尔·康斯坦丁诺维奇，别生气。你就想象我正在逛过海关，人家在检查我是否携带了毒品或炸弹！

阿尼克耶娃　（抱歉地）同志们，我可没有经验！真是太不专业了。（开始搜身）

米洛谢尔多夫的儿子　（他和玛丽娜从北极熊后面走出来）悲剧开始了！

马拉耶娃　大胆点儿，勇敢点儿……哎呀，好痒！不要这样，好痒！（大笑）

雅库博夫再也无法忍受，跑过去推开阿尼克耶娃。

雅库博夫　您完全过头了！我不允许这样……

阿尼克耶娃　大家都看到了，他打我！

雅库博夫　还没打呢，但马上就要……

马拉耶娃　（对雅库博夫）亚历山大·格里戈里耶维奇，别弄脏了您的手。同志们，你们已经看到了，避免打架的唯一方法就是让我发言……

西多林　（呻吟起来）还要说什么？为什么一定要说？上帝呀！钥匙呢，钥匙在哪儿，讨厌鬼？

长号手　可能和那个吃文件的赫沃斯托夫一样，这个小矮人把钥匙也吞下去了？

玛丽娜　怎么会，钥匙那么大，她会噎死的。

阿尼克耶娃　听着，同志们！你们知道吗，现在只好向暴力让步了。（对马拉耶娃）您到底想要说什么……

马拉耶娃　也就是说，让我说话了？

卡尔普欣　随她的便，让她想扯什么就扯什么吧，只是要限定她的发言时间。我妻子病着。对了，这里有没有电话？我要打电话……

阿尼克耶娃　这儿可没有电话！

长号手　就是的，这只咯咯叫的母鸡有什么可怕的？让她随便说，只是越短越好！

西多林　（对马拉耶娃）首先，我的美人儿，管委会先得批准您的发言提纲。

马拉耶娃　我可以向您保证，我的提纲你们是不会批准的！

西多林　（正式地）好的，现在开始我们多轮会议的第二轮。有请马拉耶娃同志发言。（对马拉耶娃）只是请快些，不要没完没了，要不然您家里可要乱糟糟了。

新　郎　（对马拉耶娃）在您发言之前，请让我一个人先走吧，我的新娘子还在家等着我呢。

马拉耶娃　我非常理解您的急切心情，但要是我给您一个人开了门……

新　郎　是的，求您了……

334

马拉耶娃　所有人都会跑掉的……

长号手　新郎同志，您犯了一个……非常愚蠢的错误。

新　郎　为什么？

长号手　应该先跟新娘子办完事儿再来开会。

新　郎　（挥手，不愿理睬）去你的……

马拉耶娃　（开始发言）我们都在这个保护动物的研究所工
　　　　作。而人——也是动物……

卡尔普欣　这是什么意思？啊？

西多林　什么意思——要上课了！

马拉耶娃　人也应该被保护！

米洛谢尔多夫的儿子　保护什么？

马拉耶娃　（没有被打断）保护人不受到人的伤害，不受到吞
　　　　噬我们的贪婪的伤害……不受到掠夺、攫取欲念
　　　　的伤害。我们的行为是低劣的——这还是客气的
　　　　说法——我们简直就是卑鄙下流！

库沙科娃　要给我们上品德课了！

马拉耶娃　大家想一想，没有一个人，没有一个没被开除的
　　　　人站出来……

阿尼克耶娃　可以简洁点儿吗？

马拉耶娃　是的……没有任何人站出来反对……我甚至不知
　　　　道该怎么说，反对管委会的这种……不道德行为。
　　　　管委会显然是挑了四个最没后台的人开除。大家想
　　　　一想，我们现在讨论的并不是什么决定生死、关乎
　　　　自由的大事，也不涉及工作或者房子……（满怀热
　　　　情地，动情地，痛苦地）争来争去不过是为了一个

小隔间，一个可以放铁家伙的小格子。

卡尔普欣　对了，这个铁家伙可是值七千甚至九千卢布呢。

马拉耶娃　那是您的，我的要便宜许多。

阿尼克耶娃　（恶狠狠地）您到底想说什么？

马拉耶娃　我提议按照民主的苏维埃原则办事。所以一切需要从头开始。

玛丽娜　是啊，在凌晨1点的时候从头开始，真是个好时候！

米洛谢尔多夫的儿子　看来白乌鸦还是有的。

卡尔普欣　（不明白他在说什么）在自然界这是十分少见的，但幸运的是，我们这儿有这样的品种。（指向白乌鸦标本）

米洛谢尔多夫的儿子　幸运的是，我们这儿还有！

马拉耶娃　（继续）对合作社的每个成员都要单独进行讨论。

长号手　她简直是个精神病！

马拉耶娃　我们要对每个人投票，然后按照票数的多少来决定开除谁！

大厅里的人们唉声叹气。

西多林　（对马拉耶娃）我可爱的同事，做这个事儿最起码得花上几个星期的时间。

马拉耶娃　（不屈不挠地）哪怕花上一年也好！为了真理不应该吝惜时间。

长号手拿起乐器吹奏，动物博物馆的大厅里响起了可怕的轰鸣声。

西多林　别吹了，我的音乐家！您疯了吗，大半夜的发出这样的噪声？

长号手　我是在发出警报，因为我们的情况简直糟透了！

库沙科娃　（对马拉耶娃）如果你那么有原则，那就让出自己的车库好了。

马拉耶娃　如果管委会决定开除我，那我就退出，不会有任何怨言。

库沙科娃　你的孩子还在家里挨饿。而你却在这里干蠢事！

马拉耶娃　孩子是我的，我想喂就喂，不想喂就不喂！

库沙科娃　看到了吧，她在家里也这样……

马拉耶娃　（热泪盈眶，声音颤抖着）比如说，你们开除了亚历山大·格里戈里耶维奇。这是显而易见的，他已经退休了，你们就把他开除了，要知道，他已经在我们研究所辛苦卖命了三十年……

西多林　（纠正）是工作了三十年！

马拉耶娃　工作了三十年！而他在整个战争时期都是侦察兵呢！获得了两枚荣誉勋章、一枚攻克柏林奖章……这当然都是没有任何意义的了！

古西科夫的妻子　有意义！

马拉耶娃　或者再让我们说说倒霉的古西科夫！

古西科夫的妻子　古西科夫！是的，同志们，让我们说说古西科夫吧！

阿尼克耶娃不愧是一只处处为自己留后手的老狐狸。她立刻占据了主动。

阿尼克耶娃	同志们！关于雅库博夫同志的战争功绩，很遗憾，管委会完全不知情。（对雅库博夫）亚历山大·格里戈里耶维奇，亲爱的，您怎么一点儿都没跟我们提过自己光荣的战斗经历呢？为什么呢？
雅库博夫	参战的经历跟车库有什么关系？
阿尼克耶娃	怎么能没有关系？
西多林	（温柔地责备）您怎么能不说呢？
阿尼克耶娃	（满怀激情地）同志们！我们的工作出现了严重的疏漏，简直是恶劣的错误。当初应该把每个人的档案都看一遍。
西多林	那当然，那当然。
阿尼克耶娃	（伪善地）谢谢您，马拉耶娃同志……
马拉耶娃	（讽刺地）不客气！
阿尼克耶娃	谢谢您及时提醒了我们。现在我才知道您把门锁上做得是多么正确。（对所有人）同志们！我们犯下了一个非常严重的，简直可以说是政治上的错误……
雅库博夫	好吧！那你们想要怎样纠正？
西多林	（对雅库博夫）我们当然要恢复您的车库名额。
阿尼克耶娃	是的，亚历山大·格里戈里耶维奇！
西多林	我不知道这要怎么操作。但是，看来是要把另一个人开除了？
阿尼克耶娃	当然……
古西科夫的妻子	那我们怎么办？
长号手	（紧张地）那么，你们想要把谁踢出去？

阿尼克耶娃　同志们……管委会简直陷入了死胡同。我宣布
　　　　　　休会。

玛丽娜　真是的……

阿尼克耶娃　我们要暂时休会。

长号手　（生气地）哪门子半夜 1 点 30 分休会？！

卡尔普欣　（发怒）同志们！我不明白，这里到底发生了什
　　　　　　么？突然跳出来这个矮婆娘（指向马拉耶娃），难
　　　　　　道我们现在就要一切重来吗？互赠自己的车库？
　　　　　　这样的大道理我们早就已经听够了，看够了。有
　　　　　　什么见不得人的，我们都是光明正大的，就是为
　　　　　　了得到阳光照耀下的大地上的一小块地，这块地
　　　　　　方就是车库！

西多林　（整顿秩序，大喊）阳光普照的是南方！是索契！
　　　　　　休会！

雅库博夫　请问，我的车库名额是恢复了吗？

阿尼克耶娃　亚历山大·格里戈里耶维奇！可以认为您的小汽
　　　　　　车已经停在车库里了。

雅库博夫　（第一次微笑了）那么，谢谢了。虽然晚了点儿，
　　　　　　可总比没有好。

西多林　祝贺您，您的名额恢复了！

古西科夫的妻子　那我们呢？

费季索夫　这就是生活！幸福只能独自体会……

　　管委会的人走远。慌张的社员们激动不安。

幕　落

第二幕

　　第二幕从第一幕结束的时候开始。长号手开始演奏轻柔而忧伤的旋律。疲惫的社员们三三两两分散在博物馆的各处。

　　卡尔普欣坐到库沙科娃的身边。

库沙科娃　（指着马拉耶娃）这个搞了这么一堆麻烦事的又矮又丑的进步分子是谁呀？

卡尔普欣　初研……

库沙科娃　这是什么？干什么的呀？

卡尔普欣　（解释）初级研究员。副博士①，研究毒蛇的专家。

库沙科娃　（开玩笑）她可真是没少从毒蛇身上学东西……

卡尔普欣　（也开玩笑）或者是毒蛇从她身上……

库沙科娃　（笑）如果这副模样的女人又爱刨根问底，那么她无疑是嫁不出去了。

卡尔普欣　猜对了！

库沙科娃　丈夫早就把她甩了吧？

卡尔普欣　丈夫从来就没有过。

库沙科娃　（这两人无疑找到了共同语言）怎么会这样？我听到她是有孩子的呀。

卡尔普欣　（庸俗地笑起来）世上总还是有好心人的。我不喜欢这些流言蜚语、各种各样的闲话，但的确有些

———————————

① 苏联和俄罗斯学制下的副博士学位对应我国的博士学位。

人说她的那个孩子是……（在库沙科娃的耳边低声地）明白吗？

库沙科娃　真是太可怕了！过去是男人付钱给女人，这还算是正常的，而现在……真是道德败坏！

费季索夫走近马拉耶娃。

费季索夫　叶连娜·帕夫洛芙娜！

马拉耶娃　啊……（还回想着自己的发言，难以平静）

费季索夫　（掩饰着对马拉耶娃的好感）我在汽车方面可是个行家。所有的保养和维修都不是问题……

马拉耶娃　（含着眼泪微笑）我知道您是个了不起的能工巧匠。

费季索夫　您的车以后就交给我吧。当然是免费的。

马拉耶娃　谢谢了……

费季索夫　（温柔地）我能把您那辆老旧的"莫斯科人"变成"奔驰"。

马拉耶娃　（感动地）谢谢了，维塔利，但我的发言什么也改变不了。

费季索夫　跟这个没关系！

马拉耶娃　谢谢！

赫沃斯托夫走过来，兄弟般地抚摸马拉耶娃的头。她也像仁慈的姐妹一样抚摸他的头，安慰他。娜塔莎坐在窗台上，旁边是斯米尔诺夫斯基。

娜塔莎　你为什么不娶我呢？

斯米尔诺夫斯基　（可以感觉到这个话题已经不是第一次谈起了）你还缺什么？我们已经一起度假了。无论是去剧院还是电影院，也是我们两个人一起。你是需要教授夫人的正式身份吗？

娜塔莎　当够情妇了——没有尊严。

斯米尔诺夫斯基　这是个虚伪的观点。

娜塔莎　（带着忧伤的微笑）我本来就是个虚伪的人。

斯米尔诺夫斯基　（叹了一口气）我可比你大多了，已经不想算大多少了。

新　郎　（跑过来）您知道那边有出口吗？

娜塔莎　（带着同情）没有，那边是死路。

新　郎　唉！真是死路一条。（跑开）

斯米尔诺夫斯基　（不悦地）再过几年我就完全变成老头了，而你还是个年轻、精力充沛的女人。你就会开始厌倦我，从我身边离开了。

娜塔莎　对不起，但你完全是胡思乱想，我甚至都不想回答你。我爱你，想要嫁给你。我已经铁了心，说什么都没用。

　　斯米尔诺夫斯基把头靠在娜塔莎的肩上。突然传来响亮的敲门声。长号手不再吹奏。所有人都慌张起来。

长号手　谁呀？

玛丽娜　把我们放出去吧！

新　郎　开门吧，看在上帝的分上！

门外的声音　请叫一下阿尼克耶娃同志。我是她的丈夫！

　　　阿尼克耶娃、西多林和秘书跑到门口。

阿尼克耶娃　彼得·彼得罗维奇，是你吗？

阿尼克耶娃的丈夫　（从门外）利杜希克①，是我！

　西多林　（哀求地）彼得·彼得罗维奇，救救我们吧！

阿尼克耶娃的丈夫　利杜希克，外面聚集了好多亲友。大家都快发疯
　　　了！里面发生了什么？

阿尼克耶娃　彼得·彼得罗维奇，这儿有个精神病把我们锁在
　　　里面了……

　西多林　结果我们的会议就变成闭门的，也就是锁门的会
　　　议了。

阿尼克耶娃的丈夫　门卫只让我一个人进来，他知道我是副所长的
　　　丈夫。

　新　郎　（参与交谈）阿尼克耶娃的丈夫同志，门卫那里有
　　　备用钥匙……

阿尼克耶娃的丈夫　他不给。你们的门卫是个白痴！

　西多林　是的，但他在上班时间是不能离开岗位的！

　新　郎　（差点儿哭了）为什么我的幸福要取决于一个门卫?！

阿尼克耶娃　（对新郎高声喊道）别说了！（接着对丈夫）彼佳②，
　　　你对他说，我命令他交出钥匙。听到了吗？

　秘　书　（坚信地）这不管用。他只听保卫处处长的。

————————————

① 利季娅的昵称。
② 彼得的昵称。

阿尼克耶娃的丈夫　（压低声音，私密地）利杜希克，萨申卡说什么也
　　　　　　　　　不肯睡，要找奶奶。

阿尼克耶娃　（也小声地）那就给他编个什么故事，好好想想！
　　　　　　就说奶奶坐飞毯飞走了。

　　新　郎　帮我打个电话吧，号码是143……

阿尼克耶娃　（打断新郎）别说话……（又对丈夫）你们要习惯
　　　　　　我不在的日子啊……

阿尼克耶娃的丈夫　那对外面的亲友们说什么？

　　西多林　让他们都各自回家去吧。会议总会结束的。

　　新　郎　我……我现在就喊了！（大声号叫）救命啊！

　　西多林　（安慰他）等等，亲爱的，别叫了，亲爱的……一
　　　　　　切早晚会结束的。

　　　阿尼克耶娃的丈夫离开了。所有人又分散在博物馆的各处。
长号手又开始吹奏，旋律是忧伤而动人的。米洛谢尔多夫的儿子
和玛丽娜坐在角落里。

米洛谢尔多夫的儿子　（讽刺地）真是个浪漫的夜晚！

　　玛丽娜　（以相同的腔调）我有一种感觉，好像我们是在热
　　　　　　带丛林里。

米洛谢尔多夫的儿子　周围都是野兽和野人。

　　玛丽娜　听到了吗？就像大象在号叫。

米洛谢尔多夫的儿子　也许它正在发情期呢，就像我们的新郎一样。在
　　　　　　这样的丛林中，随时都有可能被吃掉。让我们赶
　　　　　　在死去之前认识一下吧。

　　玛丽娜　（耸肩）……您的一切都显而易见。您毕业于国际

关系学院。

米洛谢尔多夫的儿子　您是在奉承我。

玛丽娜　那就是学东方语言的。

米洛谢尔多夫的儿子　又猜错了。

玛丽娜　那我就不知道了，难道是拍电影的……

米洛谢尔多夫的儿子　您是按照刻板印象来推测的。既然是米洛谢尔多夫的儿子，那他学的肯定是热门专业了。

玛丽娜　（惊喜状）难道您是钳工？

米洛谢尔多夫的儿子　不，这也太过分了！我是学考古的，我对现实没什么兴趣……我更喜欢在过去中翻寻……而您，教授的女儿是做什么的？

玛丽娜　（悲伤地）我的一切都是刻板乏味的，我毕业于……文学系……也就是那个被称为"新娘系"的系。我研究讽刺文学。

米洛谢尔多夫的儿子　本国的还是外国的？

玛丽娜　本国的。

米洛谢尔多夫的儿子　19世纪的吗？

玛丽娜　不，是当代的。

米洛谢尔多夫的儿子　您的工作真是令人惊讶。您在研究并不存在的东西。

玛丽娜　（对交谈对象投以审视的目光）您知道吗，您是个有意思的人。

米洛谢尔多夫的儿子　我知道，您也是。

长号手停止吹奏，并试图引起全体的注意。

长号手　大家听着，我要给你们讲一个有意思的事儿。有一次我们乐团去一个省会城市演出。那里有一个悬崖，上面建了一个瞭望台，能够看到城市的全景……非常美……新婚夫妇都要到那儿去拍照，算是传统吧。而我在那儿却看到……一位穿着婚纱的新娘从汽车里钻出来……完全是一幅电影画面……而从另一辆车里——两辆车都装饰着彩带和气球——新郎钻了出来……一个很魁梧的男人……也挺讨人喜欢的……新郎走在新娘的后面，不小心踩到了她白色的……不是头纱……而是连着头纱的裙子后摆，结果，从新娘子头上掉下来的不光是头纱，还有假发……

娜塔莎　（好奇地）难道新娘子是个秃子？

长号手　脱发很严重。她看着丈夫，凶狠地看着，一句话没说就给了他一耳光。那高个子也什么都没说，从兜里掏出结婚证，撕碎了扔到半空中，然后两人又各自钻进汽车，就此分道扬镳了。

卡尔普欣　（忧郁地）您干吗给我们讲这个瞎编的故事？

长号手　想让大家开心一下嘛。

雅库博夫　并没达到目的。

新　郎　你们这些野蛮人，把我放出去吧。新娘在等着我呢。

长号手　（冷笑）真是个乐天派！

费季索夫　（对新郎）你干吗这么着急，像着火了一样？又不是小孩了。

346

马拉耶娃　恐怕您这已经不是第一次结婚了吧？

新　郎　是第一次！（对马拉耶娃）可以跟您说几句话吗？

马拉耶娃　（走近新郎）您干吗这么焦虑？

新　郎　（信任地）您知道吗，我追了她十七年。

马拉耶娃　您现在多大？

新　郎　很大了，我从九年级就爱上了她，她结了两次婚，
而我一直在等她。看吧，现在终于等到了。您明
白吗？（低声地）我求求您了……给您跪下了。

马拉耶娃　您这是干什么！别这样！（也低声地）我放您出去。

新　郎　（共谋地）好的，我明白，谢谢……

卡尔普欣第一个发现了马拉耶娃跟新郎交头接耳。

马拉耶娃　您到门口去，站在那里，就好像什么都没发生。

马拉耶娃和新郎悄悄地走向门口。

　　　　　（大声地，就像在进行公开的交谈）您是在哪儿弄
到的火花塞呀？

新　郎　（没有立即反应过来）什么火花塞？（突然明白）啊，
火花塞。我有个邻居，他什么都能弄到……

马拉耶娃　（继续假装）您会用汽化器吗？

新　郎　（装腔作势地）汽化器这东西我弄得很明白。

卡尔普欣警觉地观察着马拉耶娃和新郎的举动。就在马拉耶
娃把钥匙插进锁孔的瞬间……

卡尔普欣 （高兴地叫喊）啊哈，抓到了！

马拉耶娃从门口跳开。

马拉耶娃 （对新郎）对不起，您运气不好！

　新　郎　我求您了！

卡尔普欣 （追赶马拉耶娃）请让开！让开……

马拉耶娃困难地摆脱他。新郎护着马拉耶娃，但卡尔普欣把新郎推到一边。马拉耶娃从卡尔普欣身边跑开，她感到自己快被追上了，把钥匙塞给古西科夫的妻子，古西科夫的妻子向另一方向快跑。现在追击者越来越多，都扑向古西科夫的妻子，她将钥匙递给费季索夫，费季索夫递给雅库博夫，雅库博夫递给赫沃斯托夫，然后钥匙又回到马拉耶娃手中。

　新　郎　（绝望地扯着自己的头发）天哪！我正在这里乱跑
　　　　　的时候，她已经嫁给别人了。我了解她！！！

追赶的双方就像在玩追逐游戏。

马拉耶娃 （庄重地）我们把钥匙藏到另一个地方了！

全场的呻吟声。只有马拉耶娃一伙人开怀大笑。

阿尼克耶娃 （试图找到摆脱绝境的出路）同志们！已经是深
　　　　　夜了……

　西多林　说实话，我已经困得不行了。

阿尼克耶娃　反正我们今天已经什么都想不出来了，我们改天再开会吧。

马拉耶娃　　（出人意料地赞同这个提议）我也同意。现在谁都
　　　　　　没有思考能力了，早上头脑才是清醒的，我建议
　　　　　　躺下睡觉……

　新　郎　　怎么睡？

费季索夫　　躺在哪儿？

马拉耶娃　　就在这儿呗，哪儿都可以，地板上，桌子上……

　　社员们乱哄哄的笑声。

马拉耶娃　　……明天早上头脑就清醒了……

库沙科娃　　她简直是在捉弄我们！

　长号手　　（跑向马拉耶娃）瞧我现在就用长号揍你。

　　赫沃斯托夫推开长号手。

卡尔普欣　　（对马拉耶娃）我要……杀了你。

费季索夫　　（站在卡尔普欣和马拉耶娃之间）如果你敢动她一
　　　　　　根手指头，我就打断你的肋骨！

　　长号手、阿尼克耶娃、库沙科娃也示威般地站在卡尔普欣
旁边。雅库博夫、失声的赫沃斯托夫、古西科夫的妻子也同样咄
咄逼人地站在费季索夫和马拉耶娃身边。好像两军对垒。斯米尔
诺夫斯基审视局势后，拉起娜塔莎的手，站到了被排挤一方的队
伍中。

阿尼克耶娃　（友好地）咱维尔·康斯坦丁诺维奇，您弄错了，

您站错队了。

斯米尔诺夫斯基 （坚定地）我这一辈子经常犯错，但现在我站的正是我该站的地方。

新郎一开始与阿尼克耶娃站在一起，现在也跑到斯米尔诺夫斯基一边。然后又回到阿尼克耶娃这边。

新　郎　啊哈，我也要站到我应该站的地方。（重新跑向斯米尔诺夫斯基那边）

费季索夫　（拍新郎的肩膀）好样的，新郎！

秘　书　他已经跑晕了头！（站到阿尼克耶娃的身边）

西多林　（采取调停的立场，也就是站在中间）善良的人们……让我们散了吧，我们另找时间开会。（依旧站在敌对双方的中间）

马拉耶娃　如果我们现在打开门，那就再也不会有第二次讨论这件事情的机会了。

双方相互逼近。

费季索夫　我们是不会把钥匙给你们的。我们不是傻瓜。

西多林　（推开敌对双方）朋友们！无论是你们还是你们，都是我亲爱的朋友。流血和内讧是我无法忍受的。（做决定）行了！那就睡觉吧……（做示范。从口袋里拿出报纸，铺在地上）哎呀，垫子太短了，可惜！我再去找个枕头……（把猴子标本从底座上拿下来）

阿尼克耶娃　别碰苏门答腊猕猴，管委会主席！这种标本我们全国只有这一个，您怎么能这样？

西多林　（躺到地上，把猕猴枕到头底下）晚安了，孩子们！大家都各自找地方休息吧。

阿尼克耶娃　（弯下腰对西多林）主席，您怎么了，疯了吗？真的想让大家都躺下睡觉？

西多林　您难道喜欢站着睡觉，像战马一样？

长号手　（歇斯底里地）我买车的那天真该死……

玛丽娜　都把人折磨成什么样了。

长号手　……我加入这个该死的合作社的那天真该死……

娜苔莎　请安静点儿吧。

长号手　……这个该死的车库真该死。

费季索夫　行了，您一点儿也不像个音乐家了！

长号手　……这个该死的会议真该死……

新　郎　（弯下腰对西多林）主席同志，我不想一个人睡，也不会一个人睡。我要去跳窗户。我要是死了您负责……

马拉耶娃　（制止新郎）这里很高，您会摔死的。

卡尔普欣　（大喊）同志们！管委会听从了这个精神分裂者的指挥……（指向马拉耶娃）

秘　书　说得对！

卡尔普欣　这又是要干吗？要睡觉？这里怎么睡？

古西科夫的妻子　就是睡觉嘛！

玛丽娜　睡觉。（把食蚁兽从底座上搬下来）

斯米尔诺夫斯基和娜塔莎占据了长椅。

斯米尔诺夫斯基　咱们就在这儿做个好梦吧。

阿尼克耶娃　（试图制止混乱）别动……费季索夫！别碰盘羊！你们怎么不害臊，可都是科学工作者呀，同志们！玛丽娜，把食蚁兽放回原处！

但社员们害怕"枕头"不够分，开始奔向各个标本。他们把标本从底座上搬下来，平放到地上。谁都不理睬阿尼克耶娃的呼吁。新郎突然试图帮助阿尼克耶娃。

新　郎　（想唤起大家的觉悟）同志们，我们应该保护动物，而不是相反。

卡尔普欣来到主席台的桌子前，想躺在古西科夫的妻子旁边。古西科夫的妻子坚决地推开卡尔普欣。

古西科夫的妻子　……无耻，流氓，滚开！（叫马拉耶娃）列诺奇卡①！过来，我给你预备了一个好地儿。（对卡尔普欣）真不要脸！

马拉耶娃　（也对卡尔普欣）色狼！小人！

卡尔普欣　（惊慌失措）干吗这么说！我家里有老婆……（突然从桌子上弹开）天哪，什么气味这么难闻……

古西科夫的妻子　（伤心地）今天可算是买到了活鲤鱼，排了那么久的队才买到的。结果呢，因为开这个会，所有食

---

① 叶连娜的昵称。

物都坏掉了……（把兜子放到别处）

长号手　　我想起了战争时期人口疏散的情形，塔什干火车站就是这样。

库沙科娃坐到躺在地上的西多林身边。

库沙科娃　在您入睡之前，请给我写个证明吧，蠢货。

西多林　　哪门子的证明啊，我的老板娘？

库沙科娃　这是纸、笔，写吧。（把活页本递给西多林）

西多林　　写什么？

库沙科娃　我说，您写。（开始口述）兹证明：女公民库沙科娃参加"动物群"车库修建合作社的全体会议，在动物博物馆过夜……

西多林　　这是给谁看的？

库沙科娃　（从牙缝里挤出几个字）给我丈夫看的。我丈夫很爱吃醋……再写上现场共有多少见证者……

西多林　　什么见证者？

库沙科娃　签字盖章吧，庸人。

西多林　　（挖苦地）真是羡慕……您跟丈夫生活得多幸福呀，天天沉浸在甜蜜的爱情中。印章在她那里（指向秘书），忠实的妻子。

库沙科娃找到靠在河马身上的秘书。

库沙科娃　盖个章！

秘书从头底下拿出包，从包里拿出印章，在纸上盖章，这样就完成了一份证明文件。她将印章收起，很快就入睡了。

米洛谢尔多夫的儿子　……既然大家都入睡了，那就把灯关了吧？

长号手　说得对……

玛丽娜　（挖苦地）那我们得先投票，看能不能关灯。

赫沃斯托夫关了灯。现在所有人都处于黑暗中。

长号手　哦，黑暗中好可怕。

卡尔普欣　（翻来覆去）硌得慌……

玛丽娜　穿着衣服我是睡不着的。

娜塔莎　但愿没人打呼噜。

就像是对她的话的回应，传来了胖社员的鼾声。

长号手　哎，别闹了！

娜塔莎　卡尔普欣，是您在打呼噜吗？

卡尔普欣　看好你自己就行了。你研究的那叫什么呀，女研究生？你副博士论文的题目是不科学的，你是一个典型的伪学者。你研究银鹤，而这种动物是在外国筑巢的，只是迁徙的时候飞过我们这儿……这种鹤根本就不是我国的品种。

斯米尔诺夫斯基　（带着轻蔑的笑）您别生气，亲爱的卡尔普欣。银鹤是一种愚蠢无知的鸟，它不读报纸，所以也不知道自己是属于我们还是资本主义。

辨别不清的话语声和笑声。

费季索夫 （突然开始唱）漆黑的夜，我知道亲爱的你还没
有睡……①

阿尼克耶娃 还嫌不够烦吗，费季索夫，别唱了。

长号手 都走调了，歌唱家！

马拉耶娃 （若有所思地）有这样一首诗：骆驼有双峰，生活
是斗争。

费季索夫 （犹豫地）为什么我要到城里来呢？家乡的一切都
是天然的，木头造的房子，清新的空气，绿色的
森林，活蹦乱跳的动物，而这里呢……

米洛谢尔多夫的儿子 （唱）睡吧，睡吧，我的宝贝……

费季索夫和社员们大笑。

（和玛丽娜一起唱）屋子里的灯光熄灭了……
同志们，接着唱呀！

赫沃斯托夫起来，坐下，然后走到远处去……

众人合唱 （不太整齐）
没有一扇门吱吱作响，老鼠在炉子后酣眠……
鱼儿在池塘里沉睡，鸟儿在花园中安眠……
是谁在薄夕叹气？不管发生什么事，亲爱的。
快快闭上眼睛！睡吧，睡吧，我的宝贝……②

---

① 出自苏联卫国战争时期时歌曲《漆黑的夜》（«Тёмная ночь»），这首歌
也是电影《两个战士》（«Два бойца»，1943）的插曲。
② 出自俄罗斯人耳熟能详的摇篮曲《睡吧，睡吧，我的宝贝》（«Спи,
моя радость, усни»）。

斯米尔诺夫斯基 （突然）同志们！我不同意马拉耶娃的提议！怎么决定谁好谁不好？按什么标准？大家都交了同样的钱，大家都有同样的权利。明白吗，我提议抽签。

阿尼克耶娃 （断然地）抽签不是我们解决问题的方法。我们不是在玩牌。

斯米尔诺夫斯基 而且所有人都应该抽签，管委会的人也不例外。

众人的声音 对，对，抽签。让管委会也抽签。让所有人都抽签。

西多林 （坐在地板上）半睡半醒的同志们，据我的理解，会议还在自发地继续着。那就让我们继续讨论吧。但我不能在黑暗中开会。

有人开了灯。但是疲惫至极的社员们继续躺在各自的位置上。会议重新开始，但这次像是在野营，有一种无拘束的气氛。

（对斯米尔诺夫斯基）帕维尔·康斯坦丁诺维奇！您是个大学者，据说还是世界著名的。您是科学院的通讯院士，研究所的一切都取决于您，而不是我。我不过是个兽医。但即使您已经是院士了，动物生病您也管不了，它们生病了还是需要医治。所以，我尊敬的学者，跟您直说吧，您一家占了两间车库。

斯米尔诺夫斯基 那又怎么样，我和玛丽娜会跟所有人一样碰碰运气。

西多林 ……但管委会委员是应该有特权的。

斯米尔诺夫斯基　彬彬有礼的同志，管委会已经名誉扫地了。

阿尼克耶娃　（哼哼着从长椅上坐起来）哎呀，帕维尔·康斯坦丁诺维奇，我的腰都麻了……我非常尊敬您——作为一个学者——但您的道德面貌……

斯米尔诺夫斯基　（感到谈话将要涉及娜塔莎）是吗，很有趣。

阿尼克耶娃　某个权力部门曾给我这个研究所副所长打过电话……人们在第六十二号菜市场买成袋的土豆，结果他们在袋子里发现了什么？

米洛谢尔多夫的儿子　难道发现了菠萝？

　　　玛丽娜大声地笑。

阿尼克耶娃　（对米洛谢尔多夫的儿子）……别开玩笑，孩子，严肃点儿。（又对斯米尔诺夫斯基）……他们在里面找到了帕维尔·康斯坦丁诺维奇的名片，上面清楚地印着他的称号、头衔、地址和家庭电话。

　　　社员们高兴地大笑。

　　　这是怎么回事？首先，没有任何人派您到蔬菜基地去劳动。

斯米尔诺夫斯基　（温和地）我们整个实验室的人——我所有的科研助手——都被派去劳动了。我觉得我不能不跟他们一起去。我习惯了尽职尽责。既然我一个月拿着五百卢布的工资，那么即使是装土豆，我也会保证每个土豆的质量——有人投诉我装的土豆吗？

阿尼克耶娃　（慌张地）好像是没有……

斯米尔诺夫斯基　您买一盒糖，里面还有张纸印着包装工人的编号呢。而在蔬菜基地，既没有给我，也没有给我们的博士和副博士发这种纸片，所以我就把名片塞到了袋子里。

西多林　（进行反击）我十分欣赏您的原则性，帕维尔·康斯坦丁诺维奇。但您今天在会上可真是露了馅，一会儿支持管委会，一会儿又反对。我原以为您是个大学者，可您呢，真抱歉，您只是一个自私自利的人。

斯米尔诺夫斯基　（悲伤地）是的，西多林，我既是一个自私的人，也是一个学者，遗憾的是，还是一个懦夫。我好像已经没什么可怕的了？但要知道，年轻的时候我被整得有多惨！而批判我的理由恰恰也是后来让我得到奖励和头衔的理由。但我却一辈子都在这种恐惧中过得唯唯诺诺。如今我年纪大了，也应该不再怕什么人了。

阿尼克耶娃　帕维尔·康斯坦丁诺维奇，您的忏悔一文不值。您现在说的这些，说穿了还不都是为了保住自家的第二间车库。

娜塔莎　（火了）您怎么可以这么无礼地跟帕维尔·康斯坦丁诺维奇说话！帕维尔·康斯坦丁诺维奇有一颗公正无私的心。他根本就没把你们的这些车库放在眼里。但你们这些人……你们简直是野蛮的市侩！

卡尔普欣　是啊，看吧，事情发展到什么地步了，连漂亮的情妇都开始给我们讲大道理了。

娜塔莎脸色突变。原来的愤怒已经消失不见，她的眼里充满泪水。斯米尔诺夫斯基痛心而怜爱地看着娜塔莎。在一片沉寂中，可以清楚地听到斯米尔诺夫斯基声音不大的话语。

斯米尔诺夫斯基　我不知道还要向车库修建合作社汇报我的私生活。但我的娜塔莎不是我的情妇，而是我的妻子……卡尔普欣，立即向她道歉！

卡尔普欣慌张地将目光从斯米尔诺夫斯基转向娜塔莎，而娜塔莎则目不转睛地望着自己的偶像。卡尔普欣明白他刚才的话说过头了。他走近娜塔莎说话，眼睛却看着别处。

卡尔普欣　请原谅。我不知道您是妻子。

玛丽娜　生物学上什么奇事没有。妈妈跟女儿同龄！（对娜塔莎，静静地）妈妈，祝贺你。你终于达到了自己的目的，抓住了一个有钱又有名的男人。

娜塔莎　（小声对玛丽娜）女儿，你怎么能这么说！我只是爱你的父亲。

玛丽娜　我不否认你爱。有钱又有名的男人总是惹人爱的。

娜塔莎　那我因为这个就不应该爱他了吗？

斯米尔诺夫斯基　（紧张地，对妻子和女儿）姑娘们，别吵了！

马拉耶娃又成为人们关注的中心。

马拉耶娃　卡尔普欣，您简直是个怪物！说实在的，您干吗在莫斯科要车库呢？

卡尔普欣　那您认为我应该在哪儿要？

马拉耶娃　在西伯利亚呀。您不是决定把您那些不幸的猴子
　　　　　迁移到西伯利亚的针叶林里去嘛。

费季索夫　真是胡闹！猴子在那里会冻死的。

卡尔普欣　肤浅的观点。我正在培育一种特殊的猴子 —— 可
　　　　　以抵御严寒的新品种！

长号手　　天哪，半夜里真是什么梦都敢做。

米洛谢尔多夫的儿子　为了什么呢？谁需要呢？

马拉耶娃　（挖苦地）这对我国的国民经济发展有重要意义。

卡尔普欣　你少嘲笑人！印度的猴子可以帮着采摘椰子。而
　　　　　我的猕猴将在西伯利亚的针叶林里采集松果，再
　　　　　剥壳、装箱……

斯米尔诺夫斯基　（提醒）贴标签……

米洛谢尔多夫的儿子　贴标签 —— 我们是不会让猴子干的！

卡尔普欣　（对斯米尔诺夫斯基）帕维尔·康斯坦丁诺维奇，
　　　　　您当初可是高度评价我的这项工作的！

斯米尔诺夫斯基　（忧郁地）这又一次证明了我有多糊涂。

卡尔普欣　这又一次证明了您多么有原则性。

马拉耶娃　（顽皮地）同志们，我建议开除卡尔普欣！他需要
　　　　　在托木斯克和哈巴罗夫斯克①之间盖车库。他会开
　　　　　着他那辆"日古利"在针叶林里巡逻，检查他的
　　　　　猴子们是否完成了季度计划！

————————————

① 分别位于西西伯利亚和远东地区。

卡尔普欣　而你呢，小矮人，应该在荒漠里盖车库。那样你就更容易弄到你那些响尾蛇的毒液了！

新　　郎　（发急地跳起）我现在正在写副博士论文——《高危险系数条件下的动物行为》。动物和人不同的是，它们不会同类之间自相残杀。老虎不会吃老虎，熊不会吃熊，兔子也不会咬死兔子。比如麝牛，在受到狼群袭击的时候，公牛会在外面围成一圈，母牛和幼崽藏在里面，公牛用牛角把狼赶走。如果一头鲸受伤了，并且不能浮出水面呼吸，那么其他鲸就会从它身下把它托出水面。而我们人类却正相反，要置彼此于死地。动物本能地具有集体观念，会相互帮助……把我放出去，让我去见新娘吧，我要疯了！

赫沃斯托夫不知在什么地方弄到了一根棍子，上面贴着标语，写的是"等着瞧！"他走到前景。为了吸引人们的注意，他把水桶敲得铛铛响，那水桶大概是清洁工人忘在这儿的。赫沃斯托夫举着标语走来走去，就像在示威。费季索夫和古西科夫的妻子在他身后站着。

西多林　这是什么意思？您要给我们瞧什么？

费季索夫　把什么都给你们瞧！

古西科夫的妻子　作为抗议！

阿尼克耶娃　我们不允许你们展示任何东西！是我们要给你们好看！

西多林　（厌烦地）同志们，天已经亮了，该进行令人失望的总结了。我承认，这不是我一生中最美好的一夜。博物馆遭到了破坏。所有人都是凶恶的，各怀鬼胎！这个傻瓜还举着标语！（对赫沃斯托夫）你还杵在那儿干吗？

古西科夫的妻子　这不公平！他没法回答您！

费季索夫　他不能说话！

西多林　好了！我已经受够了。我放弃我的立场，同意抽签，条件是大家继续支持管委会的工作。

阿尼克耶娃明白剩下的时间不多了，是时候做出让步了。

阿尼克耶娃　（以从未有过的温柔口吻对所有人）我们为大家做了多少事儿！天哪，我们跑了多少个办公室，苦口婆心地劝了多少人，花了多少时间和精力在这个事儿上。为了弄到水泥，我们把整个工程队都请去了大剧院看戏。

西多林　幸运的是，大剧院乐队指挥的小狗长了癣，我们这才弄到了票。

阿尼克耶娃　有时候我们甚至违反了法律。给这个人塞五卢布，那个人十卢布；给这个送瓶香水，那个送盒糖。但我们做这些都是为了集体的利益。

米洛谢尔多夫的儿子　（对玛丽娜）这场闹剧结束后，到我那儿吃早餐吧？

玛丽娜　还没有人请我吃过早餐。通常都是请我吃晚餐。

米洛谢尔多夫的儿子　我们来点儿有新意的。

玛丽娜　（笑了一下）我知道我给您留下的印象是，结识这个女人可以从吃饭开始，可以请她吃晚餐、午餐，

	甚至是早餐。
米洛谢尔多夫的儿子	现在您就要说您不是这种女人了。
玛丽娜	不，我不会这么说。但也不会跟您去吃早餐，我已经吃得够饱了。
米洛谢尔多夫的儿子	不会太早了点儿吗？
玛丽娜	（看向别处）我的前夫已经彻底叫我倒了胃口，现在我无论什么时候，对任何食物都没有兴趣了。
米洛谢尔多夫的儿子	玛丽娜，跟您在一起我甚至愿意挨饿。

娜塔莎和斯米尔诺夫斯基看着窗外沉睡的城市。

娜塔莎	如果不是这个车库讨论会，你不会娶我吧？
斯米尔诺夫斯基	（半开玩笑地）绝对不会！
娜塔莎	可不是嘛！没想到开会也能带来好处呢。

抽签的建议渐渐被大家接受了。社员们热烈地讨论起这条唯一的出路。

雅库博夫	（站起）真是见鬼了！我一直沉默着，沉默着。为什么？因为我被收买了……恢复了我的名额，我就……软化了。我出卖了……一起倒霉的同志……想想吧，我变成了什么人……在战争中难道我会这么做吗……那时候我什么都不怕，而现在……就为了一个毫无用处的车库……我们侦察兵有这么一句老话："我可不愿意跟他一起去执行任务。"而今天我的所作所为让我都不愿意跟自己一起去执行任务。我不需要你们的小恩小惠！当

然要抽签！而且只能抽签！

费季索夫 太棒了，亚历山大·格里戈里耶维奇。我又开始
尊敬您了。

长号手 真见鬼，我也跟你们站在一起。总跟着别人的指
挥棒转，真叫人烦透了。干吗总要听你们的指
挥？我们每个人都是独奏演员！

马拉耶娃 好了，让我们来抽签吧。但是首先应该把走后门
的开除，也就是，米洛谢尔多夫的儿子……

米洛谢尔多夫的儿子 好啊，我的父亲无缘无故地被开除了。

马拉耶娃 （继续）……和市场经理。

古西科夫的妻子 好的，这样就只有两个正派人倒霉了。

斯米尔诺夫斯基 有道理。

费季索夫 剩下的人当中就再没有加塞儿的吗？

秘　书 没有了。我作为管委会秘书可以对此保证。至于
库沙科娃，她是我在阿尼克耶娃同志的命令下偷
偷写进会议记录里的。

阿尼克耶娃 （气愤地）叛徒！

秘　书 是的，我是叛徒，并且为此感到骄傲！

马拉耶娃 请大家对我的提议，也就是把加塞儿的开除进行
表决。

库沙科娃 （走到前面，发起攻击）你可真是个进步分子！你
是倒贴了多少钱，才让男人肯跟你生孩子的？他
倒真是个胆大的……

西多林 （对库沙科娃）您知道吗，您已经完全越界了。

雅库博夫 （嫌恶地）滚开！

库沙科娃　我倒是想走，但门锁上了。

马拉耶娃　（脸色变白，勉强控制自己不流泪，但尽量以平和的口吻说话）搜身也搜了，现在还要爬上我的床。我没有丈夫，过去没有，现在没有……也许以后也不会有……而孩子……是我想要的……也许还会再养一个。丈夫在今天看来并不是必需的。对女人来说，最重要的是孩子……像我这样的女人，你们知道有多少吗……（哭泣）我很幸福……我的儿子也很幸福……至于说我倒贴……就像刚才从您那肮脏的嘴里说出来的……完全是在污蔑我……如果想要知道真相——我曾经跟一个已婚的男人有过一段乏味的爱情。而他最终选择了家庭……您想要侮辱我吗？但您侮辱的是您自己！

玛丽娜　（对米洛谢尔多夫的儿子）这个市场败类说出这样的话，就决定了您的命运。现在你们两个都要被撵走了。

米洛谢尔多夫的儿子　（无忧无虑地）就让他们开开心吧。总得让人把气撒出来呀。

阿尼克耶娃　反正拍签并不是我们解决问题的方法。我们不能盲目前进。

斯米尔诺夫斯基　我们一直都是盲目的。

阿尼克耶娃　要开除四个人，这个工作我们是可以胜任的。我同意把这几个加塞儿的开除。只是我不同意这种说法，这些人不是加塞儿的，他们都是些有用的人。库沙科娃是什么？她不是市场经理。库沙科

365

娃是混凝土。库沙科娃是大铁门。库沙科娃是推土机。而米洛谢尔多夫的儿子呢，就不用我跟你们解释了。但是……（微笑）……他们已经为我们做出的贡献，我们怎么回报呢？他们已经做了自己该做的事儿，车库几乎已经建好了。我们是要把他们开除，但还是要对他们表示感谢。

库沙科娃　（威胁地）我已经看到了你们所谓的感谢。我跟您还有笔账没算完。

阿尼克耶娃　（对库沙科娃）我们之间没什么可算的。

库沙科娃　（讥讽地）好个没什么。当初您买"日古利"还从我这儿拿了一千五百卢布……

阿尼克耶娃　（冷酷地）这是诬陷！您的谎言是多么愚蠢！真是廉价的报复……

库沙科娃　并不廉价。当初真该让您写个借条。

阿尼克耶娃　您真是个造谣生事的小人！

库沙科娃　这么说我的钱算是打水漂了。

马拉耶娃　没什么，美人儿，您很快就会补上亏空的。

库沙科娃　这就是科研机构合作社的道德水平。还不如我们市场的呢。

阿尼克耶娃　我要上法院告您。我有这么多证人！

库沙科娃　（大笑）而我一个都没有！

古西科夫的妻子　我是证人！

费季索夫　（惊奇地）难道给钱的时候您在场？

古西科夫的妻子　我没看见，但我有这种感觉。我说过，管委会收受贿赂！

库沙科娃	借钱不还不说，还用法院来威胁我！真是可笑极了！
阿尼克耶娃	在法庭上，库沙科娃同志，您就没工夫笑了。
米洛谢尔多夫的儿子	（对玛丽娜，小声地）依您看，阿尼克耶娃拿钱了吗？
玛丽娜	毫无疑问。
米洛谢尔多夫的儿子	我不是很确定。一个科学博士怎么会为了钱去干这种肮脏勾当呢？
玛丽娜	那为了什么她才会这么干？
米洛谢尔多夫的儿子	比如说，紧缺的食品。

阿尼克耶娃努力保持外在的平静，继续读名单。

阿尼克耶娃	（对所有人）第三位——斯米尔诺夫斯基的女儿。他们一家有一间车库就够了。
玛丽娜	（对斯米尔诺夫斯基）爸爸，我已经告诉过你别插手！任这对我也没什么影响。你既然送了我一辆车，那么自然也要提供相应的设施了——我当然会把车停到你的车库里。况且你要做新郎官了，有了爱人陪伴，即使没有车库也像在天堂一般。
斯米尔诺夫斯基	（用笑来掩饰）不会让你这样胡闹的，臭丫头。我会躺在车库门口。你总不会开车从爸爸身上轧过去吧？
玛丽娜	（指着自己）这个人？这个人可不管轧的是谁！

米洛谢尔多夫的儿子友好地笑着。阿尼克耶娃继续读被除名

候选人名单。

阿尼克耶娃　第四位……（停顿）古西科夫！

古西科夫的妻子　（拼命大喊）又是古西科夫！为什么又是古西科夫？

阿尼克耶娃　（冷血地）因为需要有第四个人。请投票！

卡尔普欣　我完全支持！阿尼克耶娃的提议很好，两个加塞儿的和教授的女儿，第四个是谁来着……我忘了……

马拉耶娃　第四个当然是古西科夫……

卡尔普欣　古西科夫很适合！我们来投票吧。

古西科夫的妻子　（极度绝望）怎么是古西科夫？为什么是古西科夫？为什么又是古西科夫……（走到卡尔普欣身边，以一种与之前截然不同的古怪神情久久地注视着他）托利克，你的牛仔裤怎么扯破了？是不是又打架了？

卡尔普欣　（咧嘴笑）谁是您的托利克？您怎么了，犯傻了？

古西科夫的妻子　托利克，不许跟妈妈顶嘴！快坐下，做地理作业。（转身对马拉耶娃）你呢，柳多奇卡，好好吃燕麦粥。你这个年龄吃燕麦粥对身体好。

阿尼克耶娃　古西科夫的妻子，别装傻了！

一开始，大家都觉得这是古西科夫的妻子愚蠢而不合时宜的玩笑。

西多林　（对古西科夫的妻子）不知疲倦的同志，别拿我们寻开心了！

古西科夫的妻子　（这次对西多林）古西科夫，你为什么昨天晚上11

点才回家？别跟我撒谎，说什么开会来着。怎么，你在外面有女人了？（哽咽）我明白，辛辛苦苦这么多年，我已经不像过去那么漂亮了。但我们还有两个孩子。（哭泣）他们是你的孩子，是我们的孩子！你怎么不说话，回答我呀！

　　在场的人们感到可怕。

斯米尔诺夫斯基　天哪，她疯了！

　　这时，人的感情在西多林身上苏醒了。

西多林　（拥抱古西科夫的妻子）我聪明的老婆，除了你……我没有任何女人。过去没有，以后也不会有。我只爱你一个人，请你放心。（真心地）别着急。一切都会好的。（对卡尔普欣）托利克！快坐下，做地理作业！

费季索夫　（对卡尔普欣，意味深长地）托利克！别惹妈妈生气……

卡尔普欣　（慌张地）你们怎么了，同志们……

费季索夫　快点儿……要不就揍你！

卡尔普欣　（顺从地）好的，我的爸爸们。

西多林　（对马拉耶娃）你呢，柳达，快喝粥！

马拉耶娃　（加入这一悲伤的游戏）燕麦粥 —— 是我最喜欢的粥了。

古西科夫的妻子　（对西多林）古西科夫！我们柳多奇卡的大衣都穿

破了，现在的小姑娘都穿得那么时髦……（叹气）

西多林抚摸她的头。

（突然哆嗦了一下，像是恢复了神志）哎呀！天哪，我怎么了？怎么这么冷。

新郎马上将自己的大衣递给西多林。西多林把大衣披在古西科夫的妻子身上。

长号手　（对古西科夫的妻子）你一切都好……这里谁都不会让你受委屈的。想要我给你吹点儿什么吗……

古西科夫的妻子　吹吧！（哭泣）

长号手为古西科夫的妻子吹奏温柔、悲伤的曲子。

古西科夫的妻子　请大家原谅我。请原谅我，同志们！

西多林　没什么。

古西科夫的妻子　同志们，对不起，请原谅我吧。

西多林　没什么，没什么……

赫沃斯托夫打断长号手。

赫沃斯托夫　（嘶哑的声音）大伙儿！大伙儿！该清醒了！已经是早上了！这样下去我们所有人都会发疯的！（惊奇于自己身上所发生的）我能说话了……

费季索夫　太神奇了！哑巴都开口了。

赫沃斯托夫　都是因为这一天的折磨，我终于说出话来了。社

　　　　　　员们！让我们立即对三项提议一起表决吧 —— 第

　　　　　　一，叫那些加塞儿的见鬼去吧。

米洛谢尔多夫的儿子　（以立正姿势）悼念我逝去的车库。

赫沃斯托夫　第二，重新选举管委会。

　　西多林　这么说我们好像要被推翻了。

　　秘　书　为什么要撤掉我呢？我早就在人民这头了！

赫沃斯托夫　第三，我们当中谁该被除名，还是用抽签的方式

　　　　　　决定吧。我们一起对这三个问题投票。谁赞成，

　　　　　　请举手。

　　　西多林以老爷式的宽容姿态第一个举起手来。然后马拉耶
娃和秘书也举起手。斯米尔诺夫斯基、玛丽娜、古西科夫的妻
子……社员们一个接一个举起了手。

　卡尔普欣　（举手）没有任何办法，我总是站在多数者一边。

赫沃斯托夫　明白了！谁反对？

　　　投反对票的只有阿尼克耶娃。所有人都看着她。

　　西多林　（建议）那么，也就是说需要裁些纸条了，其中有

　　　　　　两个签是不幸的，上面画个……叉号吧……

赫沃斯托夫　（对西多林）我们自己会做。您可真是变化多

　　　　　　端！——谁愿意为这个庄严的活动贡献一顶帽子？

　费季索夫　我这儿有。

赫沃斯托夫　谢谢！

　　　突然响起了急促的敲门声。

阿尼克耶娃的丈夫	（在门外）出事了，快开门！
阿尼克耶娃	（跑到门边）啊，天哪！难道小孙子出什么事了？
马拉耶娃	马上……我马上。（也跑向门口）
阿尼克耶娃的丈夫	快把门打开吧！
玛丽娜	又是阿尼克耶娃的丈夫。
阿尼克耶娃的丈夫	利杜希克！利杜希克！
阿尼克耶娃	出什么事了？

马拉耶娃终于打开大门。阿尼克耶娃的丈夫进来。

阿尼克耶娃的丈夫	就在你开会的时候，我们的汽车被偷了！
阿尼克耶娃	（如释重负）天哪！我还以为萨申卡出事了呢。真把我吓坏了。
阿尼克耶娃的丈夫	我们的汽车就像往常一样停在3单元的门口……
阿尼克耶娃	你……去过交通队了吗？
阿尼克耶娃的丈夫	我已经给他们打过电话，把车牌号告诉他们了。
阿尼克耶娃	光打电话有什么用！得赶紧去一趟呀！给我大衣！
阿尼克耶娃的丈夫	快穿上衣服吧！你的大衣呢？（找到，递给她）
西多林	（突然想到一个主意）同志们！根据法律，没有车的人是不能成为我们车库修建合作社的成员的，因此，阿尼克耶娃同志已经自动退出合作社了。接下来，我们只需要在一张纸上画叉了。

社员们的笑声和杂乱的说话声。

阿尼克耶娃	真精彩！您要背叛我吗，伪君子？
西多林	清廉的朋友，适时的背叛不是背叛，而是先见

之明！

米洛谢尔多夫的儿子 （高兴地）请把这个宝贵的想法再说一遍，我要记下来！

卡尔普欣 （维护阿尼克耶娃）同志们！先别着急，车是可以找到的。

西多林 如果汽车找到了，我们就立即把阿尼克耶娃同志列入后备名单。

阿尼克耶娃的丈夫 （对西多林）您还经常到我们家来呢！

马拉耶娃 （对西多林）动物们怎么受得了您？

西多林 动物们都很爱我！我从没对它们做过什么不好的事儿。

长号手 这一切是多么丑陋！

阿尼克耶娃 （对西多林）没什么，亲爱的朋友，我们两个明天在另一个地方、另一个层次上好好谈一谈。

阿尼克耶娃的丈夫 走吧，利杜希克！

阿尼克耶娃 再见了，同志们！

阿尼克耶娃一家走了，他们现在没时间考虑抽签的事儿了。

西多林 为什么都责怪我，法律就是法律，又不是我制定的……

赫沃斯托夫 同志们！大家看看，我当着所有人的面在一张纸条上画了叉……

古西科夫的妻子 （宿命地）你们看着吧，这唯一的一张肯定被我抽到。

赫沃斯托夫 （将纸条放到帽子里）那么，我们就来抽签吧。（晃動帽子）谁第一个？

新　郎　同志们，让我第一个来吧，我有十分正当的
　　　　理由……

费季索夫　别害怕，来吧！

赫沃斯托夫　勇敢点儿！新娘子等不及了。

新　郎　（抽出一张纸，认真看）幸运的！（笑）谢谢了。再
　　　　见。（跑向门口，消失不见）

库沙科娃　（对所有人）你们一定会后悔的。我要让高速路改
　　　　道，从你们的工地上横穿过去。看着吧，你们这
　　　　些私人车库都会因为影响市容而被拆掉的。

辨别不清的愤怒的话语声。

公共汽车和无轨电车也会在那片儿穿行……（在门
口转身向众人啐了一口）呸！

卡尔普欣　（擦眼睛，就像在抹去吐沫）你们瞧，真能跑进眼
　　　　睛里！

秘　书　天哪！

斯米尔诺夫斯基　是啊，真是个罕见的人物。

社员们接着抽签。

秘　书　（高兴地仔细看纸条）空白的，空白的。

马拉耶娃　（抽签）干净的！

长号手　（紧张地）祝贺你！

西多林抽签。所有人都屏住呼吸。

费季索夫　（对西多林）希望您抓到叉号！（笑）

西多林颤抖着，最终抽到了幸运签。

西多林　（如释重负）是干净的……

卡尔普欣　（推开其他人）让我来吧……

费季索夫　现在这个人要抓到了！

马拉耶娃　来吧，卡尔普欣！

卡尔普欣犹豫着。

秘　书　快点儿！

卡尔普欣像一个牌迷，慢慢地捻开纸条。

长号手　就像在玩牌。

卡尔普欣　（最终展开了纸条，也是一张干净的）好，这就对了，就该这样，因为真理永远在我们这边。

还没抽签的人都紧张地笑着。古西科夫的妻子抽签。

古西科夫的妻子　我害怕。

赫沃斯托夫　买吧，勇敢点儿！

古西科夫的妻子　就是现在了，呸。（用手敲了三下木椅子，朝左肩膀后面啐了三口）① 我害怕。

长号手　来吧！

----

① 俄罗斯人的一种迷信，认为这样可以驱散邪恶的力量，带来好运。

西多林　勇敢点儿！

古西科夫的妻子　（抽了一张，慢慢地展开，叫喊）是干净的，千真万确，你们看！第一次这么幸运。

赫沃斯托夫　来吧，同志们，抽签吧……

斯米尔诺夫斯基抽签，是空白的。

一人只抽一张，一张！

玛丽娜抽了一张空白签，将自己的纸条给斯米尔诺夫斯基看。米洛谢尔多夫的儿子没有离开，而是微笑地看着玛丽娜。

同志们！还有谁没抽签？

长号手　我没有！（抽出一张，脸上浮现出得意的微笑）

雅库博夫和费季索夫也抽到了幸运签。

费季索夫　这就是我的亲爱的！（挥动幸运的纸条）

赫沃斯托夫　谁都没有抓到叉号吗？

长号手　好像是谁都没有。

雅库博夫　瞧，我这张也是干净的。（给大家看）

费季索夫　到底是谁抽到了叉号？

赫沃斯托夫　（恐惧地）同志们！我还没有抽签。

玛丽娜　他现在又要失声了。

卡尔普欣大笑。

马拉耶娃　（对卡尔普欣）您当然是不会可怜他的，是吧？

赫沃斯托夫 （命中注定地抽出，又惊又喜）空白的？！

西多林 怎么是空白的？

赫沃斯托夫 看吧……

斯米尔诺夫斯基 又发生了什么？好像所有人都抽过签了。

赫沃斯托夫 （在帽子里摸索）同志们！还有人没抽签。帽子里

还有一张……

西多林 还有谁没抽签……

斯米尔诺夫斯基 谁没抽签？

古西科夫的妻子 难道又得重来一遍吗？

马拉耶娃 同志们！还有谁没抽签？谁？

卡尔普欣 ……同志们，有人还没抽签。

　　胖社员倚靠着河马安静地睡着。所有人都明白了。社员们友好地聚集到他身边。赫沃斯托夫手里拿着帽子，走在最前面。众人都在笑，笑声唤醒了胖子。他半睁开眼，傻呆呆地看着自己的同事们，不明白发生了什么。

赫沃斯托夫 （把帽子递给胖子）抽签吧。

西多林 抽这张签吧，我们的幸运儿！

剧　终

梁赞诺夫的生平与创作

　　埃利达尔·梁赞诺夫是享誉世界的电影导演、高超的现实主义喜剧大师，被誉为俄罗斯的"喜剧教父"，是苏联和俄罗斯电影与文化界的一位传奇人物。梁赞诺夫在长达六十年的艺术生涯里执导了三十余部电影，其中大部分都进入苏联和俄罗斯的电影经典之列。他善于运用巧妙的结构、夸张的手法、诙谐的台词及对滑稽性格的刻画，揭示出喜剧表层下隐藏着的真实人性与生存境况。在梁赞诺夫的电影中，讽刺与抒情、浪漫爱情与社会批判巧妙地融合在一起，悲剧与喜剧因素相互交织和渗透，总能给人心灵的慰藉。

　　1927年11月18日，梁赞诺夫出生于伏尔加河畔的萨马拉市。父亲亚历山大是下诺夫哥罗德人，参加过苏俄国内战争，1922年作为侦察兵还被派往过中国；母亲索菲娅则有犹太血统。夫妇两人都曾在苏联驻伊朗首都德黑兰的商务代表处工作，可能正因此，他们才给孩子取了"埃利达尔"（波斯语意为"国家的主人"）这个具有东方色彩的名字。后来，老梁赞诺夫被调到莫斯科的酒业管理总局担任领导，一家人也搬到了莫斯科。但不久这对夫妇就离婚了，3岁的小埃利达尔跟着母亲一起生活，直到他7岁时，母亲嫁给了一位名叫列夫·科普的工程师。继父对埃利达尔视如己出，父子两人的关系十分融洽。

　　童年和少年时代的梁赞诺夫如饥似渴地读书，中学八年级时他便立志当一名作家。小小年纪他就很清楚，成为一名作家的首要前提是很好地了解生活，而他对生活还一无所知。那时，他从自己最喜爱的小说、杰克·伦敦的《马丁·伊登》的主人公身上找到了榜样：马丁是一位海员，航行过半个地球，最后成了一名作家。因此，有着浪漫理想的少年也梦想当一名海员，希望通过在大海上的航行，为日后成为作家积累经验。为了尽快实现理想，梁赞诺夫以自学者的身份提前一年通过了中学毕业考试，并向敖德萨航海学校发出了报考申请。但当时正值第二次世界大战期间，敖德萨早已沦陷，梁赞诺夫并没有得到回复。没能实现水手梦的他跟随好友报考了全苏国立电影学院[①]，尽管并没有什么专业的电影知识，竞争也很激烈，他还是被导演系录取了，成了那一届年纪最小的学生。完全是出于偶然，梁赞诺夫的命运由此改变。

　　1944年，梁赞诺夫进入电影学院学习。导演系这一年级的导师正是苏联著名导演格里戈里·柯静采夫，柯静采夫当时年纪不大，但已经拍摄了《外套》(《Шинель》，1926)、《新巴比伦》(《Новый Вавилон》，1929)、《马克辛的青年时代》(《Юность Максима》，1935)、《马克辛的归来》(《Возвращение

[①]　今为全俄国立电影学院，俗称莫斯科电影学院。

Максима», 1937）等传奇性影片，在电影理论方面也有很高的造诣。当时在电影学院授课的还有大名鼎鼎的谢尔盖·爱森斯坦，正是这两位大师引导梁赞诺夫走上了电影之路。

1950年梁赞诺夫以优异成绩从电影学院毕业，他的毕业作品是一部纪录短片《他们在莫斯科学习》（«Они учатся в Москве»），该片是他与同年级同学、后来成为他妻子的卓娅·福米娜共同拍摄的。

毕业后，梁赞诺夫被分配到苏联中央纪录电影制片厂工作，拍摄了五年的纪录片。其间他主要为一些电影杂志拍摄素材，也执导了几部新闻纪录片，如《十月之路》（«Дорога имени Октября», 1951）、《世界国际象棋冠军赛》（«На первенство мира по шахматам», 1951）、《萨哈林岛》（«Остров Сахалин», 1954）等，从而获得了最初的导演实践。在拍摄纪录片的这几年，他去过苏联的许多地方，在某种程度上实现了当初想要旅行和增长人生阅历的愿望。梁赞诺夫在自传中写道："我在萨哈林岛、堪察加半岛、千岛群岛和科曼多尔群岛旅行，在捕鲸舰队上航行，拍摄鄂霍次克海的捕蟹船，赞颂库班的石油工人和十月铁路的养路工人。我的主人公是孩子和运动员、工人和作家、渔民和边防军人、学者和养鹿人。想列举出我遇到的、知道的、交往过的或与之争吵过的所有人是不可能的。"正是五年的纪录片拍摄为梁赞诺夫积累了大量的生活素材，增强了他对人情世态的了解，也为他今后的创作奠定了追求真实、探索真理的基调。

1955年，梁赞诺夫转到莫斯科电影制片厂工作，在这里他遇到了自己电影生涯中的第三位重要导师——时任莫斯科电影制片厂厂长的著名导演伊万·佩里耶夫。埃利达尔在新单位执导的首部影片，是与谢尔盖·古罗夫一起拍摄的苏联第一部宽银幕实验电影《春之声》（«Весенние голоса»，1955）。这是一部音乐故事片，还带有一些纪录片的印记。看了这部影片的佩里耶夫立即发现了梁赞诺夫的喜剧才能，更建议他着手拍摄一部喜剧片，但遭到了拒绝——年轻的导演想要拍摄的是"严肃的电影"。但佩里耶夫坚信，剧情片许多人都能拍，而出色的喜剧片只有个别人可以胜任。在电影制片厂厂长的"逼迫"之下，梁赞诺夫妥协了。

结果，梁赞诺夫执导的第一部喜剧《狂欢之夜》（«Карнавальная ночь»，1956）取得了空前的成功。该片成为年度票房冠军，观影人次达4800万。影片色彩缤纷、气氛欢快，充满了令人赏心悦目的歌舞表演和滑稽可笑的片段，充分显示出青年导演的喜剧天赋。不只如此，梁赞诺夫还创造性地加入了现实主义成分和社会性主题，使整个片子的戏剧冲突建立在年轻的晚会组织者和狂妄愚蠢的官僚主义者之间的机智斗争基础上，使其超越了普通歌舞片的范畴，成为一部优秀的讽刺喜剧。在拍摄《狂欢之夜》的同时期，梁赞诺夫的个人生活也发生了变化：他与大学同学卓娅结婚了。一年之后他们的女儿出生了。

在首次尝试之后，梁赞诺夫继续拍摄喜剧。1958年的抒情喜剧《没有地址的女孩》（«Девушка без адреса»）讲述了一个因为愚蠢和幼稚而离家出走的姑娘的故事，该片票房3650万，进一步稳固了梁赞诺夫的名声。之后，梁赞诺夫又拍摄了一些不同类型的喜剧片，也取得了不俗的成绩。

1961 年他执导了幻想喜剧《不知从何处来的人》(«Человек ниоткуда»)。1962 年，梁赞诺夫自编自导了英雄喜剧《骠骑兵之歌》(«Гусарская баллада»)。该片根据亚历山大·格拉德科夫的话剧《很久以前》(«Давным-давно»)改编，讲述了舒萝奇卡女扮男装英勇参战，并戏弄未婚夫勒热夫斯基中尉的故事。这是梁赞诺夫首次尝试非当代的题材，也取得了 4860 万的票房。1965 年，梁赞诺夫执导了日常生活喜剧《给我意见簿》(«Дайте жалобную книгу»)，并在片中出演了报社主编这个角色。此后他便一发不可收拾，经常在自己的电影中扮演一些小角色。如《意大利人在俄罗斯的奇遇》(«Невероятные приключения итальянцев в России»，1974)中站在飞机机翼上凿冰的医生，《命运的捉弄》(«Ирония судьбы, или С лёгким паром!»，1975)里坐在醉酒的卢卡申旁边的飞机乘客（在《命运的捉弄 2》里，梁赞诺夫再次扮演了这一角色），《办公室的故事》(«Служебный роман»，1977)里的公共汽车乘客，《车库》(«Гараж»，1980)里从头到尾一直在睡觉的昆虫研究室主任，《两个人的车站》(«Вокзал для двоих»，1983)里的火车站副站长，《老马》(«Старые клячи»，2000)里的法官等。虽然戏份不多，但梁赞诺夫在影片中的表演总能给观众带来惊喜和欢乐。

　　1966 年的喜剧《看好你的车》(«Берегись автомобиля»)被认为是梁赞诺夫的早期创作中最为出色的一部。影片的主人公尤里是一位保险推销员，每到夜晚他就变身偷车贼，专门偷窃贪官污吏的汽车，再把卖车的钱全部捐给孤儿院。电影精准地描述了当代生活中的冲突，揭露了苏联当时的物质匮乏与精神堕落。对主人公形象的评价，即到底是否应当把他抓进监狱，在社会上引起了巨大争论。《看好你的车》显然突破了传统侦探片的框架，既有幽默讽刺的片段，也有严肃的思考和忧伤的情调。梁赞诺夫的作品正是从这部影片开始出现了体裁的混合，并逐渐形成了独特的抒情喜剧风格。此外，这部电影的剧本也是梁赞诺夫和埃米尔·布拉金斯基共同创作的，两人由此开始了持续二十余年的编剧合作。梁赞诺夫在20世纪七八十年代拍摄的电影，脚本几乎都是与布拉金斯基联合创作的。

从60年代开始，梁赞诺夫的每部作品都备受瞩目，在社会上引起热烈的讨论。到60年代末期，梁赞诺夫已经有了相对固定的合作团队，包括编剧布拉金斯基、摄影师弗拉季米尔·纳哈布采夫、配乐安德烈·彼得罗夫和一批杰出的演员。演员的出色表演也是梁赞诺夫电影中不可或缺的魅力元素。导演善于发现和培养影坛新人，很会激发演员的潜力，他的角色分配从不会出错，总能使演员和角色之间形成近乎完美的契合。

七八十年代是梁赞诺夫创作的黄金时期，他和布拉金斯基总能捕捉到当下最迫切的题材。这一时期，梁赞诺夫拍摄了哲理喜剧《老强盗》（«Старики-разбойники»，1972），冒险喜剧《意大利人在俄罗斯的奇遇》，被称为"爱情三部曲"的《命运的捉弄》《办公室的故事》《两个人的车站》，讽刺喜剧《车库》和爱情故事片《残酷的罗曼史》（«Жестокий романс»，1984）等苏联电影中的经典。在这些电影的拍摄中，也有导演的第二任妻子、莫斯科电影制片厂的编导尼娜·斯奎宾娜非常积极的参与。

1974年的《意大利人在俄罗斯的奇遇》讲述了一群意大利冒险者前往列宁格勒寻找一笔多年前埋藏于此的财宝，其间发生了许多令人啼笑皆非的故事。不同于梁赞诺夫以往含蓄的室内抒情喜剧，该片是一部场面大、动作多、包袱多的欢乐闹剧。影片中充满了当时西方电影里常见的噱头，像寻宝、汽车追逐、爆炸、美女等，有惊险刺激，也有浪漫爱情，颇有好莱坞的风格。片中有许多让人捧腹大笑的经典桥段：丢了护照的意大利医生只能坐着飞机不停地往返于意大利与苏联之间，无法在任何一国入境；救护车在罗马街头横冲直撞并非为了抢救病人，而是为了送孩子上学；医院里床位十分紧张，两个病人不得不躺在一张病床上；飞机紧急迫降在公路上，还不忘遵守交通规则；从动物园里跑出来的雄狮追着一群人在列宁格勒的大街上乱跑。即使在今天看来，该片的编剧思路依然令人拍案叫绝。

1980年的《车库》是一部出色的讽刺喜剧。该片演员阵容强大，无论主次演员都是当时苏联电影界的明星。该片近似于话剧，有着紧张的戏剧冲突和严整的结构，整个情节都发生在动物博物馆这个密闭空间中。动物保护研究所车库修建合作社的成员在这里召开集体会议，讨论因为不可抗力不得不剥夺哪四个人的车库资格。合作社委员会给出的名单立刻遭到了四个当事人的强烈抗议，由此展开了一场良心与利益的较量。人们开始互相攻击批判、揭发、争吵、打斗，一夜之间，原本矜持谦让的知识分子都变成了残忍的野兽。影片犀利地讽刺了苏联社会的诸多问题，如组织的独断专行、领导者的徇私舞弊、人情的冷漠、贪污腐败等问题，但梁赞诺夫的悲喜剧总是充满人道主义的关怀。在影片结尾，当被迫让出车位的古西科夫的妻子由于在家忍受丈夫出轨、在外遭受不公正待遇而精神崩溃，哭泣着把在场的同事当成了自己的孩子时，人们内心的温情与善良再次被唤醒，车位的纷争顷刻之间也有了答案。

1976年1月1日，爱情喜剧《命运的捉弄》首次在电视上播放。据统计，当晚共有1亿人在同一时间观看了这部电影。由此产生了令人震惊的效果：第二天，全国上下都在热烈地讨论这部影片。在《苏联银幕》杂志的观众投票中，该片被评为年度最佳影片；1977年，电影的主创团队被授予苏联国家奖的最高荣誉。此后，这部电影便成了苏联民众过新年不可或缺的仪式：每年新年，各个电视台都要反复播放这部影片。迄今为止，该片仍然是苏联和俄罗斯影史上最为流行的影片。

《命运的捉弄》讲述了一段发生在新年前夜的爱情故事。外科医生卢卡申本应在莫斯科的家里向未婚妻求婚，却与几个好友去公共浴室洗澡并喝醉了酒，代替好友登上了飞往列宁格勒的航班。在列宁格勒，卢卡申意外地用自家钥匙打开了与莫斯科同样街名和门牌号的房门，而这所房子的女主人娜佳也正要和未婚夫共迎新年。在发生了一连串的误会后，原本素不相识的两位主人公在一夜之间由完全的敌意转变为深深的理解，最后相互吸引、彼此相爱。本来是不可思议的事情，在梁赞诺夫的展现下变成了合情合理的演变。《命运的捉弄》的核心在于细致地讲述了爱情的衍化过程，循序渐进地呈现了男女主人公所有的内心行动和细微变化，也正因此，该片的节奏较慢，长达三个多小时，被分成了上下部。剧中，由帕斯捷尔纳克、茨维塔耶娃等诗人的情诗改编的弹唱歌曲直入人心，窗外的纷纷白雪营造了一种浪漫和真挚的氛围。这部影片为何最受民众喜爱又经久不衰？也许正因为它在本质上是一部给成年人看的童话：人间的温情可以融化寒冷的冰雪，没有什么是不可能的，已经疲惫的心灵也可以重新燃起爱的热望。

1977年的《办公室的故事》是"爱情三部曲"的第二部，也是梁赞诺夫最为成功的一部电影。整部影片的风格轻松幽默，幽雅的配乐、诙谐的情节、个性鲜明的人物、睿智犀利的台词都使该片成为喜剧电影的典范。1978年，这部影片的创作团队也被授予苏联国家奖。《办公室的故事》在人物设置上更加突出两位主人公身份、性格的巨大反差：一边是冷酷刻板、不修边幅、大龄未婚的统计局女局长卡卢金娜，一边是性格怯懦、独自抚养两个孩子的离异小科员诺沃谢利采夫。想升职的小科员不得不鼓起勇气向女局长大献殷勤。在一连串啼笑皆非的误会和几次交锋后，两人都显露了人性的本色：女局长看上去冷酷无情，实则是一个内心敏感脆弱、渴望家庭温暖的女人，小科员看起来唯唯诺诺，实则是一个善解人意、明辨是非、有担当的男人。不只是男女主人公，其他人物也都是复杂、有层次的。人心的面子和里子都在影片中展露出来，淋漓尽致地上演了一出人间悲喜剧。

1983年的《两个人的车站》是"爱情三部曲"的最后一部。影片获得第16届全苏电影节最佳女主角、最佳男主角奖，和《苏联银幕》杂志评选的年度最佳影片、最佳女主角，并获得第36届戛纳电影节金棕榈奖提名。《两个人的车站》的情节线索虽然跟"三部曲"的前两部相似，但也出现了诸多变化。首先，影片聚焦的是另一个社会层次。如果说之前写的主要是知识分子，那么在这部影片中，女服务员、二道贩子、列车员、流氓、民警等轮番登场。其次，该片不是一部室内心理剧。影片的外景丰富，餐厅、铁路、劳改营、马路、集市成为事件发生的主要场所；影片的声音元素也相当丰富，令人厌烦的站前广播、热情奔放的音乐和嘈杂的人群交替轰鸣，渲染着情绪。另外，在体裁和风格上，《两个人的车站》也是"三部曲"中喜剧性最少、现实主义意味最浓的一部。影片中已经没有搞笑的情节，而是整体浸染着忧伤和苦涩的调子。

与前两部一样，这部作品也讲述了在急速变化的都市生活中，两个心灵美好但不幸的人相互找到了对方。准备替妻子顶罪的钢琴家普拉东在审判前夕赶回家见父亲一面，途中经过一个外省火车站时，与站前餐厅的女服务员薇拉相识、相爱。这一次两位主人公心灵的接近过程比以往更难。迥异的性格、悬殊的教育背景和职业、首都和外省的不同生活方式都是隔在两人之间难以跨越的障碍。但梁赞诺夫还是找到了两人心灵的契合点。普拉东虽是一位软弱斯文的知识分子，但他有着强大的内心力量和很高的道德标准。而蛮横无理、粗俗油滑也只是薇拉的外壳，她的内心深处藏着一颗纯洁高尚、渴望爱和奉献的灵魂。两人相遇后，薇拉开始理解另一种价值观，受到了心灵的净化，而普拉东在她的帮助下也回归了真实的生活。结尾，薇拉千里迢迢来看入狱的普拉东。第二天早上，普拉东没能按时返回监狱，两人依偎在监狱围墙外的雪地上，在雪后的阳光下获得了瞬息的安宁，在相互支撑中迎接人生的灰暗与坎坷。这个非常深刻的现实主义结局，影射的正是我们亦悲亦喜、五味杂陈的人生。

"爱情三部曲"可谓梁赞诺夫的巅峰之作。三部作品有着一些共同性，如都是长达三个小时的电视电影，都讲述了都市中年男女令人不可思议的爱情故事，都对当下迫切的社会问题和时代的丑恶现象予以审视和批判。"三部曲"都有着童话的本质，都讲述了已经陷入生活泥潭的中年男女的心灵被爱温暖，人生重又充满希望的故事。与许多大师级导演的电影不同的是，梁赞诺夫的电影始终是拍给普通大众看的，在幽默讽刺和闹剧的背后，总是流淌着一股人性的暖流，给人精神的抚慰。苏联时期，梁赞诺夫的电影一直在主流意识形态和大众文化品位的框架内思考问题，含笑地展现出社会的真实状况和荒谬之处，并以对人性真、善、美的启迪作为艰难生活的支撑。沿着这一坚实的现实主义路径和人民性立场，梁赞诺夫渐达顶峰。在"爱情三部曲"完结的同时，梁赞诺夫也成为一位睿智的"悲喜剧大师"。

进入80年代中期的改革时代，梁赞诺夫的创作也出现了相应的变化。还在戈尔巴乔夫改革之前，他便想尝试新的体裁和剧本，意图通过对经典的重新演绎来表达当下的时代氛围，如布尔加科夫的《大师与玛格丽特》、埃德曼的《自杀者》、施瓦茨的《龙》都是梁赞诺夫中意的文本，但在当时统统没有获得上级文化部门的批准。于是他将目光转向了19世纪的经典文学，拍摄了由亚历山大·奥斯特洛夫斯基的剧作《没有陪嫁的姑娘》改编的剧情片《残酷的罗曼史》。该片获得了观众和评论界的一致好评，揽获1985年全苏电影节最佳影片、最佳摄影、最佳作曲、最佳男主角奖，印度德里国际电影节金孔雀奖，也让梁赞诺夫加冕了"苏联人民艺术家"的头衔。这是一个关于爱情的残酷故事。《残酷的罗曼史》展现了梁赞诺夫式爱情童话的终结。同样是对爱情的真诚追求，"三部曲"中有着诸多阻碍的普通中年男女都收获了幸福，而才貌俱佳的拉里莎却沦为被社会残酷对待、践踏致死的牺牲品。片中懦弱的小人物也没有获得顿悟，反而转向了心灵的黑暗处：不只毁灭了自己，也毁灭了追求不到的美。

1987年的《被遗忘的长笛曲》（«Забытая мелодия для флейты»）讲述了业余时间管理局副局长菲利蒙诺夫与护士莉达相爱，又因权力的诱惑而放弃这段感情的故事。与梁赞诺夫以往的作品一样，该片在表现爱情的同时，也揭露了改革期间的社会现实，讽刺了官僚主义的社会风气。但这一时期梁赞诺夫电影的思想更为复杂，艺术手法也趋于多元化。为人们所熟悉、喜爱的梁赞诺夫式的主人公突然变为了崩溃的个体。《被遗忘的长笛曲》与《两个人的车站》有着相似的情境，同样是社会地位悬殊的两个男女相爱，但已经没有了美化和升华，变成了纯粹的婚外情。与以往作品相比，男主人公人格的分裂也更加明显。在工作岗位上，菲利蒙诺夫是一个冷漠、世故的官僚；但在爱情中，他则是真诚坦荡的。他为莉达吹起了早已被忘却的、象征着柔情与诗意的长笛曲，但这不被任何人需要的长笛曲终也无力挽救他堕落的灵魂。与《残酷的罗曼史》一样，男主人公同样没能跨越、克服自己的卑微。影片的结尾出现了非现实的片段，在主人公的梦境中，所有人都在等待着最高法庭的审判。影片充满了哲理性思考：无论哪个时代，人都要面对自己的良心。

《被遗忘的长笛曲》也是梁赞诺夫与老搭档布拉金斯基合写的最后一部电影脚本。此后两人因为创作上的分歧不再合作。关于此，梁赞诺夫在回忆录里写道："我们已经一起合作了近二十五年，很少有婚姻能持续这么久，当然到了该分道扬镳的时候。布拉金斯基仍然喜欢的，我已经不再喜欢了。"布拉金斯基于1998年离世。2000年，梁赞诺夫根据布拉金斯基生前创作的剧本拍摄了《寂静的海湾》(《Тихие омуты》)，以此纪念自己的挚友。

　　随着电影审查的逐渐放开，梁赞诺夫的创作变得愈发尖锐。1988年，他执导了《青春禁忌游戏》(《Дорогая Елена Сергеевна》，直译为《亲爱的叶连娜·谢尔盖耶芙娜》)。该片根据柳德米拉·拉祖莫夫斯卡娅的剧本改编，原剧作曾在世界上很多国家上演，引起了巨大轰动。这是一部具有迫切现实性的作品，触及了之前无法触及的敏感话题，讲述了四名中学毕业班学生为了篡改试卷，以为叶连娜老师过生日为名，无所不用其极地上演了恳求、利诱、恐吓、侮辱、强暴等手段，逼迫老师交出存放试卷的保险柜的钥匙。坚守道德底线的中年女教师和冷血、功利的青年人之间展开了一场残酷的较量。该剧深刻地揭示了改革阶段传统意识形态、道德理念与新价值观之间的冲突。

　　苏联解体后的新俄罗斯处于经济崩溃、社会转型的时期，电影业也陷入了困顿：好莱坞影片的大量涌入，录像带的流行，资金支持的断裂以及民众生活水平的骤然下降等因素，使得俄罗斯国产电影产量大幅下降。梁赞诺夫也像其他导演一样，不得不为拍摄新片寻找投资，不过，已年过六旬的他依然保持着旺盛的创作力和高产的拍片量。1991年以后，梁赞诺夫又拍摄了十余部电影。在后苏联时期，他的艺术创作突然失去了惯有的批判立场，超出了人们习以为常的框架，突出了悲伤情绪，思想上也更为矛盾和复杂。人们对他的电影也常有着截然相反的评价。这一时期他的个人生活也发生了变故：1994年，他的第二任妻子尼娜病故。一年后导演与第三任妻子埃玛·阿拜杜林娜结婚，与之共度了人生最后二十年的岁月。

1991年的社会题材悲喜剧《天堂》（«Небеса обетованные»）是当代版的高尔基的《在底层》，讲述了苏联解体时期，一群寄居在火车站旁废墟中的流浪者（有画家、作曲家、博士工程师、干部等）的辛酸遭遇，隐喻了那个时代整个国家底层的悲惨境况。该片有着鲜明的政论公开性和幻想现实主义的元素。被命运抛弃在废墟上的"过去的人"含着泪等待"天堂"，影片最后，外星飞船真的把流浪者带离了地球。无论现实是多么晦暗和令人绝望，梁赞诺夫仍给自己的主人公和观众留有对未来的希望。

1993年的《预言》（«Предсказание»）也是具有迫切现实性的作品。该片根据梁赞诺夫创作的同名小说改编，具有沉重的时代感和哲理意味。影片的画面笼罩在一片烟雾中（《天堂》中也是如此），反映了转折时代的迷茫与恐慌。与以往创作不同的是，该片从抽象的哲理层面来思考个人与国家的命运。年轻的奥列格正是作家奥列格被葬送的青春，两人之间的碰撞是作家对自己过去人生的追问与反思。作家的感情徘徊于年轻姑娘和亡妻之间，直观地显示了他对"离开祖国，还是留下？"这一命题的思考。最终，当作家下定决心留在俄罗斯之后，曾预言他会被人杀死的茨冈女人再次出现，这次她预言作家和姑娘将幸福地一起生活。通过这部影片，梁赞诺夫对未来做了"预言"：只要我们还活着，就总是有希望的，未来不可预测。

之后的几年里，梁赞诺夫没有继续沿着哲理性的方向发展，而是延续了以往对普通人的关注，以鲜明的喜剧风格拍摄了几部讽刺苏联解体后社会失范现象的作品。1996年的爱情喜剧《你好，傻瓜！》(«Привет, дуралеи!»)处处显示出扩大了的贫富差别，嘲讽了新俄罗斯的暴发户，在男女主人公的寻宝过程中揭露了当代俄罗斯价值体系的混乱、道德的沦落和人心的涣散。与此相对照的是影片对真诚相爱的两位主人公的赞美，他们以正直坦荡的珍贵品格抵御住现实的考验，坚守了纯洁的爱情，这也是梁赞诺夫在混乱时代对俄罗斯传统道德观念和精神力量的呼唤。

2000年几位女演员共同主演的喜剧《老马》，将视角集中于富有苏联精神、价值观的老一辈人在新时代的艰辛与悲惨遭遇，对政府拖欠退休金、社会治安混乱、经济犯罪、贫富分化等问题予以揭露。影片以喜剧的形式为这些已被时代抛弃的边缘人鸣不平，让她们最终在与骗子的斗争中取得了象征性的胜利。影片不仅揭露了社会的病症，更呼唤了社会变革。

2006年，梁赞诺夫自编自导了传记电影《安徒生：没有爱情的一生》(«Андерсен. Жизнь без любви»)。这部影片获得了观众和评论界的很高评价，被认为是梁赞诺夫真正意义上的最后一部作品：导演像是在这部影片中对过去的一切做了总结。影片展现了不幸但富有才华的丹麦童话作家安徒生的一生。梁赞诺夫将安徒生的生平事迹与童话故事巧妙结合，将青年安徒生和老年安徒生进行了平行对照，用精巧而复杂的叙述方式展现出安徒生在创作和生活中的多个侧面。电影中的安徒生长相丑陋，爱情也十分不走运，但他全身心地沉浸在创作中，在童话、艺术中实现了自己。在塑造人物时，梁赞诺夫没有美化或丑化自己的主人公：光明与阴暗同存于安徒生身上，这是一个时而古怪，时而疯狂，时常令人不悦和费解的人。梁赞诺夫意欲用《安徒生》与他以往的创作相对照：在以往的作品中，爱情都被奉为心灵价值的最高体现；而在这部作品中，一个一生都没能获得爱情的可怜人，在某种程度上超越了爱情，他以另一种方式，以更大的爱实现了自我，抒发了对这个世界的爱。另一方面，梁赞诺夫也在自己与安徒生之间进行了平行对比。影片结尾，安徒生在上帝面前的忏悔仿佛就是导演的自白："在我的一生中有许多无意义的奔忙和虚荣。我有着极强的功名心……我俯身在统治者的脚下，我傲慢、残忍、自私、吝啬。我为此感到羞耻。原谅我吧。"而上帝的回答仿佛也是对梁赞诺夫一生的评价："我仍然不后悔在你童年时亲吻过你。你已抵偿了在人间犯下的罪，因为你虽屡遭苦难，却未曾变得凶恶。你的创作向人们心中播撒了善良，人们也回报给你爱与敬仰。我原谅你了。"作为一部杰出的艺术片，它的隐喻显然是多义的。

2000年以后，又有几部梁赞诺夫经典电影的续集或翻拍作品上映，人们对这些电影的评价可谓毁誉参半，但这并没有影响们的观影热情。2007年，继承了《狂欢之夜》风格的《狂欢之夜2》（«Карнавальная ночь 2，или 50 лет спустя»）在电视上播映，又一次成为贺岁电影。梁赞诺夫以五十年前成名作的续集，为自己的导演生涯画上了一个句号。

除了拍摄电影，梁赞诺夫还涉足电视界。从80年代起，他创办并主持了一些颇受欢迎的电影类和名人访谈类节目：《电影概览》《八位姑娘和我》《在新鲜空气中谈话》《谈谈爱的怪事》《梁赞诺夫的巴黎秘密》《梁赞诺夫与叶利钦：两个男人间的谈话》《在梁赞诺夫家做客》等。梁赞诺夫一直是一位有着积极的公民热情的艺术家，他的电视节目跟他的电影一样，关注着社会的现实与热点，甚至对社会进程有过重要的影响。此外，他还是一位作家和诗人。从90年代起，他出版了多部剧作集、诗集、回忆录，发表了很多散文和政论文章。

2015年11月30日凌晨，梁赞诺夫因急性缺血性脑卒中、心肺衰竭，在莫斯科逝世，后被安葬在新圣女公墓。梁赞诺夫当被铭记在世界电影史中，他的电影里充满了真诚、幽默、睿智和善良，对真挚爱情与普世价值观的追求，它们将一直给人们心灵的抚慰，并在岁月的磨砺下越发历久弥新。

刘　溪

《办公室的故事》译后记

　　把剧作家埃·丰·布拉金斯基和电影导演埃·亚·梁赞诺夫联系在一起的主要因素，是他俩都十分迷恋喜剧创作。布拉金斯基1953年从全苏函授法律学院①毕业后，很快走上了喜剧创作的道路。他太坚信喜剧的魅力和威力了，曾在一篇文章中写道："我已经为舞台和银幕写了近三十年喜剧，我深信，幽默是通向观众心灵的一条最为简捷的途径。同时我也坚信，喜剧这个体裁可以适用于任何一种题材……"梁赞诺夫应该也是持这种"喜剧至上"的艺术观点的。1950年他从全苏国立电影学院毕业后，独立执导的第一部电影就是音乐喜剧片《狂欢之夜》。20世纪50年代，这部影片曾在我国公映过。布拉金斯基和梁赞诺夫从60年代开始合作，共同创作了一批水平较高的喜剧片，除了《命运的捉弄》荣获1977年苏联国家奖外，《办公室的故事》和《两个人的车站》也引起了轰动。二人的喜剧才华得到了广泛的赞誉。

----

① 莫斯科国立法律大学前身。

《办公室的故事》的底本是布拉金斯基和梁赞诺夫1971年合写的剧本《同事》(《Сослуживцы》)，苏联有数十家剧院曾成功地把《同事》搬上舞台。应该说，《办公室的故事》和《两个人的车站》虽然在表现手法上稍有不同，但它们展示的都是人的心灵在爱情之火的拂煦下得到净化的过程。布拉金斯基和梁赞诺夫运用"笑"的武器，主要不是为了攻击人的弱点，揭露人的隐私，让观众嘲笑和蔑视他们笔下的人物；而是为了帮助普普通通的人在认识自己弱点的同时，发现自己内在的美质和力量，让观众欣赏和尊敬他们笔下的人物。他们的幽默不是黑色的，他们也不想在笑里藏一把刀。旨在揭示人性美的文学作品本身就会透露出人性的暖流，不管《办公室的故事》里有多少玩笑、调侃，乃至近似闹剧的噱头，但在它们背后总是流淌着这股人性的暖流。剧本的基调是抒情的，也有心理深度，而触及的又是伦理道德问题。因此，如果一定要归类的话，布拉金斯基和梁赞诺夫的这个剧本以及其他许多剧本，可以称为抒情伦理喜剧。

　　但是，他们在剧本中触及伦理道德问题，绝不是为了批判某种恶习，也绝不是借助道德说教来阐发作者的道德理想，而是凭借人物形象对读者和观众进行潜移默化的道德启发和情感教育。例如在《办公室的故事》中，男女主人公从相憎到相爱的情感变化过程至少能启示我们这样一点儿道理：要慎重和珍重地对待周围的人，不要轻率地对别人下结论，特别是否定性的结论；不要把别人想歪了、看扁了，而要以最大的善意去关怀周围的人……而我们在读完全剧后会更为真切地感受到：莫要抓了工作，丢了生活；莫要躲避爱情，莫让幸福从你身边溜走。

喜剧是一种历史悠久的剧场艺术形式。古希腊的亚里士多德在《诗学》里说，"喜剧是对比较坏的人的摹仿"。喜剧大师莫里哀的《吝啬鬼》《达尔杜弗》、果戈理的《钦差大臣》等，都可以为亚里士多德的喜剧论提供实践的标本。但喜剧也是发展着的，梁赞诺夫－布拉金斯基式的喜剧无疑开启了喜剧发展的一个新阶段。这个"新"就体现在布拉金斯基的信念中——"幽默是通向观众心灵的一条最为简捷的途径"。

中国也是一个具有深厚的幽默传统的国家。林语堂从《论语》里就发现了不少幽默。《韩非子》里"以子之矛陷子之盾"的寓言就揭示了幽默的最本质特征——矛盾。但毋庸讳言，中国人也有幽默不起来的时期，特别是"文革"十年，大家都在说一些刻板化的通用语言，已经不知幽默为何物。而第一部电视系列喜剧《编辑部的故事》（1991）的大受欢迎，说明中国观众对"喜剧"有着迫切的期待。

今天，我们以"戏剧小品"为主要表现形式的喜剧创作，追求的是滑稽搞笑，而不是更有审美趣味的幽默。他山之石，可以攻玉。梁赞诺夫－布拉金斯基式的主要诉诸幽默的喜剧创作方法，尤其值得我们中国的戏剧人重视。

童道明

图书在版编目（CIP）数据

两个人的车站：布拉金斯基、梁赞诺夫名作集 /
（俄罗斯）埃·韦·布拉金斯基，（俄罗斯）埃·亚·梁赞
诺夫著；童道明，刘溪译 . —— 成都：四川人民出版社，
2019.9

ISBN 978-7-220-11532-5

Ⅰ.①两… Ⅱ.①埃…②埃…③童…④刘… Ⅲ.
①中篇小说—小说集—俄罗斯—现代②电影剧本—作品集
—俄罗斯—现代 Ⅳ.① I512.45 ② I512.35

中国版本图书馆 CIP 数据核字 (2019) 第 165538 号

四川省版权局
著作权合同登记号
图字：21-2019-277

LIANGGEREN DE CHEZHAN BULAJINSIJI LIANGZANNUOFU MINGZUOJI

两个人的车站：布拉金斯基、梁赞诺夫名作集

著　　者	〔俄〕埃·韦·布拉金斯基　埃·亚·梁赞诺夫
译　　者	童道明　刘　溪
筹划出版	后浪出版公司
出版统筹	吴兴元
编辑统筹	赵丽娜
特约编辑	肖　潇
责任编辑	杨　立　邵显瞳
装帧制造	墨白空间·张静涵
营销推广	ONEBOOK

出版发行	四川人民出版社（成都槐树街 2 号）
网　　址	http://www.scpph.com
E－mail	scrmcbs@sina.com
印　　刷	北京天宇万达印刷有限公司
成品尺寸	143mm × 210mm
印　　张	12.5
字　　数	270 千
版　　次	2019 年 9 月第 1 版
印　　次	2019 年 9 月第 1 次
书　　号	978-7-220-11532-5
定　　价	49.80 元